CHILDREN
OF THE
RUNE
WINTERER

4

전민희
장편
판타지

4

룬의 아이들

윈터러

사라지지 않는 피

CHILDREN OF THE RUNE

WINTERER

엘릭시르

10
장
DAYS OF THE WILDERNESS

망자의 땅에서 길을 잃어 011

엔디미온 032

우회 전략 066

소풍 087

하얀 조개껍질, 초록 솔방울 106

11
장
RAGE OF THE WINTER

함정이 예고되다 123

함정에 빠지다 147

그 정체 169

반전 194

겨울의 핵 217

12

장

MAZE OF THE WINDWARD

희생, 또는 갚을 수 없는 빛 235

미로를 들여다보며 253

대륙에서 불어오는 바람 279

부서진 돌 298

겨울을 지새우는 자여,
그것은 아주 길고 긴,
끝나지 않는 겨울일지도 모른다.

서리와 눈보라를 이기고
바람과 눈물을 견뎌
마침내 찾아올 그 봄은

네 시체 위에 따뜻한 햇살이 되어 내릴지도 모른다.

그러니 마음을 푸른 칼날처럼 세워
천년의 겨울을 견디도록 대비하라.

반드시 살아남아야 한다.
반드시 살아남아야 한다.
반드시 살아남아야 한다.

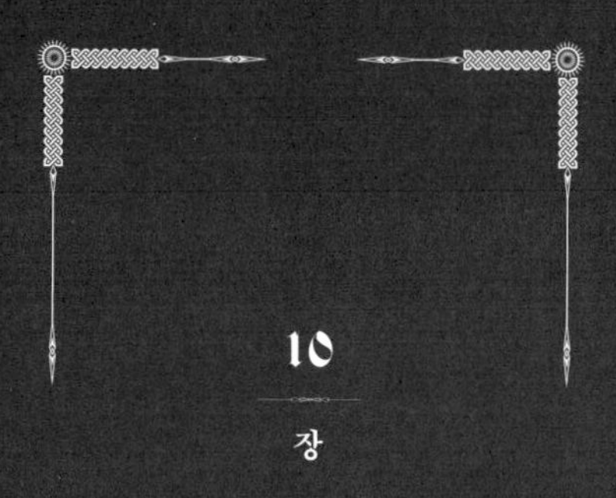

10

장

DAYS OF THE WILDERNESS

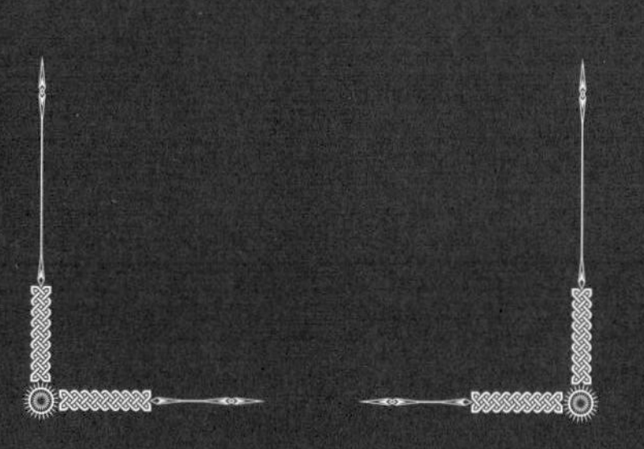

망자의 땅에서 길을 잃어

안개로 이뤄진 눈동자들이 다프넨을 쏘아보았다. 바람이 불었지만 흔들린 것은 자신의 머리칼뿐이었다. 머리 위에는 낯선 달, 그들의 여왕이자 때로는 보고도 못 본 체하는 매정한 여인이 흰 김을 내뿜으며 타올랐다. 입에서도 하얀 입김이 나왔다.

갑작스러운 겨울일까. 온 세상이 얼어붙고 녹아 깨어난 것은 그들뿐일까.

다프넨은 왼손으로 윈터러를 감싼 천을 걷어 슴베를 천천히 감았다. 가려졌던 칼날이 드러나자 흰 기운이 날을 타고 일어났다가 사라졌다. 슴베 부분을 움켜잡았다.

물론 이따위로는 제대로 검을 쓸 수 있을 리 없었다. 윈터러를 마지막으로 뽑은 지도 한 해가 넘었다. 그러나 오랜만에 쥔 검은 조금도 낯설지 않았다. 날마다 생사를 같이했던 검처럼 착 붙는 감촉이었다. 심지어 이 순간, 그는 공격 의사를 품었다. 그날 이후 처음으로.

유령 소년이 천천히 물러났다. 반투명한 몸이 오벨리스크 속으로 들어가더니, 겹쳐지면서 사라져버렸다. 재재거리는 속삭임이 사방에서 울리다가 점점 커졌다. 그러다가 다시 썰물처럼 빠져나가며 조용해졌다. 다프넨은 윈터러를 꽉 쥐며 나직이 말했다.

"유령이라면 썩 사라져라. 그런 것, 좋아하지 않아."

다시 속삭임이 사방으로 퍼졌다. 등뒤에서 새된 목소리가 외쳤다.

「우리 세상에 들어와 있어!」

그에 화답하듯 수많은 목소리가 동시에 소리쳤다. 따가운 울림을 막으려 다프넨은 귀를 막았다.

「누구지? 누구의 핏줄이지?」

「어떻게 들어왔지? 어떻게 내보내지?」

「말을 걸어봐! 네가 걸어봐!」

곧 다프넨은 이들이 자기를 해치려 하기보다 오히려 두려워하고 있음을 깨달았다. 지금껏 유령이 세상에 존재하는지 아닌지 깊이 생각한 적은 없었다. 하지만 어쨌든 유령이라면 살아 있는 사람들과는 다른 특별한 힘이 있을 줄 알았는데, 그게 아니란 말인가?

다프넨은 몸을 홱 돌렸다. 대여섯 명의 유령들이 그의 시선에 놀라기라도 한 듯 후다닥 물러섰다. 조금 전에 소리쳤던 소녀 유령이 손가락을 쭉 뻗었다.

「어서 네 정체를 밝혀!」

다프넨은 당황하기도 하고 겁도 났지만 실은 그보다 어이가 없었다. 그들 말대로 여기가 유령들의 '우리 세상'이라면, 어떻게 들어오게 된 건지 묻고 싶은 건 오히려 이쪽이었다. 길을 잘못 든 것도 아니고 이상한 문을 열고 들어온 것도 아닌데, 잘 아는 집들 사이를 걷다가 어느새 들어와버렸다. 그런데 그게 유령들의 장난이 아니라고?

다프넨은 천천히 심호흡을 하면서 마음을 고쳐먹었다. 저들이 계속 말을 건다면 굳이 대화에 응하지 않을 이유는 없었다. 경계심을 풀지 않은 채 빠르게 그들을 훑어보았다. 대략 스무 명 정도다.

"나야말로 묻고 싶어. 너흰 누구지? 왜 마을 한가운데에 이런 이상한 곳이 있는 거지? 그리고 왜……."

그제야 생각난 사실이었다. 다프넨은 의혹 어린 어조로 말을 맺었다.

"……너희는 모두 아이들인 거지?"

갑자기 섬뜩한 생각이 연이어 일어났다. 이곳은 아이들만 들어올 수 있는 결계 같은 곳인데, 한번 발을 들여놓으면 다시는 빠져나가지 못해 결국 저렇게 유령이 되어버린 거라든가…….

유령들은 한동안 침묵하고 있었다. 투명한 얼굴을 마주 갸웃거리면서. 이윽고 그들을 헤치고 한 소년 유령이 걸어나왔다. 그는 거리를 두고 멈춰 서더니 다프넨에게도 다가오지 말라는 듯 두 손을 펴 밀어내는 동작을 했다.

「우린 산 자와 싸우고 싶지 않아. 너 역시 싸움을 원치 않는다면 네 손에 든 검을 바닥에 내려놓았으면 좋겠어. 그런 다음 대화를 해보자.」

"……."

겉모습으로는 비슷한 또래로 보였다. 그러나 유령이라면 얼마나 옛날에 죽었을지는 모를 일이다. 소년 유령의 머리카락에서 금빛이 느껴져 다프넨은 문득 놀랐다. 얼른 눈에 띄지는 않았지만 그들의 몸에도 색깔이 있었다. 뺨은 파리했으나 생전과 같을 눈매와 콧날은 또렷하고 힘이 있었다. 달빛이 한 겹 씌워진 목덜미와 짧은 소매 아래로 드러난 팔은 날아갈 듯 가늘었다.

또한 악의 없는 눈빛이기도 했다. 지금껏 섬에서 만난 어떤 아이보다 순한 인상이었다. 살아 있는 사람이었다면 이런 눈빛으로 누군가를 해코지할 리 없다고 생각했을 것이다. 그러나 다프넨은 입을 꽉 다물었다가 단호하게 말했다.

"살아 있는 나는 죽은 자를 믿지 않아. 따라서 검은 내려놓지 않겠어. 너희가 날 여기로 끌어들인 것이 아니라면 나가는 길을 알려줘. 그러면 우리는 다시 마주치지 않아도 되겠지."

아이 같은 외모라 해도, 나쁜 의도가 없어 보인다 해도, 무작정 믿을 수 있는 상대란 없다. 저 모습에도 불구하고 정신은 아이가 아닐 것이 틀림없듯, 상냥한 얼굴이라 해도 그 뒤엔 깊은 원한이 있겠지. 아이 모습의 유령이란 어린 나이에 부자연스럽게 죽었다는 뜻일 것이다. 어른이 되어보지도 못하고 소중하게 품고 있던 미래를 다 잃었겠지. 그런 존재에게 원한이 없다면 그것이 오히려 이상하다. 어린 유령이란 대부분 원령怨靈이고, 그래서 오랫동안 산 자의 땅을 떠나지 못하고 떠돈다던 이야기가 떠올랐다.

「유감이네. 넌 이해심이 별로 없구나.」

생전에 금빛 머리를 가졌을 소년 유령은 입가를 굳히며 한 발짝 물러났다. 유난히 크고 맑은 눈이 회의주의자처럼 살짝 가늘어졌다. 다프넨은 눈을 떼지 않았다. 유령의 말갛게 빛나는 눈동자는 섬뜩했지만, 동시에 깊은 미로를 품은 숲처럼 신비롭기도 했다. 비난도 원망도 아니고 단지 실망했다고 말하는 눈빛이 오히려 마음에 걸렸다.

그러나 다프넨은 마음을 다잡았다.

"그래, 내겐 그런 것 없어. 그러니 그냥 날 마을로 돌려보내줘."

유령 소년의 매끈한 입가에 미소가 떠올랐다.

「넌 이미 마을에 있어. 처음부터 쭉, 거기에만 있었지. 그리고 우리도 마찬가지로 마을에서 살고 있어. 예전부터 늘.」

"무슨 소리지?"

다프넨은 불길한 예감을 느끼며 되물었다. 소년은 한쪽 손바닥을 펴 보이고, 다시 다른 한쪽을 폈다.

「마을은 하나이면서 둘이었어. 너의 마을과 나의 마을은 같은 땅 위에 있었지만 서로 겹쳐지지 않았다는 말이야. 그런데 어쩐 일인지 저 땅의 사람인 네가 경계를 뚫고 여기로 들어와 버린 거야. 어떻게 그렇게 됐느냐고 묻지 마. 우리도 모르니까. 우리에게 넌 침입자야. 난 널 도울 방법을 알지 못해.」

다시 한번 식은땀이 흘렀다. 이곳에서 나갈 수 없다고?

유령들은 소년이 말하는 동안 점차 안정을 되찾아갔다. 곤경에 빠진 것은 저들이 아니라 인간 소년이며, 여긴 저들의 공간이니 두려워할 필요는 없다. 다만 누가 약자고 강자였든 뭔가 문제가 생긴 것만은 틀림없었다. 한 소녀가 그들의 대변인을 향해 조심스레 물었다.

「도움을 청할까?」

「안 돼.」

소년 유령은 강하게 고개를 저었다. 그리고 소리 없이 입술만 움직이며 두 손을 특이하게 움직였다. 다프넨은 그것이 수인手印의 일종이라는 것을 대번에 알아보았다. 마법을 쓰려는 것인가?

"그만둬!"

그러나 아무 변화도 없었다. 그러니까 눈에 보이는 일은 벌어지지 않았다. 대신 유령들의 표정이 변하기 시작했다. 그들은 모두 금빛 머리의 소년을 주시했고 의견을 말하기라도 하듯 입술들을 움직였다.

"무슨 짓을 하려는 거야!"

다프넨도 자신이 이곳에서 약자라는 것을 새삼 깨닫고 두려워졌다. 아마 저들끼리만 통하는 대화법이 있는 모양이었다. 자신은 끼어들 수 없었고, 물론 끼어들 생각도 없었다. 그러나 저들이 무슨 음모를 꾸미는지 모르니 아무런 대비도 못 한다는 것이 불안했다. 이대로 있을 수만은 없다는 판단이 섰다.

다프넨은 윈터러를 앞으로 쭉 뻗었다. 검의 끝은 그와 이야기를 나누던 유령 소년을 가리키고 있었다.그러나 그런 상태로 입을 열기도 전에 놀라운 일이 벌어졌다.

파바밧!

윈터러에서 하얀 광채가 물줄기처럼 솟아오르더니 그와 유령들 사이에 반투명한 막을 형성했다. 뱀 머리처럼 위협적인 빛이 칼날 위에서 너울거렸다.

「멈춰!」

유령들보다 다프넨이 먼저 놀랐다. 당황한 나머지 물러서려 했으나, 그 순간 강한 울림이 오른팔을 감싸며 밀려들더니 심장까지 강타해왔다.

"흡!"

하마터면 검을 떨어뜨릴 뻔했다. 왼손으로 오른손목을 감싸쥐었다가, 겨우 두 손으로 검을 잡았다. 그리고 눈앞의 막을 올려다보았다. 금속성 광채를 띤 막은 어느새 매끄럽고 단단한, 실체에 가까운 빛을 띠었다. 높이가 어른 셋의 키는 될 법했다. 막 뒤로 유령 소년의 얼굴이 보였다. 좀 전과 달라진 매서운 눈매였다.

「해보겠다는 거야?」

유령 소년이 반투명한 손을 내밀자 십여 가닥의 광채가 제각기 다른 방향으로 솟아올라 곡선을 그리며 달려들었다. 광선이 막에 충돌할 때마다 다프넨의 손은 충격으로 흔들렸다. 단순히 울리는 것이 아니라 심장을 쥐고 흔드는 타격이자 압력이었다. 억지로 버텨내던 다프넨이 외쳤다.

"그만둬! 그만두라고! 내가 만든 게 아니야!"

「그럼 누가 그랬단 말이야?」

유령의 손에서 뻗어나온 빛의 곡선들은 이제 한곳으로 머리를 모아 증폭된 일격을 가할 준비를 하고 있었다. 그러나 소년은 다프넨의 변명을 들어보겠다는 듯 손을 멈췄다.

「할말이 있다면 해. 무엇이 잘못되었지?」

다프넨은 겨우 맥박을 추슬러 숨을 몰아쉬며 상대를 쏘아보았다. 그리고 어떻게든 겨눴던 검을 내려보려 했다. 그러나 자기장에 휘말리기라도 한 것처럼 어림없었다.

"이 검…… 검이 문제야. 어쩌면 내가 여길 들어오게 된 것도…… 이 검 때문인지도 몰라. 내 실력으로 가눌 수 없는 힘이 이 안에 있어. 난 지금 내 눈앞에 있는 이것이 무엇인지조차 몰라!"

유령 소년의 손에 맺힌 빛이 은빛 구렁이처럼 꿈틀거렸다. 그러나 뻗어오지는 않았다. 다른 유령들은 이번에야말로 진짜 유령처럼 꿈쩍도 하지 않고 귀만 기울였다. 다시 한번 저들끼리만 통하는 방식으로 무언의 속삭임이 퍼져나갔다. 이어 유령들은 셋만 남고 스르르 물러나며 어둠 속으로 녹아버렸다.

「다가오지 마.」

유령 쪽에서 먼저 그렇게 말하다니 어쩐지 기분이 이상했다.

"알……았어."

다가갈 생각은 없었다. 저들을 믿지 않는다 해도 일부러 위협할 필요는 없었다. 세 유령이 차례로 말했다.

「그러면 우리 쪽에서도 다가가지 않을 테니까.」

「싸움은 원치 않아.」

「네 소개를 해주겠어?」

'넌 뭐야?'라던 외침과는 사뭇 다른 어감이었다. 남은 유령들 중 하나는 오벨리스크 앞에서 처음 마주쳤던 철필을 들고 있던 꼬마였다. 나머지 하나는 소녀였다. 다프넨은 잠깐 생각했지만 숨길 필요가 없다고 생각해 마음을 고쳐먹고 말했다.

"난 다프넨이야. 본래는 이 섬에 살지 않았어. 들어온 지도 얼마 안 됐어. 아직 견습 순례자지만 앞으로 진짜 순례자가 되겠지."

말하면서 자신이 정말로 그렇게 생각했던가 하는 의문이 들었다. 금빛 머리의 유령이 대답했다.

「그렇구나. 어쩐지 네가 낯설다 싶었어.」

그 말은 묘했다. 다프넨이 물었다.

"그렇다면 너희는 이 섬에 사는 사람들을 모두 알고 있단 말이야?"

금빛 머리의 유령이 말했다.

「서로 아는 사이라곤 할 수 없겠지만, 어쨌든 일방적으로 알고 있지.」

갑자기 소녀 유령이 끼어들었다. 맑고 경쾌한 목소리였다.

「그건 우리의 놀이거든.」

놀이라고? 다프넨은 혼란스러워지는 머릿속을 다잡으려 애썼다. 그러는 동안 윈터러에서 뻗어나간 막의 빛이 점차 엷어져갔다.

"그 말은, 너희가 살아 있는 사람들을 관찰하며 즐기고 있었다는 건가? 인형극이라도 보는 것처럼?"

그 순간 예지가 한줄기 솟아오르며 자신이 방금 한 말이 사실이라는 것을 확인시켜주었다. 이런 강렬한 예지는 오랜만이어서 약간 놀랐다.

금빛 머리 소년의 손에서 번쩍이던 광채도 점차 약해졌다. 그는 고개를 저었다.

「그 이야기는 나중에 해도 늦지 않겠지. 우선 묻겠는데 네가 섬이 아니라 다른 땅에서 왔다면 네 손에 든 검도 거기서 가져온 것이니?」

다프넨은 고개를 끄덕였다.

"맞아. 그럼 너희는 언제부터 여기서 살고 있었지? 본래는 섬사람이었는데 죽어서 이렇게 된 거야?"

말을 맺고서야 약간 무례했나 하는 생각이 들었다. 그러나 유령은 가볍게 고개를 저었다.

「아니, 우린 이 섬에 살았던 적이 없어.」

"그러면 어째서 여기 있는 거야? 아니, 본래 사람이었던…… 것은 맞는…… 건가? 혹시 나무의 정령이라든가 그런 것은 아닌지……."

「아니.」

잠시 후 얕은 웃음소리가 들렸다. 처음 보았던 꼬마가 낸 소리였다.

「웃기는구나. 우리가 나무의 정령이라면 왜 사람 모습을 하고 있겠어? 나무 모습을 하고 있어야지.」

듣고 보니 그런가 싶었지만 실은 처음 해본 생각이기도 했다. 나무 정령이 나무 모양을 하고 있다면 바다나 강의 정령은 물 모양인가? 그러면 영 구별이 안 될 테니 알아보기 힘들겠지만……. 하긴 정령이 꼭 인간 눈에 띄어야 할 이유가 있을까? 저들은 저들 나름대로 존재할 뿐이잖아? 만일 나무의 정령과 강의 정령이 만났는데 서로 인간 모습을 하고 있다면 그야말로 가장행렬이라도 하고 있는 꼴이 아니겠는가. 아니면 나무의 정령이 보기에는 강의 정령도 나무 모습을 하고 있는 건 아닐까?

당연한 것 같으면서도 엉뚱한 생각이 꼬리를 물었다. 그때 금빛 머리 유령이 말했다.

「우린 서로 궁금한 게 많구나. 하지만 그런 것은 나중에 차근차근 물어볼 기회가 있겠지. 중요한 건 널 어떻게 산 자들의 세상으로 돌려보내느냐 하는 거야. 그리고 이런 일이 왜 벌어졌는지 이유를 알아내어야 하지.」

그 말대로였다. 그때 다프넨은 윈터러가 만들어냈던 보호막이 거의 사라져버렸음을 깨달았다. 혹시나 해서 손을 움직여보니 검 역시 쉽사리 내려졌다. 동시에 금빛 머리 유령이 만든 광채도 완전히 사라졌다.

"어떻게 돌아가야 하지? 짐작 가는 부분이라도 있어?"

「한 가지는 확실해 보여. 네가 이리로 들어온 건 네 검 때문이야. 다시 한번 말하겠는데 검을 바닥에 내려놔. 그 검에는 이곳, 우리 세계와 맞지 않는 기운이 서려 있어. 계속 들고 있다가는 방금 전처럼 네 의지와 무관한 일이 멋대로 벌어져서 자칫하면 우리가 다칠지도 몰라. 그렇게 된다면 나 역시 그냥 보고 있을 수만은 없겠지.」

협박이라고 여길 수도 있었지만 상대방의 눈빛은 진지했다. 싸울 이유를 만들지 말자는, 그러나 싸우게 된다면 양보는 없을 거라는 의지가 분명히 전해져왔다.

"내가 널 믿어도 좋을 근거를 하나만 말해봐."

「흥. 내가 널 해치고자 한다면 지금보다 좋은 때가 있을까? 넌 네 검을 뜻대로 다루지 못하지만, 내 능력은 내 마음대로야.」

금빛 머리 소년의 능력은 몰랐지만, 마법을 쓸 줄 아는 것은 확실했다. 그런 자와 이유 없이 싸워서 좋은 결과는 없을 것이다. 다프넨은 검을 땅에 내려놓고, 천천히 손을 떼며 다시 일어섰다. 그러나 돌발 상황이 벌어지면 언제라도 도로 집을 수 있도록 만반의 태세를 갖췄다.

이어 고개를 들자 상대의 입가에 미소가 떠올라 있었다. 다프넨은 약간 당황했다. 어째서 벌써부터 우호적인 태도를 보이는 거지? 아직 아무것도 결정되지 않았잖아?

그때 자신이 아주 간단한 것 하나를 묻지 않았다는 데 생각이 미쳤다.

"네 이름은 뭐야?"

공회당에서 열린 사제들의 긴급회의는 새벽 3시가 되어서야 끝이 났다. 나우플리온은 지친 몸을 이끌고 집으로 돌아가면서 자신의 태도가 과연 옳았을까 반문해보았다.

모르페우스, 저 물귀신 같은 꼴통 사제가 결국 다프넨을 끌고 들어간 것만은 틀림없었다. 비록 회의에 참석한 모르페우스 사제는 입 꾹 다물고 시치미를 뗐지만. 나우플리온은 하늘이 어두워지는 것을 본 순간 딱 하나, 윈터러 말고는 다른 원인을 떠올릴 수 없었다.

섬 어딘가에 나우플리온이 모르는 비밀이 숨어 있을 가능성을 배제하는 건 아니지만, 적어도 그가 아는 한 섬의 가장 큰 잠재적 위협은 윈터러였다. 윈터러는 나우플리온처럼 특이한 사람이 아니었더라면 다프넨 같은 아이에게 맡겨둘 만한 물건이 아니었다. 그럼에도 불구하고 그는 다프넨의 결정을 존중해서 검을 빼앗지 않았다. 다만 충고를 했을 따름이었다. 함부로 뽑지 말고 기다리라고.

그랬는데, 섬으로 돌아와 오랜만에 만난 친구인 모르페우스에게 무심코 검에 대한 이야기를 발설하고 말았다. 깊은 흥미를 보이는 모르페우스를 보는 순간 아차 싶었지만 이미 주워 담을 수 없는 물이었다. 얼마 지나지 않아 데스포이나 사제로부터 모르페우스가 다프넨의 검을 연구하고 있다는 이야기를 전해 들었다. 다프넨에게도 사실임을 확인했다.

그리고 사건이 벌어졌다.

"정말이지……."

내일은 반드시 진상을 확인하리라. 그리고 저 꼴통한테 단단히 경고해서 다시는 이런 일이 없게 하리라고 굳게 다짐하면서 나우플리온은 문 앞에 이르러 문고리를 당겼다.

안은 어두웠다. 더듬더듬 침대 쪽으로 다가갔다. 다프넨이 옆 침대에서 자고 있으리라는 것을 조금도 의심하지 않았다. 옷을 벗어 대강 의자 위에 던지고 자기 침대를 찾아내어 기어들어간 다음 한숨을 쉬고 눈을 감았다. 그리고 갑자기 다시 떴다.

나직이 소년을 불렀다.

"보리스!"

대답이 없었다. 한 번 더 불러보았지만 마찬가지였다. 나우플리온은 벌떡 일어나 침대 밖으로 뛰쳐나왔다. 다프넨의 침대로 다가가 이불을 더듬어보았다. 소년은 없었다.

"보리스! 어디 있지?"

급히 램프를 찾아내어 불을 켰다. 그리 넓지도 않은 집 구석구석을 비춰보았지만 소년이 돌아온 흔적은 없었다. 당연히 윈터러도 보이지 않았다.

"이런…… 이런!"

나우플리온이 다시 옷을 걸치고 검을 움켜쥔 채 문밖으로 튀어나오는 데는 일 분도 걸리지 않았다. 사방을 두리번거리며 소년이 오다가 멈췄을 법한 곳들로 달려가보았다. 이어 빠른 걸음으로 길을 따라 걷다가 달 하나만 동그마니 뜬 하늘 아래서 우뚝 멈춰 섰다. 길에 없다면 어디로 가야 할까. 당연히 모르페우스의 집이겠지!

나우플리온은 순식간에 목적지에 도착했다. 문을 세게 두드리려다가 주위를 시끄럽게 해서 좋을 것이 없겠다는 생각이 들었다. 그래도 마음이 덜 진정된 그는 창문을 몇 번 거칠게 쳤다. 예상외로 창은 금방 열렸다.

"누구…… 나우플리온이군? 이 시간에 무슨……."

모르페우스 사제는 말을 맺지 못했다. 나우플리온의 억센 손이 창밖으로 머리를 내민 그의 멱살을 움켜쥐었다.

"문 여시오. 내 소년을 찾으러 왔소."

"이걸 놔야 문을 열지."

모르페우스는 당황하지도 않았다. 나우플리온이 손을 놓자 잠시 안으로 사라졌다가 문을 열고 들어오라고 손짓했다. 나우플리온은 아직도 불이 밝혀진 그의 쑥대밭 연구실을 휘 둘러본 다음 물었다.

"보리스…… 다프넨은 어디 있소?"

모르페우스가 미간을 찌푸리며 되물었다.

"그 아이는 자네 집에 있을 텐데?"

"없소이다. 당신이 다른 곳으로 보낸 것 아니오?"

"그 애가 집에 가겠다고 여길 나선 지 벌써 몇 시간은 됐는데? 정말로 자네 집에는 없는가?"

사제들 간에는 나이에 관계없이 경어를 쓰는 것이 관례였으나 둘은 워낙 흉허물 없이 지내온 사이라 굳이 그러지 않았다. 모르페우스는 나우플리온의 얼굴이 점차 굳어지고, 이윽고 굳어지다 못해 사납게 변하는 것을 지켜보았다. 그도 이번 상황이 친분으로 넘어갈 만한 것은 아님을 직감했다.

"없어졌습니다. 그 애가……."

갑자기 높아진 목소리가 고함치듯 연구실을 울렸다.

"사라져버렸다고요! 아무데도 없단 말입니다! 그런 위험한 걸 갖고서!"

모르페우스도 사태를 눈치챘다. 그는 다시 한번 '정말인가?' 하고 묻는 어리석은 태도는 취하지 않았다. 두말 않고 문을 열어젖히고 집 주변을 한 바퀴 돌았다. 아무도 없는 것을 확인하자 다시 들어가 쑥대밭 연구실 한구석에서 짤막한 막대를 찾아내어 쥐었다. 손에 힘을 주자 막대에서 빛이 나기 시작했다.

"나가세. 짐작 가는 곳들로 서둘러 가보세나."

날이 샐 무렵, 행방불명된 소년 하나를 찾아 나섰던 두 사제는 아무런 성과도 없이 다시 집 앞으로 돌아와 있었다. 믿을 수 없는 일이었다. 이곳은 대륙 한구석에 자리잡은 마을이 아니었다. 거친 바다로 둘러싸여 외따로 떨어진 섬, 그곳의 유일한 마을이었다. 탈출하고 싶다 해도 달리 갈 곳 따위는 없었다. 이미 선착장에 가보았고 아무도 배를 타지 않았다는 것도 확인했다.

가까운 산자락을 헤집고 다니는 동안 의술과 기술을 담당하는 서클렛의 사제 모르페우스가 마법을 불어넣어 만든 감지感知의 지팡이가 내내 빛을 발했다. 그러나 평소에는 아무리 돌아다녀도 쉽게 눈에 띄지 않던 희귀한 약초니 버섯이니 하는 것들이 숱하게 감지되는 중에도, 오갈 데 없는 소년 하나는 끝내 발견되지 않았다.

"한 가지만은 분명해."

모르페우스는 연구실 문을 열고 들어가 일부러 밝혀뒀던 램프를 껐다. 기름이 귀한 섬에서 밤새 램프를 켜놓는다는 것은 큰 낭비였지만 그는 자신이 평소처럼 연구실에서 밤샘을 하는 것으로 보이기 위해 일부러 그렇게 했다.

나우플리온은 따라 들어왔으나 여전히 앉을 생각도 않고 연구실 한구석을 쏘아보고 있을 따름이었다. 그는 검의 사제였고, 따라서 수색을 위해서는 타고난 체력 외에 사용할 것이 없었다. 그것조차도 그를 화나게 했다. 밤새 돌아다니는 동안 모르페우스로부터 대강의 이야기를 들었다. 절반쯤 힘이 개방된 위험천만한 검을 들고 사라진 제자를 생각하니 숨통이 조이는 기분이었다. 자신의 무능함에도 걷잡을 수 없는 분노가 치밀었다.

모르페우스는 나우플리온이 자신의 이야기를 듣고 있는지 흘끔 쳐다보더니 의자에 몸을 던지며 말했다.

"이 사실을 숨겨야 해."

나우플리온은 고개를 돌렸다. 그의 눈빛은 과거 어느 적을 대했을 때보다 형형했다.

"무슨 소리십니까? 이 상황이 되어서도 자신의 잘못이 드러나는 것이 걱정되십니까?"

모르페우스는 무시무시한 얼굴을 딱딱하게 굳힌 채 내뱉

었다.

"모르는 소리는 집어치워. 이 꼴통 사제는 내일 섬에서 쫓겨나도 별로 아쉽지 않은 인간이야. 그러나 다프넨 녀석은 아니지 않나?"

"……."

침묵하는 나우플리온을 보며 모르페우스가 말을 이었다.

"다프넨 녀석이 사라진 것이 알려진다, 섬 전체가 찾으러 나선다, 그러면 혹시 녀석을 찾아낼 가능성이 아주 조금쯤 커질지도 모르지. 하지만 내 생각에는 지금 실질적인 도움을 줄 수 있는 사람은 데시 사제님밖에 없어. 그 애가 사라진 것이 검의 마법적인 힘 때문이라면 더더욱 그렇지."

모르페우스가 두 손을 초조하게 비벼댔다.

"실종 소식이 널리 퍼지고 나면 녀석이 돌아오든 안 돌아오든 이런 일이 왜 벌어졌는지 모두가 알게 될 거야. 너도 사제 회의의 분위기는 잘 봤을 거고, 지금 상황에서 원인이 녀석의 검이었다는게 알려지면 그 녀석이 무사할 성싶나? 사제들에게도, 섬사람들에게도, 섭정 각하에게도 용납받지 못한다. 결론은 그래, 둘 중 하나야. 검이 끝장나든가, 검과 녀석이 동시에 끝장나든가."

갑자기 모르페우스는 의자에서 일으켜졌다. 나우플리온의 억센 손이 그의 멱살을 움켜잡았고, 다른 손은 어깨를 쥐고 있었다. 모르페우스는 나우플리온의 얼굴에 나타난 표정을 보았지만 반항할 마음은 없는지 그대로 있었다.

터억!

모르페우스의 몸은 강한 충격에 밀려 의자에 내던져졌다. 턱이 돌아갈 정도로 심하게 얻어맞았지만 모르페우스는 화를 내지도, 아픈 시늉을 하지도 않았다. 고개를 숙인 채 입을 다물었을 따름이다. 그러나 잠시 후 입을 열고, 피 섞인 침과 함께 부러진 이를 하나 뱉어냈다.

나우플리온이 내려다보며 짓눌린 목소리로 말했다.

"다프넨이 돌아오면…… 그 이는 제 것으로 갚지요."

이윽고 해가 높이 떠올랐다.

엔디미온

해가 중천에 오른 시각, 한적한 마을길을 사뿐사뿐 걸어가는 소녀가 있었다. 아직 스콜리의 수업이 끝나지 않았을 때라 길가에 소녀 또래의 아이는 보이지 않았다. 소녀의 손에는 연보랏빛 풀꽃으로 만든 화환이 들려 있었다. 에젤다라고 불리는 이 꽃의 뿌리를 우린 물은 섬사람들이 해열제 대신 사용했다. 그 때문에 이 꽃은 아이들의 문병을 갈 때 선물로 인기가 있었다.

소녀는 어느 집의 문 앞에 멈춰 섰다. 그리고 문밖에 나붙은 팻말을 들여다보았다. 전에는 없었던 것이었다.

문병은 사절합니다.

간단한 글귀였다. 나무판에 칼끝으로 새긴 글자를 못내 아쉽게 들여다보다가 손가락으로 슬쩍 문질러보았다. 그때 등 뒤로 드리워지는 그림자가 느껴져 소녀는 몸을 돌렸다. 이내 구부정하게 허리를 굽힌 남자와 얼굴을 마주쳤다. 소녀는 생긋 웃었다.

"마침 오셨네요!"

나우플리온은 억지로 미소를 만들어 보였지만 그리 반가운 기색이 아니었다. 그쯤은 소녀도 금방 알아봤다.

"오랜만이구나, 리리."

"네, 다프넨은 많이 아픈가 보네요?"

"……그렇단다."

"정말로 문병은 안 되나요?"

나우플리온은 리리오페의 손에 들린 에젤다꽃을 보았다. 그리고 손을 내밀었다.

"이리 줘라. 내가 전해주마."

리리오페는 화환을 든 손을 뒤로 빼며 응석 섞인 목소리로 말했다.

"직접 전해주면 안 돼요? 이거 만드는 데 한 시간이나 걸렸단 말예요. 꽃을 따러 다닌 시간까지 합하면 두 시간."

"그래서 스콜리도 빼먹었군."

“아픈 친구의 말동무를 해주려고 그랬죠.”

“감동적인 마음씨로군그래.”

“비꼬는 거예요?”

얘기를 엉뚱한 공방으로 끌고 가려 애쓰는 리리오페에게 나우플리온은 씁쓸한 미소를 보였다. 그리고 다시 한번 손을 내밀며 말했다.

“이리 줘라. 지금 주지 않으면 그냥 갈 테다.”

“치이…….”

나우플리온의 말투에 파고들 구석이 없음을 느낀 리리오페는 아쉬운 얼굴로 화환을 내주었다. 그리고 덧붙여 말했다.

“얼른 나으라고 꼭 전해주세요. 나흘이나 스콜리에 안 나와서 제가 몹시 보고 싶어 한다고요. 아셨죠?”

나우플리온은 어깨를 으쓱했다. 리리오페는 몸을 돌려 왔던 골목으로 사라졌다.

리리오페의 마지막 말은 장난이었지만 절반쯤은 진지한지도 모르겠다는 느낌이 들었다. 예전 같으면 한두 마디 지분거리며 놀렸겠지만 지금 나우플리온에게는 그럴 만한 마음의 여유가 없었다.

문을 열고 들어간 그는 문을 닫고 그 문에 천천히 기대섰다. 손에 들린 화환이 내려다보였다. 가늘지만 질긴 꽃줄기들이 소녀의 매운 손끝으로 단단히 맺어지고, 그 위에 별의 날개처럼 야들야들한 꽃잎들이 덮여 있었다. 리리오페 또래의 소녀들이 머리에 얹으면 딱 맞을 법한 것이라, 그의 커다란 손에서는 더없이 우스꽝스럽게 보였다.

"……."

나우플리온은 열고 들어온 문의 손잡이에 화환을 걸었다. 그리고 침대로 다가가 털썩 주저앉았다.

지금쯤 모르페우스는 데스포이나 사제를 만나고 있을 것이다. 나흘이 지났지만 그의 소년은 돌아오기는커녕 마을 어디에도 흔적 하나 남기지 않았다. 두 사제가 은밀히 할 수 있는 일도 한계에 달했다. 모르페우스는 웬만해서 사과하는 성미가 아니었지만 이날 아침 나우플리온을 찾아와 "모든 것이 내 잘못이다"라고 말하며 직접 데스포이나를 찾아가 모든 것을 털어놓겠다고 했다. 이 상황을 이해해줄 가능성이 있는 유일한 사람이거니와, 도움을 기대할 상대도 그녀뿐이라는 것을 둘 다 알고 있었다.

섬사람들에게는 다프넨이 아파서 집에서 쉬고 있는 것으로 해두었다. 나우플리온은 다프넨이 섬사람들의 호의를 얻지 못했음을 알고 있었으므로 그것만으로 충분할 줄 알았다. 그러나 다프넨이 스콜리를 빠진 첫날 저녁, 꼬마 오이지스가 어머니가 구워주셨다는 과자를 가지고 찾아왔다. 그다음 날에는 스콜리의 교양 선생인 제네시가 안부를 물으러 왔다. 책 안 읽는 아이들에게 질려 있던 제네시 선생이 스콜리의 책을 한 권 두 권 읽어나가는 다프넨에게 호감을 갖고 있었다는 사실을 처음으로 알게 되었다. 제네시 선생은 검의 사제인 나우플리온의 권위를 생각해서 별다른 항변은 하지 않았지만, 왜 다프넨을 만나지 못하게 하는지 의아해하는 눈치가 역력했다.

일은 그것으로 끝나지 않았다. 셋째 날, 탑의 은둔자로만 알았던 제로 씨가 머뭇거리며 문 앞에 서 있었다. 그를 본 나우플리온은 놀랍기도 하고 당황하기도 해서 한참이나 얼굴만 쳐다보고 있었다.

"친구가 앓는다는데 별로 가져올 것도 없고 해서, 조금 나아졌다면 침대에서 무료할 때 읽으라고 책이나 가져왔습니다."

제로는 나우플리온보다 훨씬 나이가 많았지만 사제직을 갖고 있는 나우플리온을 정중하게 대했다. 그러나 제로 역시 다프넨을 만날 수는 없었다. 나우플리온은 모르페우스 사제가 안정을 취하라고 했다는 얘기를 핑계 삼아 겨우겨우 제로를 돌려보냈다. 그나마 아픈 사람을 돌봐야 하는 서클렛의 사제가 공모자여서 다행이었다. 그리고 오늘은 리리오페까지. 이러다가 내일은 누가 또 들이닥칠지 모르겠다 싶자 나우플리온은 더욱 초조해졌다.

"들어가도 되나?"

문밖에서 모르페우스 사제의 목소리가 들렸다. 얼른 일어나 문을 열고 보니 밖에 선 사람은 한 명이 아니었다. 전혀 예상하지 못한 건 아니었지만 죄책감 때문에 나우플리온은 저도 모르게 허둥거렸다.

"아니, 이런, 데시 사제님이 여기까지……."

데스포이나는 미소도 짓지 않고 고개만 한 번 숙여 보인 뒤 안으로 들어왔다. 곧 세 사제가 마주앉았다. 먼저 입을 연 것은 데스포이나였다.

"모르페 사제한테 이야기는 들었다. 참…… 어려운 일을 저질렀더구나."

일을 저지른 것은 나우플리온이 아닌 모르페우스였다. 그러나 나우플리온은 한때 큰누나나 다름없이 자신을 돌봐주었던 데스포이나 앞에서 꾸중 듣는 소년처럼 입을 다물었다. 모르페우스가 말했다.

"예, 큰일을 저질렀지요. 나우플리온에게는 잘못이 없습니다. 모든 것이 제 탓입니다."

데스포이나가 고개를 끄덕이며 말했다.

"일단은, 그 아이가 아직 섬 안 어딘가에 있다면 반드시 찾아낼 수 있는 주문을 써보도록 하마. 사람들의 눈에 띄어선 안 될 테니 밤을 기다려야겠구나. 물론 지체하는 것 역시 위험할 수 있지만……. 내 생각에 그 아이는 검의 힘에 이끌려 이공간異空間으로 넘어간 것 같다. 그 안에 달리 위험한 존재만 없다면 아마 조용히 잠들어 있을 게다."

나우플리온은 느리게 한숨을 내쉬었다. 그녀의 말대로라면 얼마나 좋겠는가. 데스포이나는 나우플리온과 모르페우스가 왜 이런 연극을 하게 됐는지 이해하고 있었다. 이 일이 섬사람들에게 새어 나갔다가는 다프넨이 무사할 리 없었다. 그녀도 같은 의견이었다.

데스포이나는 이공간이 존재함을 알고 있었고 거기가 어떤 곳인지도 부분적으로 경험한 바 있었다. 그러나 이 섬의 이공간에 어떤 존재가 있는지는 알지 못했다. 다만 섬은 순례자들이 오기 전에 비어 있었으니 그 위에 덧씌워진 차공간次空間들도 아마 비어 있으리라 생각하고 있었다. 이공간은 현실과 별개의 세계인 이계異界와는 달리 현실세계의 모습과 깊은 관련을 가지고 있었다. 현실 세계가 무인도라면, 이공간도 대부분은 무인도인 것이다.

데스포이나가 모르페우스를 돌아보았다.

"모르페 사제, 만일 다프넨이 무사히 돌아온다면 그 검의 비밀을 밝히려던 실험을 중단할 건가요?"

나우플리온도 모르페우스에게 시선을 보냈다. 대답이 얼른 나오지 않자 슬슬 화가 치밀었다. 좀더 침묵이 흐르자 결국 나우플리온은 입을 열고 말았다.

"왜 대답하지 않으십니까? 그 아이를 얼마나 더 위험하게 만들어야 속이 시원하시겠습니까?"

이어 나우플리온은 데스포이나를 보며 단호하게 말했다.

"다프넨이 돌아온다면 전 제 의사를 분명히 그 아이에게 전하겠습니다. 더이상 그런 위험한 일에 연루되지 않았으면 좋겠다고요."

이런 상황에서도 나우플리온은 '하지 못하게 하겠다'고 말하지는 않았다. 다프넨이 자신의 의사를 갖고 행동을 결정하는 모습은 나우플리온에게 더없이 큰 기쁨이기도 했기에, 그런 권리를 빼앗을 생각은 추호도 없었다.

그때 모르페우스의 목소리가 들렸다.

"면목 없는 소리가 될지도 모르겠지만, 나는 그 실험을 중지하는 것이 옳지 않다고 생각합니다."

"무슨……!"

모르페우스는 나우플리온을 향해 잠시만 말하게 해달라고 부탁하는 손짓을 했다. 그리고 데스포이나를 향해 말을 이었다.

"이번 일로 다프넨이 위험에 처한 것은 틀림없습니다. 처음부터 시작하지 않았더라면 좋았을지도 모른다는 생각을 저라고 안 한 것은 아닙니다. 그러나 돌이켜보면 이 일은 결국 그 검이 본색을 숨긴 채 어린 소년의 손에 있었기에 일어난 것입니다."

나우플리온에게도 그 말은 섬뜩하게 들렸다. 본모습을 숨겼다면, 소년의 곁에서 잠든 체하고 있던 미지의 힘이란 말인가?

"다프넨을 탓하려는 것이 아니라, 이번 일이 없었다 해도 검 자체가 처음부터 위험했다는 말씀입니다. 더구나 제가 섣불리 건드리는 바람에 그 검은 자신의 본체를 절반쯤 되찾고 말았습니다. 아니, 그게 절반인지 어떤지는 아무도 모를 일이겠죠. 말씀드렸다시피 그 검은 자루며 칼집 따위를 모조리 삼켜버리고 흰 금속으로 변했습니다. 흡사 사악한 흰 뱀…… 같았죠."

'사악한 흰 뱀'이라는 말을 듣는 순간 데스포이나의 표정이 싹 변했다. 나우플리온의 눈에도 힘이 들어갔다.

'사악한 흰 뱀'이란 달의 순례자들이 옛 왕국에서 보았다던 불길한 징조를 뜻했다. 비록 흰 뱀이 왕국을 멸망시킨 것은 아니지만, 뱀이 나타난 후로 잇따라 벌어진 무서운 일들로 결국 그들은 왕국을 잃었고, 지금처럼 순례자가 되었다. 나우플리온은 거칠게 숨을 들이쉬었다가 내쉬고, 다시 들이쉰 다음 내뱉고 말았다.

"그게 무슨 말이오! 왜 그런 불길한 것을 그 아이와 연결시키는 거지? 도대체 하고 싶은 말이 뭐요!"

모르페우스는 고개를 흔들었다.

"아니, 난 단지 그 물건의 가공할 잠재력을 환기시키고자 했을 뿐이야. 결코 그 아이를 모함할 생각은 없었어."

"없었다 해도, 그렇게 한 것이나 마찬가지요!"

"됐다. 그만, 그만."

데스포이나가 나우플리온의 손목을 잡았다가 놓으며 부드럽게 제지했다. 그녀는 자신이 달래고 돌보아야만 했던 반항적인 소년이 어느새 자라 또 다른 아이를 보호하려 하는 모습에 묘한 향수를 느꼈다.

"모르페 사제의 말이 지나쳤다. 흰 뱀에 대한 것은 잊어버리자. 그러나 나는 기본적으로 모르페 사제의 말에 찬성한다."

나우플리온은 숨을 고르다가 흠칫 놀라 데스포이나를 쳐다보았다.

"무슨 소립니까? 어떤 말에 찬성하신다는 겁니까?"

나우플리온의 말대로 모르페우스는 아직 본론을 말하지 않았다. 그러니까 결국 검을 어떻게 하겠다는 것인지, 계속 연구해서 뭘 어쩌겠다는 것인지.

그러나 데스포이나는 다 짐작하는 얼굴이었다.

"잠재적 위협을 방치하는 것이 올바른 해결책은 아니라는 의견 말이다. 모르페 사제의 방식이 지나쳤을 수는 있으나 근본적인 접근은 옳아. 다프넨이 돌아온다면 내가 직접 나서서 그 검의 힘을 조사하도록 하겠다."

"하지만……."

나우플리온의 얼굴을 본 데스포이나는 약한 미소를 지었다.

"나우플리온 사제, 당신은 다프넨이 섬에서 쫓겨나기라도 할까 봐, 또는 벌을 받거나 격리당할까 봐 걱정하는 거지요?"

갑작스러운 존대에 나우플리온은 약간 움찔했지만 곧 진지한 얼굴이 되었다.

"그렇습니다. 더불어 하나 더 말씀드리자면 그 아이에게 검을 빼앗는 것도 안 됩니다."

"안 된다고요? 왜지요?"

나우플리온은 어떻게 대답해야 할지 몰랐다. 데스포이나는 이해하지 못하겠다는 표정이었다. 직접 검의 힘을 연구하겠다던 말은 다프넨과 윈터러를 떼어놓겠다는 의미였음이 분명했다.

"그것이…… 그 아이의 방식이기 때문이죠."

말해놓고도 설득력이 별로 없다고 생각했지만 어쩔 도리 없는 진실이었다. 또 물러설 수 없는 보루이기도 했다.

나우플리온은 다프넨이 명령이나 제약 속에서 살아가는 것을 원치 않았다. 천국이든 지옥이든 자기 발로 걸어 들어가는 사람이기를 바랐다. 다프넨, 아니 보리스 진네만은 윈터러를 죽은 형의 분신으로 여겼다. 검을 지켜내는 일이야말로 너무

어렸던 자신이 아무것도 해주지 못했던 형에게 작게나마 보답하는 유일한 길이라고 생각하고 있었다. 그러니 억지로 빼앗아서는 안 되었다. 소년이 스스로 납득하기 전에는, 그 짐에서 떠나서는 안 되었다.

물론 나우플리온은 소년을 사랑했다. 그러나 소년의 의지가 택한 것이 설혹 악마의 물건이라 해도 지레 겁먹고 도망치는 인간이기를 바라지는 않았다. 평생 부인하려 애썼지만 어쩔 수 없이 달의 섬에서 순례자로 자란 나우플리온은 현실적 실리보다 의지와 이상을 중시하는 정신을 물려받았다.

소년은 거울이었다. 자신이 얻어내지 못한 삶이었다. 그 삶을 지키도록 돕고 싶었다. 위기는 달아나라고 주어지는 것이 아니었다.

"그의 방식……."

데스포이나는 들보들이 나란히 직선을 긋고 있는 천장을 올려다보았다.

"나우플리온, 너는 아마 무서운 스승일 게다. 또는 함께하는 자를 기어코 빛나게 하고야 마는 강한 동료이겠지. 네가 그 애의 아버지였다면 이런 결론을 쉽게 내리지는 못했을 터이다. 아이를 낳아 키운 나는 잘 알고말고."

데스포이나의 입가에 쓴 미소가 떠올랐다.

"너는 그 아이가 대륙에서 헤아릴 수 없는 고통을 겪어왔노라고 했지. 그러나 그 애가 더 다치고 더 아프게 깎여나가, 결국 진짜 보석이 되기까지 한시도 내버려두려 하지 않는구나."

"아닙니다."

나우플리온은 고개를 저으며 데스포이나의 눈을 바라보았다.

"전 그 아이가 모든 것을 직접 결정하기를 바랍니다. 저는 단지, 이곳에서 아직 어린 그 애가 삭풍과 바로 맞닥뜨리지 않도록 바람벽이 되려 할 뿐입니다. 좀더 빨리 그 애가 단 한 명의 스승 같은 것은 필요 없는 인간이 되었으면 좋겠군요. 필요한 모든 것이 자신 속에 들어 있다는 것을 알게 되면, 세상 인간사가 모두 스승일 테죠."

나우플리온의 시선이 방안 구석의 빈 침대를 향했다. 그런 채로 그가 말했다.

"그 아이는 아직 제게 의지합니다만 끝날 때가 곧 올 것입니다. 제가 그 애를 거절해서가 아니라, 그 자신이 저를 떨치고 일어서 가게 되겠지요."

녹색 풀밭에 불쑥 튀어나온 바위가 햇빛을 받고 있었다. 이미 오후라 따끈따끈하게 데워졌을 것이다. 손을 대볼까 하다가 그만두었다. 그냥 눈이 아프도록 흰 바위를 바라보았다. 싫증도 내지 않고 죽.

바위는 비어 있었다.

첫날에는 바쁜 일이라도 있나 보다 생각하고 말았다. 이틀째에도 기분이 약간 이상하다 싶었을 따름이었다. 익숙한 일이 한 가지 사라져서 그런 걸까. 그냥 조금 허전했다.

빈 바위를 바라보다가 입술만 움직여 몇 마디 노랫말을 중얼거려보았다. 며칠 전에 가르쳐주려 했던 찬트였는데 이날 불러보니 약간 메마른 듯 들렸다. 오늘은 노래가 잘 안 되는 날인가.

"다시는 이런 일이 없을 거라고 하지 않았어?"

듣는 사람이 있는 것처럼 소리 내어 말했다. 낯설다 싶을 정도로 또렷한 어조였다. 상대도 없이 혼자 연극하듯 말했을 뿐인데 노래보다도, 오늘 내내 한 일 그 무엇보다도 생생했다.

다시 한번 불러보았다.

"대답해봐."

다프넨은 눈을 떴다.

「내 이름은 엔디미온이야.」

귓가를 맴도는 한마디였다. 언제였더라. 방금 전에 들은 것도 같고, 까마득한 과거에 들었던 이름 같기도 했다. 그때와 지금 사이에는 긴 꿈이 가로놓여 있었다.

'그래? 그럼 뭐라고 부르면 될까?'

이렇게 물었을 것이다. 섬사람들이 버릇처럼 이름을 줄여 부르는 것에 익숙해진 나머지 무심코 꺼낸 말이었다. 그런데 엔디미온은 무슨 말인지 모르겠다는 표정을 지었다.

「그냥 엔디미온이라고 부르면 되지, 또 다른 게 필요해? 별명?」

어쩌면 실례였는지도 모른다. 살아생전 그들의 이름은 결코 줄여지지 않는, 그 자체로 신성한 것이었을지도 모르는데.

엔디미온이 놓고 간 물건이 발치에서 좀 떨어진 곳에 놓여 있었다. 널찍한 청동 그릇이었다. 안에는 비둘기알만 한 동그란 돌이 십여 개 들어 있었다. 어디선가 물방울이 똑똑 떨어지며 시간을 재는 듯했다. 다프넨은 둥그렇게 뚫린 입구 너머로 검은 밤하늘이 내다보이는 동굴 안쪽에 누워 있었다. 벽은 젖고 주위의 공기도 축축했다. 막 비가 그친 것 같았다.

얼마나 여기 머물렀을까 궁금했다. 배가 고프지 않은 것을 보면 생각보다 오래되지 않았는지도 모른다. 그러나 끊임없이 계속되는 물방울 소리 외에는 변하는 것이 없어서 시간을 짐작할 도리가 없었다.

다프넨은 몸을 일으켜 발치에 놓인 청동 그릇을 당겼다. 그릇은 상상 이상으로 무거웠다. 돌을 하나 집어 들었다. 파르스름한 광택이 도는 표면에 자디잔 은색 결정들이 곱게 발린 신비로운 돌이었다. 그걸 손바닥 사이에 넣고 굴리는 동안 서서히 기억이 되살아났다.

유령 소년 엔디미온과 그의 친구들은 다프넨의 존재가 이곳의 '어른 유령들(그들은 다프넨이 이해할 만한 방식으로 설명하려 애썼다)'에게 알려져서는 안 된다고 말했다. 본디 갈라져 있어야 할 이공간을 뚫고 들어가는 검의 존재는 그들에게 대단히 위험하므로, 검을 빼앗기거나 너 역시 붙잡혀 영영 나가지 못할 수도 있다는 이야기였다.

다프넨이 모든 것을 수긍하고 엔디미온이 내민 손을 잡았을 때, 주위의 풍경이 바뀌고 그는 이 동굴 안에 서 있게 되었다. 동굴 밖에 뜬 달이 본래 보던 달과 같은 모습이어서 안도했다. 달은 하현下弦이었다.

「여기서 잠시 잠을 청하는 것이 좋겠다. 넌 이곳의 음식을 먹을 수도 없고, 이 세상이 늘 밤으로만 보일 거야. 그러니 잠을 자라. 그러는 편이 안전해. 그동안 네가 돌아갈 방법을 찾아볼게.」

어째서 그렇게 쉽게 이해했을까? 다프넨은 말 잘 듣는 아이처럼 동굴의 짚자리 위에 누워 깊이 잠이 들었다. 그리고 꿈을 꾸었다.

엔디미온의 말에 의하면 그 꿈들은 다프넨의 발치에 갖다 놓은 그릇 속의 돌 구슬들에서 흘러나오는 것이었다. 맨 처음 본 것은 캄캄한 암흑이었다. 이어 하얗게 빛나는 사막이 떠올랐다. 사막을 본 일이 없는 다프넨은 그것이 왜 그렇게 빛나는지 몰랐다. 다가가 만져보니 아주 고운 모래였다.

또 다른 꿈을 꾸었다. 섬에 처음 들어와 보았던 환각과 비슷한 폐허에 낡은 우물이 있었다. 아니, 자세히 보니 느낌이 비슷할 뿐 폐허는 아니었다. 비어 있었고, 그래서 삭아가고 있을 따름이었다. 수년이 더 흐르면 결국 폐허가 되리라. 다프넨은 우물로 다가서서 주위를 살폈다. 바닥에서 검은 이끼가 자라 우물 벽을 타고 올라오고 있었다. 이윽고 그는 우물 속을 들여다보았다.

우물 안은 무無였다. 또한 어딘가로 까마득히 통해 있었다.

「깨어났구나.」

꿈을 하나씩 되살려보고 있는 다프넨에게 목소리가 들렸다. 잠시 후 낯설지 않은 모습이 빈 공간에 서서히 그려졌다. 완벽한 모습이 되었을 때 엔디미온은 이미 다프넨의 잠자리 앞에 와 앉는 중이었다. 반투명한 머리카락이 아지랑이처럼 떠올랐다가 가라앉았다.

「꿈을 꿨지?」

"응."

엔디미온은 다프넨이 쥔 돌 구슬을 보더니 거기에 손가락 하나를 댔다. 그러자 작은 영상이 불쑥 떠올랐다가 스러졌다. 거기에는 우물이 있었다.

「마지막으로 꾼 꿈이 이거였구나. '늙은이의 우물'이라고 해.」

"그게 뭔데?"

「안을 들여다본 사람을 늙은이로 만들어버리는 우물이지. 아아, 늘 그런 것은 아니고, 어떤 특별한 날에만. 어떤 사람은 얼굴이 늙어버리고, 어떤 사람은 마음이 늙지. 노인의 지혜를 얻고자 들여다본 자는 주름투성이 얼굴을 얻게 되고, 빨리 어른이 되고자 한 아이는 세상사에 흥미를 잃어버리게 된다나.」

"그렇다면 왜 우물을 들여다보지?"

「절대 잃어선 안 되는데 잃어버린 것들, 그것들이 모두 그 안에 있거든.」

엔디미온의 얼굴을 보려다 동굴 밖으로 지는 달을 보게 되었다. 그 달빛에 얼굴을 맡긴 혼뿐인 소년은 잃어버린 시체라도 찾고 싶은 눈빛으로 다프넨을 바라보고 있었다. 홀릴 듯 푸른 눈동자였다.

현실 세계에는 그제야 밤이 찾아왔다. 세 사제는 한밤에 공회당에 모여 짧은 의식을 치렀다. 답을 기다리기 위해 데스포이나만 남고 나머지 두 사제는 각자 집으로 돌아갔다. 나우플리온은 여전히 "문병 사절"이라고 쓴 판이 붙은 문을 밀고 안으로 들어섰다. 익숙한 위치에서 램프를 찾아내어 불을 붙이자 방이 밝아졌다.

그리고 우뚝 멈추었다.

방안에는 뜻밖의 방문객이 앉아 기다리고 있었다. 방문을 거절하는 주인의 글귀를 무시하고 대담하게 들어왔다는 점도 놀라웠지만, 찾아온 상대가 누구인가에 비하면 아무것도 아니었다. 결코 찾아올 사람이 아니었다. 칠 년 전의 일 이후로 두 사람은 존재하되 서로에게는 존재하지 않는 사람인 양 살아왔었다.

"오랜만이군."

"무엇이 오랜만인가요?"

이솔렛은 의자에서 일어나며 맞은편 문고리에 걸린 에젤다 꽃 화환을 흘끗 보았다. 나우플리온이 맥 빠진 미소를 지었다.

"날 찾은 것이."

같은 섬에 살면서 종종 얼굴을 마주칠 기회는 있었다. 그러나 누가 피했다고 할 것도 없이 빠르게 스쳐갔을 뿐이었다. 가끔 말을 나눴다 해도 단순한 용건이 있을 때뿐, 그녀가 이렇게 찾아와 그의 집에 앉아 있는 것이 실로 얼마만이던가.

"사제님을 찾아온 건 아니에요."

나우플리온은 도로 앉으라는 듯 가볍게 손짓했다.

"응, 그럴 것 같았어."

갑자기 침묵이 흘렀다. 둘은 서먹하다기보다 할말이 다 떨어진 양, 처음부터 할말 따위는 없었던 양 서로를 외면했다. 버릇처럼, 그러니까 버릇이 되어버린 대로 스쳐가려 했지만 이곳은 집안이었다. 그들은 방문객과 주인이었다.

평범한 주인처럼 마실 것이라도 권해야 할까. 또는 심각한 이야기를 꺼내 칠 년 만의 만남에 대한 감상은 슬쩍 흘려버려야 할까. 또는 계속 기다려볼까, 먼저 입을 열 때까지, 아무렇지도 않은 것처럼.

"다프넨은 어디로 간 거죠?"

침묵은 길지 않았다.

"여기 없어."

"산책이라도 나갔다고 말할 참은 아니겠지요."

"아니……."

말하고자 한다면 너무도 많은 이야기를 가진 두 사람이었다. 그러나 마주선 채 둘 다 앉지도 않았다. 이솔렛은 흰 무명치마에 달린 넓은 주머니에 한 손을 넣고 나우플리온을 가만히 쏘아보았다.

"무언가 숨기고 있군요."

나우플리온이 천천히 말했다.

"네가 평생 지킬 줄 알았던 금기를 그 아이를 위해서 깼구나."

이솔렛의 금빛 눈썹이 약간 움직였다.

"난 다프넨을 가르치는 선생이에요. 그리고 그날 오전에도 멀쩡했던 아이가 닷새나 문밖으로 나오지도 못할 정도로 앓고 있다니 이상하다고 생각했을 뿐이에요."

"그래서 결론을 얻었어?"

대화는 이상하게 흘러가고 있었다. 다프넨의 행방을 걱정해야 마땅할 텐데, 자신들의 모습을 정당화하느라 더 애쓰는 두 사람 사이에는 털어내기 힘든 비밀이 있었다.

"말 돌리지 마세요. 무슨 일이 생겼죠?"

"걱정돼?"

"물론. 그게 이상하기라도 해요?"

"아아, 참, 너는 그 애의 선생으로서 왔다고 했지."

"……."

말은 자꾸만 빗나갈 뿐이었다. 그러나 나우플리온이 갑자기 고개를 세차게 흔들더니 두 손으로 머리를 몇 번 쓸어 넘기고 관자놀이를 눌렀다. 그의 얼굴에서 혼란이 사라지고 눈빛도 달라졌다. 이솔렛은 그런 모습을 가만히 지켜보기만 했다.

"그래. 먼저 들어와 살펴봤으니 상황은 알겠지? 거짓말이었어. 다프넨은 아픈 것이 아니라 행방불명이야. 섬 안 어디에서도 찾아내지 못했어. 짐작건대 그 애는 무언가 잘못된 기운에 휩쓸려 이공간에 발을 들여놓은 것 같아. 데스포이나 사제님께서 지금 그 아이의 위치를 감지하려 시도하고 계셔. 그리고 이 사실을 아는 것은 나와 데스포이나 사제님, 모르페우스 사제님뿐이고 네 번째로 알게 된 너도 반드시 비밀을 지켜줘야 해. 다프넨을 위해서. 왜냐면……."

그때 이솔렛의 목소리가 말을 끊었다.

"검 때문이군요."

나우플리온은 빠르게 늘어놓던 설명을 그쳤다.

"어떻게 알고 있지?"

"그 아이가 늘 가지고 다니는 검 말이죠. 사제님 당신께서 소지해도 좋다고 허가해주신 그 검."

이솔렛은 지금껏 다프넨과 지내면서 단 한 번도 윈터러를 화제에 올린 일이 없었다. 그러나 결코 간과한 것은 아니었다. 다프넨을 가르치려고 신성 찬트를 한 소절씩 부를 때면 곁에 놓인 윈터러에서 무어라 말하기 힘든 기묘한 기운이 일어나는 것을 줄곧 보아왔다. 노래를 그치면 금세 사라져버렸지만, 목소리가 닿는 동안만은 흡사 불안에 떨기라도 하는 것처럼 대기에 부자연스러운 흐름을 만들어냈다. 내뿜거나, 혹은 들이쉬면서.

몇 번인가 이야기를 꺼낼까 했지만 노래를 멈추면 곧 사라져버렸으므로 어떤 것이라고 잘라 말하기가 어려웠다. 그것이 좋은 것인지 나쁜 것인지조차 명확치 않았다. 다만 검에 이상한 기운이 서려 있고, 그것이 찬트에 깃든 마법과 약하게

나마 반응하는 것만은 분명했다.

“그러면 그날의 어둠도 그 검과 관련된 건가요?”

핵심을 찔린 나우플리온은 잠시 말이 없었다.

그 순간 그는 이솔렛조차 함부로 신뢰할 수 없다는 생각을 하고 있었다. 아니, 이솔렛이기 때문에 더더욱 안 될 수도 있었다. 이곳까지 찾아온 것을 보면 어느 정도는 다프넨에게 호감을 가진 것 같지만, 그녀의 아버지 일리오스 사제는 섬을 지키기 위해 목숨을 내놓았던 사람이다. 그렇게 지켜진 섬의 안전에 이솔렛이 민감하지 않을 리 없었다. 더구나 아버지의 강직한 성미를 그대로 빼닮은 딸이 아닌가.

나우플리온이 침묵하자 이솔렛이 말했다.

“그렇군요. 그래서 당신이 그 아이를 보호하려 이렇게 애쓰는군요.”

이솔렛은 마법을 본격적으로 공부하지 않았지만 그녀가 가진 마법에 대한 지식은 나우플리온과 비할 바가 아니었다. 단편적으로 오간 이야기만으로 윤곽을 짐작하고도 남았다. 나우플리온이 갑자기 물었다.

“넌…… 이솔렛 넌, 다프넨을 어떻게 생각하지?”

이솔렛은 순간적으로 당황한 듯 보였다. 눈동자에 흔들림이 스쳤다.

“어떻게 생각하다니요? 아까 한 말을 되풀이하라고요?”

나우플리온은 고개를 흔들었다.

"그게 아냐. 그 아이를 얼마나 좋아하지? 그 애가 네게 어느 정도로 호감을 줬지? 그 애를 다른 사람들에게서 지켜줄 정도인가? 그 애가 가진 잠재적인 위협을 눈감아줄 정도인가? 그게 어느 정도로 위험한지 알고도?"

이솔렛은 약하게 한숨을 내쉬며 눈을 감았다 떴다.

"내가 다프넨을 섬에서 쫓아내자고 하기라도 할 것처럼 보여요?"

"모르겠어. 그러니까 지금 말해봐."

"아니에요."

대답은 짧았다. 나우플리온은 확실히 하려는 것처럼 되물었다.

"아니라고? 그러면 그 아이가 상처 입지 않도록 감싸줄 마음이 있다는 이야기야?"

방금 들은 말의 어감은 약간 이상하다 싶었다. 이솔렛이 의혹 섞인 눈길로 나우플리온을 쏘아보았지만 나우플리온은 지친 미소를 띤 채 다시 말했다.

"말해봐."

돌 구슬에서 미묘한 빛이 흘러내렸다. 어떤 영상이 떠오를 듯 말 듯했다. 도로 잠들었던 다프넨은 이윽고 깨어나 먼젓번처럼 구슬들을 들여다보고 있었다. 동굴 밖의 달은 기울어 사라지고 없었다.

어느 구슬 속에서 언뜻 어린시절의 자신을 본 뒤로, 계속 구슬을 바꾸어가며 나타날지도 모를 옛 기억을 찾는 중이었다. 엔디미온은 이 구슬들에 다프넨의 영혼이 품은 기억이나 상상 같은 것들이 저장되어 있다고 말해주었다. 또한 미래를 말하는 예지몽도 선사해준다고 했다.

다프넨은 미래가 궁금하지 않았다. 그가 찾고 싶은 것은 단 하나, 예프넨의 얼굴뿐이었다.

꿈속에서라면 종종 보았다. 하지만 꿈이란 흘러가버리는 것이라 아무리 애써도 간직되는 감각은 제한되어 있었다. 그러나 눈을 뜨고 보는 영상은 달랐다. 꿈이 아닌 현실에서 예프넨이 미소 짓는 모습을 볼 수만 있다면 얼마나 좋을까. 비록 영상에 불과할지라도, 볼 수만 있다면. 이 구슬들이 정말로 자신의 혼을 닮는다면 그 안에 예프넨의 모습이 없으리라고는 상상도 되지 않았다.

「뭘 그렇게 원하니?」

한참 전부터 엔디미온이 곁에 앉아 있었는데도 눈치채지 못했다. 목소리를 듣고서야 흠칫 놀라며 물러났다. 맑은 웃음소리가 귓가를 울렸다.

「아직도 놀라는구나.」

"당연하잖아. 난 사람이고 넌 유령이라고."

이렇게 말해도 엔디미온은 화를 내거나 하지는 않았다. 대신 다프넨이 들고 있는 구슬을 가만히 쳐다보더니 말했다.

「뭔가 간절히 원하는구나. 도와줄까?」

생각할 여지도 필요 없었다. 다프넨은 즉시 고개를 끄덕였다.

"도와줘. 이 구슬들 속에 내 기억들이 반영되었을 거라고 했지? 난 죽은 형의 모습을 보고 싶어. 보게 해줘."

「죽은 사람을 보게 해달라고?」

엔디미온은 고개를 갸우뚱했다. 반투명한 머리카락이 한쪽 어깨에 닿아 미끄러졌다.

「넌 나를 보고 무서워하잖아. 죽은 사람이 네게 말을 걸면 예전에 친했던 사람이라 해도 아마 겁이 날 거야.」

"난 죽은 사람의 유령을 만나보겠다는 게 아니라 이 구슬 속에 있는……."

거기까지 말하다가 다프넨은 말을 멈췄다. 숨을 깊이 들이쉬고 눈을 크게 떴다.

"그 말은…… 너…… 내가 형의 유령을 만날 수도 있다는 뜻이야?"

엔디미온이 눈썹을 살짝 치켜 올렸다.

「난 죽은 지 수백 년도 넘은 영혼이야. 그런데도 이렇게 네 눈앞에 나타났잖아. 네 형이라면 죽은 지 몇 년 되지도 않았을 텐데 못 만날 이유가 없지.」

다프넨의 얼굴이 일그러지는 것도 같고, 동시에 펴지는 것 같기도 했다. 흡사 울음과 웃음이 동시에 터지려는 듯한 모습이었다. 저도 모르게 엔디미온의 손을 부여잡으려다가 허공을 헛잡기까지 했다.

"마…… 만나게 해줘!"

엔디미온은 고개를 저었다.

「그러지 않는 게 좋을 거야.」

"아냐, 어떤 일이 일어나더라도 상관없어! 난 겁나지 않아! 형만 괜찮다면……."

뒷말은 형이 살아 있던 때의 버릇으로 얼결에 붙인 말이었다. 그런데 그렇게 말하는 순간 문득 의혹이 생겼다.

"혹시…… 내가 형의 영혼을 만나면 형한테 안 좋은 일이 생기는 건 아니겠지?"

엔디미온은 다시 고개를 젓더니 말했다.

「그런 일은 없어. 하지만 그보다 더 큰 문제가 있지. 네 형은 죽은 지 얼마 안 되었다고 했지? 지금 너와 이야기하는 나는 너무 오래전에 죽었기 때문에 생전의 고통이나 원한 같은 것이 대부분 희석되어 맑아졌어. 그래서 산 사람인 너를 만나도 별다른 욕망이 일어나지 않아. 하지만 금방 죽은 혼들은 달라.」

다프넨이 느끼기에는 금방이 아니었지만, 혼의 세계에서는 그럴지도 모른다. 엔디미온이 말을 이었다.

「그들은 죽을 때의 감정을 뒤죽박죽된 상태로, 심지어는 멋대로 증폭시켜 간직하고 있기 때문에 살아 있는 사람과 소통하는 방법을 알게 되면…….」

엔디미온은 말을 멈추고 약간 머뭇거렸다. 다프넨은 견디지 못하고 재촉했다.

"어떻게 되는데? 난폭해……지기라도 하는 거야?"

「그보다 더 나빠. 그들은 온 힘을 다해 산 자의 영혼을 내쫓고 육체를 빼앗으려 하지.」

"……."

다프넨은 입을 다물었으나 머릿속에서 다양한 감정이 소용돌이쳤다. 어떤 일이 일어나더라도 형을 만나고 싶다는 간절한 바람, 동시에 죽은 자를 만나는 것에 대한 원초적인 두려움, 죽을 당시 형이 편안하지는 않았다는 기억, 그리고 그 모든 것보다 강렬한, 쉽게 극복할 수 없는 감정…….

바로, 추하게 변한 형을 보고 싶지 않다는 애정과 이기심이 뒤섞인 심정이 그것이었다. 한 번 되뇔 때마다 심장을 도려내듯 지독하게 아픈 생각이었다.

엔디미온은 다프넨이 감정을 추스르도록 기다리고 있다가

말했다.

「지금 바깥 세계의 사람들이 널 부르고 있어. 한 번뿐인 기회일지도 몰라. 응답하는 것이 좋을 것 같아. 그걸 알려주러 왔어.」

"날…… 부른다고?"

똑, 똑, 똑, 물 떨어지는 소리가 갑작스레 청각을 뚫고 들어왔다. 멈췄던 시간이 흐르기 시작하는 느낌이었다.

「응. 나도 널 도울 방법을 여러모로 찾아봤지만 아무래도 '어른 유령들'에게 알리지 않고는 어렵겠더라. 하지만 말했다시피 그분들이 이 일을 아신다면 널 쉽게 보내주지 않을 거라고 생각해. 그렇지만 나도 외부의 부름에 답하는 방법은 알아. 갈 거지?」

마지막 말이 미묘한 어감으로 다프넨의 마음을 건드렸다. 갈 거냐고? 물론…….

그러나 돌아간다 해서 행복한 삶이 기다리고 있던가? 어쩌면 그가 오랫동안 갈구해왔던 은둔자의 동굴이란 바로 여기와 비슷하지 않을까?

"죽은 사람의 세계는 생각보다 참 평화롭구나. 난 지금까지 이런 세계가 존재하는 줄은 전혀 몰랐어. 너희는 이곳에서 그렇게 수백 년 동안 조용히 살아온 거야? 살아생전의 일들에 영향받지도 않고, 산 자의 세상에 관여하지도 않으면서?"

엔디미온은 다프넨의 심중을 꿰뚫어 본 듯 대답했다.

「네 생각보다 훨씬 심심하단다. 얼마나 심심하면 우리가 너희 산 자들을 관찰하면서 그들의 죽음을 오벨리스크에 기록하고 있겠니.」

그러면서 엔디미온은 손을 내밀어 다프넨이 쥐고 있는 구슬을 슬쩍 건드렸다. 그러자 거기에서 눈이 아플 정도로 밝은 빛이 쏟아져 나왔다.

「그만 가렴. 네가 원한다 해도 넌 여기서 살 수 없어. 왜냐면 넌 육신을 갖고 있거든. 그 몸으로 우리 유령들의 세상에서 견디려면 이 동굴에 누워 계속 잠을 자는 수밖에 없어. 영원한 달이 뜬 영원한 밤의 품에서, 꿈으로도 위로받지 못하는 잠을 끝없이 자는 거지.」

동굴의 주인인 엔디미온은 일어나더니 손을 펴서 허공을 내리 그었다. 그러자 흡사 공간과 공간의 샛길이 갈라진 것처럼 틈새가 생겨났다. 그 틈에서 발그레한 빛과 따뜻한 바람이 흘러들었다. 온통 푸른 안개로 메워진 이곳과는 딴판의 세상이었다.

「저 따사롭고 밝은 곳이 네가 살던 세계야. 이제 곧 가게 될 거야. 잠깐만 기다리고 있으면.」

"잠깐! 그러면 우리는 다시 만날 수 없는 거야?"

아쉬움이 다프넨을 사로잡았다. 엔디미온의 모습이 흐려지더니 이윽고 물방울처럼 흩어져버리는 것도 보았다. 귓가에 마지막 목소리의 흔적이 남았다. 그것도 끝맺어지지 않은.

「아마도 우리가 다시…….」

그 뒤에 이어질 말을 생각해보기도 전에 구슬에서 흘러나오던 빛이 파도로 변해 시야를 휘감았다. 너무 밝아 눈도 제대로 뜨기 힘들었다. 몇 번인가 감은 눈을 비비고 고개를 흔들던 다프넨은 갑자기 눈을 번쩍 떴다.

"아……."

눈앞에 펼쳐진 것은 넓디넓은 들판이었다. 섬 안 어딘가는 아니었다. 낯익은 니들그래스의 춤, 먼 지평선, 흐린 하늘과 메마른 흙, 이리도 황량한데 이리도 마음을 자극하는 곳은 오직 하나뿐…….

소년은 눈을 크게 뜨고 서 있었다. 자신이 무엇을 보고 있는지, 깨닫고도 믿지 못했다. 내가 왜 여기에 있지? 아아……. 잠시 꿈을 꾸었나? 힘겹게 버텼던 몇 년간의 여행은 오로지 나쁜 꿈이었던 걸까? 모든 것을 잃고 산 몸 하나를 이끌고 가려고 저질러야 했던 죄와 의심들……. 그렇게 더럽혀졌던 자신은 이곳에 없었다. 이 들판은 그의 고향, 사랑하는 형과 더불어 달리고 뒹굴던 어린 마음을 남겨두고 온 곳…….

더듬거리는 손이 풀 이삭 하나를 쥐었다가 놓쳤다. 잘 익은 풀씨들이 손가락 사이로 조르르 굴러떨어지고, 노란 풀먼지가 날았다. 늦여름이었다. 트라바체스에서는 찬바람이 서서히 불기 시작하는 계절이었다. 쓸모없는 풀로 가득한 들에 태양이 드리운 붉은 그림자가 맥없이 너울거렸다. 눈물이 고였다. 뜨겁게 방울져 흐르고 턱끝에서 부서졌다.

소년은 첫걸음을 걷는 아기처럼 주춤거리며 발을 내디뎌보았다. 흙의 열기가 느껴졌다. 두 손은 언제나처럼 길게 웃자란 풀대를 헤치고 있었다. 그는 여길 떠난 일이 없었다. 잠시 꾸었던 악몽에서 깨어났으니 그를 달래줄 사람 또한 언제나처럼…….

보리스!

소년은 몸을 돌렸다. 자신이 들은 목소리의 주인을 찾으려 허둥거리며 사방을 두리번댔다. 한나절 잠들고도 못 견디게 그리운 어머니를 찾는 아이처럼, 그렇게 보고 싶은 사람이 있었다. 나쁜 꿈을 꾼 소년을 찾으러 오는 사람, 바로 저기에 있었다.

"아아……!"

입에서 터진 것이 탄성인지, 또는 부름인지도 모른 채 소년은 엎어질 듯 달려갔다. 시야를 가리는 풀을 두 팔로 헤치며, 그가 자신을 발견하지 못할세라 뛰었다. 태양을 등지고 낯익은 그림자를 길게 드리운 사람이 손짓하고 있었다. 하늘을 닮은 옅푸른 눈동자……. 아아, 우리가 헤어진 것이 정말로 몇 년간이었을까, 아니면 단지 반나절일까.

"형!"

어서 와! 저녁 먹으러 갈 시간이 다 됐어!

미소와…… 눈물과…… 모든 것이 뒤범벅된 채 소년은 달려갔다. 형은 약간 어려진 것처럼 보였다. 키도 살짝 작았고, 얼굴도 앳되었다. 그러나 그가 좋아하는 미소와 눈빛만은 변함없었다. 갈색 머리칼이 저녁 바람에 흐트러져 날리고 있었다. 그는 멈춰 섰다.

"형……."

소년은 갑자기 두려움을 느끼며 형을 마주보았다. 형의 키는 자신과 다를 것이 없었다. 분명 훌쩍 큰 키여서 곧잘 손을 뻗어 동생의 머리를 흐트러뜨리곤 하지 않았던가. 아니, 그때의 형이 아니었다. 겨우 열다섯 정도나 되었을까. 그렇다면 자신은?

얼른 가자, 아버지께서 기다리실 거야.

형은 소년이 보는 앞에서 작은 꼬마를 번쩍 안아 올리는 듯한 행동을 했다. 한 번 더 팔을 추키며 그로부터 돌아섰다. 그러나 형의 팔 안에는 아무도 없었다. 일곱 살 꼬마여야 할 자신은 거기에 없었다.

들판에서 낮잠 자면 감기 걸린단 말이야, 요 꼬마야. 다음에도 또 그럴 테야?

목소리가 멀어져갔다. 소년은 떨리는 목소리로, 그토록 보고 싶었던 사람의 등을 향해 중얼거렸다.

"아니……. 안 그럴 거야. 그런데…… 형…… 땅바닥에서 잤더니 어깨랑 허리가 아파……."

그럼 당연하지. 가서 유모한테 주물러달래자.

무어라 대답해야 할지 너무나 잘 알고 있었다. 아무도 들을 사람 없는 대답을 하는데 다시 눈물이 쏟아졌다.

"그래……. 형이 안아주니까…… 따뜻해서…… 좋다……."

열다섯 살 소년 예프넨은 계속해서 저멀리로 가고 있었다. 형의 등 너머로 우뚝 선 진네만 저택이 보였다. 아무 흠집도 없이, 깨끗한 외벽과 지붕을 가진 옛 집이었다.

눈앞이 흐려졌다.

눈물 때문이 아니었다. 주위가 서서히 어두워지고 있었다. 그렇게 반가웠던 메마른 잡풀과 먼 지평선이 사라져갔다. 저택에 어스름이 내렸다. 밤이 오는 것처럼, 그리로 걷고 있는 형의 모습도 어둠 속으로 잠기고 있었다. 소년은 퍼뜩 고개를 들었다.

"형, 형, 가지 마!"

그는 다시 한번 달리기 시작했다. 목청껏 부르면서, 잡을 수 없는 환각을 향해 달려갔다. 그러나 주위는 곧 완전히 캄캄해졌다.

우회 전략

“이것 봐, 형님. 칸타 쿨구 특제 금색 전갈 요리가 싫다면 하다못해 아무거로나 요기는 하고 갑시다. 제발요, 네?”

중얼거리다 못해 내지른 소리에 앞서 걷던 류스노의 걸음이 그제야 멈추는 기색이었다. 유리히는 만면에 희색을 띠며 달려가 류스노의 앞을 막아서고 싱긋 웃어 보였다.

“그 나이 먹고도 아직도 먹는 거 타령이냐?”

류스노의 말투는 늘 그렇듯 딱딱했지만, 유리히는 류스노가 동생 어리광 탓하는 기분으로 말했다는 것을 알고 있었다. 그런 시선을 이용하는 요령만은 유리히가 류스노보다 한 수 위였다.

“에이 참, 전 어려서 먹은 끼니보다 거른 끼니가 훨씬 많던 녀석이라 배고픈 것만은 도저히 못 참겠소. 형님이야 유복하게 컸으니 그런 거 모르시죠?"

"……쓸데없는 소리."

재단사라고는 해도 류스노의 아버지는 한때 '론의 패왕'이라는 별명으로 불렸던 안드레예프 통령의 예복을 몇 벌이나 만들 정도로 명성을 날렸던 사람이었다. 그즈음에는 상당한 재산도 모았다. 안드레예프 통령이 비명에 죽고 나서 그와 조금이라도 관련된 사람들이 모조리 론에서 쫓겨나지 않았더라면 류스노도 좀더 오래 행복한 유년기를 보냈을 것이다.

이윽고 류스노는 어리둥절한 표정으로 주위를 휘둘러보았다. 생각에 잠길 때면 늘 그렇듯 자신이 어디에 있는지, 시간은 어떻게 됐는지 전혀 몰랐던 것이다. 하지만 다행히 그의 오감은 아무런 명령이 없어도 잘도 일을 했으므로 어디 부딪히지도, 넘어지지도, 길을 잘못 들지도 않았다. 종종 이런 상태로 사람들과 일상적 대화까지 나눈다고 하는데 정말로 그런지 확인할 방법은 없었다. 본인은 기억하지 못했으니까.

두 사람이 멈춰 선 곳은 사거리 한가운데였다. 아무리 오감이 발달한 류스노라고 해도 이런 상황에서 여기가 어딘지 알아내려면 머리의 도움이 필요했다. 그는 궁리하는 대신 유리히를 쳐다봤다. 유리히가 씩 웃으며 입을 열었다.

"칸타 쿨구 요리점에서 열세 걸음 떨어진 위치……가 아니라, 거위 장터 사거리죠."

류스노는 자기 손을 들여다보았다. 이럴 때 언제 집었는지도 모를 물건이 멋대로 들려있는 일은 워낙 비일비재해서 이제 놀라지도 않았다. 이번에도 난데없는 종이가 한 장 있기에 무심코 펼쳐들었다.

'칸타 쿨구' 일등상을 받은 요리사 제아네르 특제 황금 전갈
갓 잡은 황금 전갈을 연안 바닷물에 푹 삶은 최고의 요리
레몬즙과 허브의 향 또한 일품
네 사람이 먹어도 충분한 요리가 단돈 1만 페페!
모든 손님에게 백포도주 두 잔을 드립니다.

유리히가 건너다보고 키득키득 웃기 시작했다. 전단지는 류스노가 이미 '저도 모르게' 두 번 접어 재봉 시접을 만들어 놓은 상태였다. 류스노는 무심히 중얼거렸다.

"일등상은 대체 어디서 받았다는 말이지?"

"전들 아나요, 형님?"

"크흠, 그러니까 여길 가고 싶다는 말이냐?"

유리히는 애써 킬킬거림을 멈추고 대꾸했다.

"걱정 마시라고요. 형님 같은 사람을 위해서 전갈 말고 거위란 녀석도 얌전히 대기하고 있을 테니까."

산스루리아 외곽 도시 칸타 파르스에서 가장 유명한 음식이 거위와 전갈이라는 이야기를 듣고 전갈을 택할 외지인은 유리히처럼 드문 놈 빼고는 없었다. 류스노는 하늘을 올려다보며 중얼거렸다.

"고기는 몸에 안 좋아."

그로부터 몇 분 후, 두 사람은 시접 들어간 전단지를 구겨 쥔 채 칸타 쿨구 요리점의 구석 테이블에 앉아 있었다. 잠시 논쟁한 끝에 황금 전갈 요리 작은 것 하나, 그리고 거위가 아닌 샐러드 한 접시를 시켰다. 놀랍게도 그곳에는 류스노 같은 사람을 위해 엊그제 새로 만들기라도 한듯 '특대 뒤뜰 샐러드' 같은 메뉴도 있었다. 의아해진 유리히가 넌지시 물어보자 급사는 당연하다는 얼굴로 대답했다.

"채식주의자분들을 위한 메뉴죠."

지금껏 '채소와 과일만 좋아하는 뭔가 잘못된 인간'은 전 대륙에 류스노 한 명뿐일 거라고 생각해왔던 유리히는 흐뭇한 미소를 짓고 있는 류스노를 보며 의견을 전면 수정해야 했다. 드디어 출생의 비밀이 밝혀졌구나. 어쩐지 트라바체스 출신답지가 않더라니. 류스노는 틀림없이 여기 출신…… 아니, 조상 중에 여기 사람이 한 명, 아니 여러 명 있을 거야.

타지와 교류가 적어 베일에 가려진 나라로 통하는 산스루리아에는 미식, 아니 보통 사람들의 눈으로 볼 때 '괴식怪食'이라 할 만한 요리들이 널려 있었다. 산스루리아인들은 다른 나라 사람들이라면 감히 먹으려 들지 않을 재료까지 모조리 요리해 먹었고, 일상 음식도 취향에 따라 수백 가지였다. 이런 식이니 음식점도 유난히 많았다. 광고 전단을 뿌린다든가 채식주의자 메뉴가 존재한다든가 하는, 대륙의 다른 지역에서 찾아볼 수 없는 풍습이 있는 것도 그래서였다.

필멸의 땅을 교묘히 가로막아주는 공작깃 산맥과 그 아래 초승달 평야, 동쪽 바다로 비죽이 튀어나온 산스루 반도로 이루어진 국토는 작지만 기름졌다. 필멸의 땅이 자연스럽게 다른 나라와의 교류를 가로막는 바람에 외딴섬처럼 홀로 발달해온 세월이 수백 년이었다. 그 과정에서 풍습과 문화는 크게 달라졌다. 사막 너머에 다른 나라들이 있다는 것을 모르지는 않았지만, 그저 인식 차원에 그쳤다. 타국 사람들도 산스루리아라면 '특이한 종교를 가지고 무녀 여왕의 다스림을 받는 별난 나라'라는 인식밖에 없었다. 새삼스럽게 문호를 트는 것이 산스루리아에, 그리고 다른 나라들에 과연 좋은 일일지 쉽게 판단할 사람은 없었다. 적어도 산스루리아 사람들에게는 고역일 가능성이 컸다.

단 하나, 예외가 있다면 최근 교역길이 열리면서 장기적인 군사 협력까지 논의되고 있는 렘므와의 관계였다. 그 결과 외지인에게 개방된 첫 무역도시가 이곳 칸타 파르스였다. 그 덕택에 류스노와 유리히도 별 어려움 없이 산스루리아에 들어왔다. 물론 칸타 파르스를 벗어나 다른 지역으로 가려 한다면 그때부터 문제가 생기겠지만 말이다.

"형님, 우리 결론부터 말해볼까요."

유리히는 음식이 나오기를 기다리며 손끝으로 나무 컵을 톡톡 두드리고 있다가 허리를 젖히며 몸을 폈다.

"우릴 똥개 훈련시키듯 여기까지 쫓아오도록 만든 그 꼬마 놈이 여길 왔다고 봐요, 안 왔다고 봐요?"

두 사람은 칸 선제후가 준 보리스 진네만의 전신 초상화를 가지고 있었다. 블라도가 진네만 저택에서 뜯어 온 가족 초상화를 베낀 것이었다. 보리스가 열 살 무렵의 그림인지라 꼬마라고 불러도 손색없을 귀여운 얼굴의 초상화였다. 지금 달의 섬에 있는 다프넨은 그림과 얼굴 윤곽만 비슷할 뿐 전체적 인상이나 성숙함이 전혀 달랐다.

당연히 그들은 그런 사실을 몰랐다. 몇 살 더 먹었다는 정도는 알아도 어른들의 입장에서 아이들의 두세 살 차이쯤은 별것 아니게 느껴지기 마련이었다. 다만 양아들이 있는 유리히는 아이가 갑자기 성숙해졌을 가능성이 있다고 언뜻 말한 일이 있었다.

"가능성이 적지만, 좀더 조사할 필요는 있겠지."

"적다고요? 난 아예 없다고 봅니다. 차라리 녀석이 낚싯배를 타고 나갔다가 바다에 빠져 죽었다는 쪽에 걸겠네요. 산스루리아에 들어오면서 여기, 칸타 파르스 항구를 거치지 않을 사람은 아무도 없어요. 우리조차도 그러지 못했으니까! 게다가 외국인이 여길 나가서 다른 데로 가면 어떻게 되는지 잘 알잖아요?"

"방법이 전혀 없는 것은 아니지."

"체, 물론 산스루리아의 마음 좋고 얼빠진 녀석을 하나 잡아 동행하면 되겠지요. 하지만 그게 얼마나 어려운지는 형님도 잘 알잖아요? 이 나라는 저들끼리는 '법 없이도 사는 나라'지만 외지인들한테는 '무법천지'라고요."

'법 없이 사는 나라'와 '무법천지'는 언뜻 같은 말 같지만 속뜻은 천지 차이였다. 확실히 산스루리아에서 이방인의 통행이 법으로 금지된 것은 아니었다. 그도 그럴 것이 제대로 된 법전조차 없는 나라였으니까.

대신 법보다 강한 제약이 있으니 바로 이방인을 배척하는 백성들의 존재였다. 이런 경우 법 없는 나라가 얼마나 무서운가 하면, 사람들이 이방인들을 하루에 한 명씩 돌팔매질로 때려 죽여도 조사하러 나오는 관리 하나 없었다. 사제직도 동시에 맡고 있다는 관리들은 똑같은 문제에 아홉 번 무관심하다가 열 번째에는 아무렇지도 않게 사형선고를 내려버리는 엽기적인 관습법 해석을 자랑했다.

"너 같은 녀석이 무법천지를 겁내다니."

류스노가 말하자 유리히는 짓궂은 미소로 응답했다.

"무법자는 겁나지 않는데 귀찮게 구는 인간들은 딱 질색이라서요. 그나저나 배고파죽겠다니까 먹을 건 왜 이리 안 나오지?"

특대 뒤뜰 샐러드는 이미 나와 있었다. 유리히는 곧 먹게 될 음식에 대해 정보라도 얻을 겸 주위를 두리번거렸지만 이날따라 전갈 요리를 먹고 있는 사람이 눈에 띄지 않았다. 전갈은 산스루리아 사람들에게도 꽤 비싼 요리였다. 그러나 칸 통령에게 충분한 여행 자금을 받아 온 그들에게는 그리 거슬리는 가격도 아니었다.

전갈 요리 대신 다른 것이 눈에 띄었다. 유리히는 팔을 뻗어 테이블 앞을 탁탁 두드리며 류스노의 주의를 환기시켰다.

"형님, 저쪽 좀 봐요."

상추 한 조각을 물어뜯고 있던 류스노가 고개를 돌렸다. 한 남자가 식당에 들어서는 중이었다. 그들 둘만 사내를 쳐다보는 것이 아니었다. 식당 안 모든 사람의 눈이 입구에 쏠려 있었다. 들어온 사람은 하나인데 문밖에서 엎드려 기다리는 사람이 수십이었다. 게다가 엎드린 자들은 모두 산스루 신관만이 입을 수 있는 흰옷을 걸치고 있었다.

신관 중 대표로 보이는 자가 나서서 머리를 조아리며 무어라 말했지만, 산스루리아 사람들의 변형된 공용어, 특히 신관들의 비비꼬인 말투에 익숙하지 못한 두 사람은 알아듣지 못했다. 다만 상대를 '귀하신 분'이라고 부르는 것만은 알았다. '귀하신 분'이 돌아서며 대꾸했다.

"폐하는 심려하지 않아. 나는 내 일을 알아서 하니까."

아이들처럼 천진난만한 어조였고, 무엇보다 또렷한 공용어였다. 사내는 빈 테이블에 앉더니 큰 소리로 급사를 불러 유리히와 똑같은 황금 전갈 요리를 주문했다. 스물세 명의 산스루 신관들은 여전히 식당 문밖에 엎드려 있었다.

유리히는 연신 그자를 흘끔거렸다. 여러모로 흥미진진한 구석이 많은 자였다. 우선 아무리 봐도 '귀하신 분'이라는 호칭과 어울리는 생김새가 아니었다. 큰 키에 위압적인 풍채와는 달리 무지와 선량함이 절반쯤 섞인 맑은 눈망울도 묘했다. 사내는 테이블에 팔꿈치를 짚고 턱을 괸 채 곧 나올 요리를 잔뜩 기대하는 얼굴이었다.

이윽고 고개를 돌린 류스노가 말했다.

"전사다."

유리히는 그 말을 다른 사람이 했을 때보다 세 배는 강한 의미로 이해했다. 언뜻 보아 책상머리 학자풍의 인간으로 보이는 류스노는 '네 날개' 가운데 가장 탁월한 전투력의 소유자였다. 몇 년이나 동고동락한 유리히는 류스노의 무서움을 잘 알고 있었다.

"……그렇군요. 틀림없이."

'귀하신 분' 따위가 아니었다. 산과 들을 내달리는 거친 전사였다. 외모나 옷차림과는 관계없었다. 전사들끼리만 알아볼 수 있는 동물적인 감각이 그렇게 말하고 있었다. 유리히는 힘보다 속도와 기습에 의존하는 부류인지라 정공법의 전사를 보게 되면 저도 모르게 움츠러드는 경향이 있었다.

"쓰읍, 기분 나쁜 놈인데."

'기분 나쁜 놈'은 요리에 앞서 나온 둥근 빵 몇 개를 눈 깜짝할 사이에 먹어치우고 뭔지 모를 콧노래를 불렀다. 사람들의 눈 따위는 개의치 않는, 정확히 말해 의식하지도 못하는 태도였다. 쳐다보던 사람들은 산스루 신관 하나가 따라 들어와 무서운 눈으로 휘둘러보자 억지로라도 시선을 거두고 관심 없는 체했다. 그러나 유리히는 곧 다시 흘끔거리며 이런저런 생각을 하기 시작했다.

짧은 소매 아래로 뻗은 팔은 탄탄한 근육질이고 드러난 살갗에는 크고 작은 흉터가 즐비했다. 언뜻 3익인 톤다의 모습과 비슷하구나 생각하다가 톤다가 레코르다블 출신이라는 사실에 생각이 미쳤다. 저자가 레코르다블 사람이 아니라 쳐도 어쨌든 산스루리아 사람으로 보이지는 않는다. 한데 콧대 높은 산스루 신관들이 외국인한테 저토록 융숭한 대접을 하다니?

신정일치의 산스루리아에서 산스루 신관이란 각국의 귀족들을 능가하는 고귀한 지위였다. 또한 신관은 더 높은 신관에게 고개를 숙일 뿐, 달리 어떤 사람에게도 복종하지 않았다. 그리고 신관들의 질서 꼭대기에 그들의 여왕이 있었다. 여왕은 신관 중의 신관이었고, 산스루 신의 여러 현신 중 하나로 여겨졌다. 그녀의 모든 말은 신성하고 절대적이었다. 여왕의 결정에 이의를 제기할 수 있는 자는 고작 일곱 명뿐인 최고위 신관과 무녀들로 한정되어 있었다. 그것도 아주 우회적으로 제기되었기 때문에 평범한 사람들은 여왕의 결정이 어떤 식으로 변했는지 깨닫지도 못하는 것이 보통이었다. 그런 상황이니 백성들의 반란 따위는 역사상 한 번도 일어난 일이 없었다.

긴 세월 타국에서 보낸 교역 사절 따위에 눈썹도 꿈쩍 않던 산스루리아가 현 여왕 메르제베드가 즉위하자마자 돌변하여 자유무역도시까지 만든 것을 보면 여왕이 뒤바꿀 수 있는 일의 범위는 무한했다. 그런 점을 생각하면 짧은 시간 내에 어떤 변화든 일어날 수 있는 나라이기도 했다. 하지만 그렇다 해도 산스루 신관들이 외국인에게 머리를 숙이는 변화까지 일어날 것 같지는 않았다. 대체 저자의 정체는 뭘까?

거기까지 생각했을 때 잰 체하는 유리히에게 슬픈 일이 일어났다.

"특제 황금 전갈……."

뒷말을 알아듣지 못했어도 애타게 기다리던 요리가 나왔다는 것을 모를 리 없건만, 요리 접시가 방향을 묘하게 틀더니 방금 온 저쪽 사내에게 가버리는 것이 아닌가?

"어이, 이봐……."

막 항의하려 하는데 류스노의 손가락이 다가와 손목을 툭툭 쳤다. 쳐다보니 고개를 저어 보였다. 유리히는 마른침을 뱉어냈다.

"흥, 신관 나리들을 업었다 이건가."

유리히도 앞뒤 못 재는 바보는 아니었다. 산스루리아에서 산스루 신관을 상대로 일을 벌인다는 것은 눈에 보이는 모든 사람을 적으로 돌리겠다는 의미였다.

"젠장, 나도 성질 많이 죽었다."

그때 류스노는 입을 비죽이는 유리히를 달래는 대신 '귀하신 분'이 식사하는 모습을 보고 있었다. 겉모습만 봐도 그다지 고귀한 행동을 할 것 같지는 않았지만 실제는 더 가관이었다. 그자는 나이프 한 자루를 능숙하게 휘둘러 큰 전갈을 갈기갈기 찢어놓더니, 딱딱한 껍질 틈새로 튀어나온 고기 조각들을 열 손가락을 써서 집어먹기 시작했다. 귀족은커녕 시장 바닥의 아이들도 그보다는 나은 태도로 식사하지 않을까 싶었다.

그러나 나이프를 쓰는 솜씨만은 단순하지 않았다. 빠르기도 했지만, 쥐는 모양이며 찔러 넣는 동작에서 보통 사람이 그럴 법한 더듬거림은 전혀 없었다. 헛손질 한번 하지 않았다. 그렇다고 검술가나 암살자들의 방식도 아니었다. 뭐랄까, 마치 소나 돼지를 많이 잡아본 자의 솜씨랄까. 또는 인간을 많이 잡아본 자의 솜씨랄까.

"음……."

류스노는 고개를 돌렸다. 그의 머릿속에서 계획이 하나 떠올라 서서히 구체화되었다.

유리히의 몫은 저쪽 테이블의 사내가 요리를 절반쯤 먹어 치웠을 즈음에 겨우 나왔다. 지금은 꾹 참지만 기회만 되면 갚아주리라고 다짐하며 마음을 추스른 유리히는 요리로 눈길을 보냈다. 넓적한 접시에 둥근 뚜껑이 씌워져 있어 더욱 호기심을 자극했다. 급사가 손을 내밀어 뚜껑을 가져갔다. 무심코 안을 들여다본 류스노의 입에서 신음 소리가 새어 나왔다.

"으으으음……."

유리히도 흥미진진한 눈으로 접시를 들여다보았다. 이어 류스노의 얼굴을 흘끔 보더니 갑자기 광대처럼 입술 끝을 잔뜩 올리며 웃어 보였다.

"맛있을 것 같지 않아요, 형님?"

팔뚝만 한 전갈이 금빛 등딱지와 커다란 집게발을 자랑하며 위용을 뽐내고 있었다. 주위에는 작은 새우만 한 크기의 검은 전갈들이 뭔지 모를 소스로 푹 절여져 그득히 담겨 있었다. 바닷물 냄새와, 고소한 냄새와, 뭔지 모를 비릿한 냄새까지 뒤섞여 도무지 맛을 짐작하기 힘든 요리였다.

류스노의 표정은 가관이었다. 그는 의자를 뒤로 뺀 다음 얼굴을 가린 채로 한숨을 내쉬며 말했다.

"즐거운 식사 하라고."

여자의 이름은 야니카 고스라고 했다. 사내 같은 체격에 얼굴만 곱살하고, 거만한 미소를 띠고 있어 달갑잖은 느낌을 주는 여자였다. 앉은 자세도 불손했다. 옆에 서 있는 놈들도 하나같이 불쾌한 인상들이었다. 얼굴이 별나게 생긴 건 아닌데, 믿을 만한 놈들이 아니라는 느낌이 강했다.

"좋은 제안이네요. 나, 검은 장갑의 야니카는 어르신한테 도움을 드릴 수 있다고 확신해요."

벨노어 백작이 이들을 수상쩍게 보게 된 건 만남부터 삐걱거렸던 탓일지도 몰랐다. 이들을 만나겠다고 용병 조직에 연락을 넣은 것이 언젠데 몇 달이나 지난 지금 어슬렁거리며 나타나다니. 괘씸한 건 둘째 치고 무슨 꿍꿍이인지 의심스러웠다. 단순히 생각이 없거나 게으른 건지, 또는 값을 올려보겠다는 수작인지 잘 따져볼 문제였다.

"성과가 있다면 약속한 보상 외에도 괜찮은 이익을 얻어주겠다. 하지만 성과가 없다면 한 푼도 주지 않을 것이다. 그런데도 나서는 건 그만큼 자신이 있다는 뜻인가?"

"그거야 두고 보면 아실 일 아니겠어요? 짐작하시는 것 같지만 저도 손해 보는 일을 하는 성격은 아니랍니다. 이래 봬도 용병 생활이란 게 꽤나 팍팍한 편이어서요."

어차피 미끼 아니면 사냥개에 불과한 터였다. 시작이라도 해보고, 문제를 일으킬 경우 없애버리는 것쯤이야 간단했다.

"좋다. 착수금을 주지. 미리 말했다시피 내 부하들과 함께 다니게 될 거다. 다른 술수를 부리려 한다면 용서치 않겠다."

"어머나, 저희 같은 하찮은 용병이 어찌 어르신처럼 큰돈을 내놓는 분의 비위를 거스르겠어요? 저희는 그런 빌빌한 젊은 녀석 따위에 관심 없으니 염려 놓으시라고요."

"……."

아양을 떠는 건지 비꼬는 건지 구별이 되지 않았다. 백작은 착수금이 든 주머니를 탁자에 놓았다.

"그 정도는 실패해도 돌려받지 않겠다. 대신 잘 해내면 이걸 주지."

백작은 테이블 옆에 놓았던 상자를 당겨 뚜껑을 열어 보였다. 붉은 벨벳 위에 황금 단검이 놓여 있었다. 칼집의 세공만 쳐도 넉넉히 시골집 한 채는 살 만한 물건이었다.

"어머, 멋지네요! 더 열심히 해야겠군요. 좀 만져봐도 되겠죠?"

호들갑을 떨며 야니카가 단검을 집어 들었다. 검을 뽑아 이리저리 돌려보더니 뒤에 서 있던 동료에게 넘겼다. 작은 석궁을 지닌 사내가 단검의 날을 시험해보고 고개를 끄덕였다. 단검은 다시 상자 안으로 들어갔고 비서 휴가 뚜껑을 닫았다.

"수시로 보고를 받겠다. 그럼."

백작이 일어서자 휴가 단검 상자를 집어 들고 따라나섰다. 두 사람이 나가자 방안에는 용병 셋과 감시역인 다섯 기사들만이 남았다. 착수금 주머니를 열어본 야니카는 기사들에게 들으라는 듯 지껄여댔다.

"정말 괜찮네요! 용병이라면 이쯤 되는 일을 해야지. 딱 봐서 기품 있는 분들은 쓰는 돈도 다르다니까!"

실은 거저먹을 수 있는 돈이라 야니카는 더 신바람이 났다. 그때 봤던 젊은이, 어린 동생을 데리고 다니던 녀석을 다시 한번 잡아오라는 것이다. 혹시 죽었다면 묻힌 곳을 알아내면 된다고 했다. 대강 짐작이 갔다. 저들이 한때 노렸던 그 검을 가지려는 게 아니겠는가?

이유야 어찌됐든 트라바체스 남부 전역을 무대로 하는 용병 조직과 손을 잡고 있는 그들로서 그런 녀석 하나 잡는 것쯤은 시간문제였다. 게다가 그 젊은이에게는 개인적인 원한도 있었다.

'물주한테 넘기기 전에 본때를 보여줘야지. 검이야 뺏을 수 없겠지만. 아니, 손 못 댈 건 또 뭐겠어?'

그러나 교묘한 지시를 내린 백작이 이미 알고 있다시피 그들이 뒤쫓아야 할 젊은이는 오래전부터 황야의 차가운 땅 아래 누워 있었다. 여러 사람이 찾아마지않는 백색 갑옷을 입고서. 사로잡힌 혼은 긴 꿈을 꾸고 있었다. 흡사 얼음 조각인 양 싸늘하게 굳은 시체는 썩지도 않았다.

세 걸음 앞에 있었다. 모르페우스는 입을 다물었고, 데스포이나는 가볍게 지팡이를 흔들어 약한 안개를 피웠다. 비록 새벽이었지만 혹시 지나가는 사람이 있을지도 몰랐다.

나우플리온은 우뚝 선 채 소년을 내려다보았다. 흙더미에 떨어진, 꺾인 꽃대처럼 창백한 얼굴이었다. 요정이 살짝 데려갔다가 되돌려놓은 양, 웅크린 채 슬픈 표정으로 잠들어 있었다.

"……."

나우플리온은 말없이 무릎을 꿇고 소년의 몸을 감싸 안았다. 뺨에 흐트러진 검은 머리칼을 쓸어주고, 번쩍 안아 올려 돌아섰다. 뒤에는 이솔렛이 감정의 흔적조차 없는, 흡사 무無와 같은 얼굴을 하고서 있었다.

싱긋.

나우플리온은 미소 지었다. 그리고 천천히 집으로 걸어갔다. 남은 사람들은 뒷모습을 바라보며 서 있었다.

"이제 그런 식으로는 안 됩니다. 아시지요?"

날이 밝기까지 한 시간 정도 남은 시각, 공회당에 초 몇 개만을 밝힌 채 두 사제가 마주서 있었다. 지팡이의 사제 데스포이나의 손에는 두툼한 천에 감긴 흰 칼날이 있었다. 맞은편에 선 서클렛의 사제 모르페우스는 가죽 표지의 책 한 권을 쥐고 있었다.

"알겠습니다. 검에 대한 연구는 데시 사제님께 맡기도록 하지요. 저는 손떼겠습니다. 다만 확실히 해주십시오. 나우플리온은 다프넨의 의사를 존중하지만 저는 그보다 그 아이의 안전, 그리고 섬 전체의 안전이 더 걱정입니다. 제 말뜻 아시겠지요?"

"이 단순한 물건에 섬의 운명을 바꿀 힘이 들어 있다면……."

데스포이나는 칼날뿐인 윈터러의 표면을 들여다보았다. 그것은 반투명했다. 유백색의 날 위에 투명한 막 같은 것이 한 겹 둘러진 듯했다.

"그것도 받아들여야 마땅할 하나의 길이겠지요. 옛 왕국 역시 길을 꺾지 않으려는 위대한 마법사들에 의해 운명이 결정되었습니다. 나는 한 개의 검이 마법 민족인 우리의 운명을 바꿀 수 있다고는 생각하지 않습니다."

지팡이의 사제는 섬에서 가장 뛰어난 마법사였다. 마법에 대해서는 누구도 이의를 말하기 어려운 존재였다.

"그러나 내 생각이 틀렸고, 돌이킬 수 없는 결과가 온다 해도, 고작 검 하나의 힘 탓은 아닙니다. 그렇게 되기까지 수많은 행동이 쌓이고 움직여 그런 결과로 달려간 거지요. 나는 어쩌면 섶 위에서 불씨를 쥐고 있는지도 모릅니다. 그런 만큼 주의할 생각이에요. 그러나 운명은, 바꿀 순 있어도 없앨 순 없습니다. 이 검이 우리에게 왔으니 분명 그에 맞는 소명이, 그리고 이유가 있겠지요."

모르페우스는 데스포이나의 얼굴을 보고 윈터러의 날을 내려다보았다. 그리고 한숨을 내쉬었다.

"저는 지팡이의 사제님처럼 그렇게 크고 넓은 생각은 할 수 없습니다. 저는 기예를 담당하는 서클렛의 사제이고, 그에 맞게 좁고 자세한 것을 봅니다. 알겠습니다. 일단은 사제님께서 훌륭한 판단을 하시리라 믿겠습니다."

"좋아요."

모르페우스는 돌아서려다 말고 멈칫하더니 들고 있던 가죽 표지의 책을 내려다보았다. 데스포이나도 그걸 보았다.

"그게 뭔가요?"

모르페우스는 책을 펼쳐 들었다. 가죽 표지로 묶인 양피지에는 상당한 달필로 남긴 필적이 가득했다. 그는 한 곳을 펼쳐 데스포이나의 눈앞에 내놓으며 말했다.

"이 필적을 기억하시겠지요?"

데스포이나는 가만히 들여다보다가 눈을 천장으로 돌리며 말했다.

"일리오스 님의 필적이군요."

"예, 이솔렛의 아버지, 일리오스 사제님이 쓴 연구 일지입니다. 이건 섬의 지리에 대한 연구였습니다만……."

"어째서 그걸 모르페 사제, 당신이 갖고 있지요?"

"제로 씨가 관리하는 장서관 창고에서 찾아냈습니다. 그곳에 일리오스 사제님이 남긴 기록들이 많이 있더군요. 왜 거기 있는지 아십니까?"

"일리오스 사제가 세상을 떠났을 무렵, 섭정 각하께서 그분의 기록 가운데 중요한 것들을 장서관으로 옮겨 연구하도록 하자고 하셨지요."

데스포이나는 차분하게 대답하며 모르페우스의 얼굴을 찬찬히 뜯어보았다.

"연구는 아무도 안 했습니다. 자물쇠가 걸려 구석에 처박혀 있었을 따름이죠. 하긴 이 섬에서 일리오스 사제님의 연구를 이어서 계속할 수 있는 사람이 누가 있습니까? 차라리 이솔렛 손에 두었더라면 그 애가 뭐든 읽고 알아냈을 텐데. 그 애가 어리다고 이런 걸 다 빼앗아 오다니…….”

“하고 싶은 말이 뭐죠?”

모르페우스는 탁 소리가 나게 책을 덮었다. 그리고 예의 번쩍이는 눈으로 말했다.

“장서관에 있는 일리오스 사제님의 연구 일지들을 모두 제 집으로 가져가서 연구할 수 있도록 허락해주시겠습니까?”

“어려운 일은 아닙니다만, 무엇 때문이죠?”

모르페우스는 씩 웃었다.

“저번처럼 무시무시한 일은 저지르지 않으니 안심하시지요. 읽어보려는 것뿐입니다. 그 안에 아무래도 제가 원하는 뭔가가 있을 것만 같아서 말이죠.”

데스포이나는 잠시 생각하더니 고개를 끄덕였다.

“좋으실 대로 하세요. 제로 씨에게 전갈을 보내놓지요. 그런데 갑자기 그걸 연구하려 하는 이유는 끝내 말해주지 않을 건가요?”

“결과가 나오기 전에는 미리 말씀 못 드리겠군요. 간단히 동기만 말씀드리자면…….”

모르페우스는 입을 벌리더니 손가락으로 입안 한 곳을 가리켰다.

“이 이를 빼 간 녀석한테 빚을 갚아줘야 할 것 같아서 말이죠.”

소풍

"다프넨."

문득 정신을 차렸다. 여름 햇빛에 반짝거리는 바위, 소녀의 금빛 머리와 흰 무명옷, 풀밭의 시원한 녹색. 여기는 그의 평화가 있던 곳이었다. 이야기하고 있으면 즐거웠고, 얽매였던 마음이 풀리는 듯 시원해지곤 했다. 그곳에 다시 와 앉아 있었다. 그러나 무엇인가 달라졌다. 그의 손에는 윈터러가 없었고, 그의 마음에는 빈자리뿐이었다.

짐짓 옛 기분을 가지려 애써보았지만 역시 되지 않았다. 다프넨은 무미건조하게 주위를 둘러보았다. 그리고 이솔렛에게 시선을 보냈다.

"달라졌구나."

이솔렛은 일어섰다. 천천히 풀밭을 한 바퀴 돌았다. 사방에서 밝은 빛이 내렸다. 그러나 그것을 바라보는 다프넨의 눈에는 생기가 없었다. 이솔렛은 다시 바위로 와 앉았다. 그리고 소년에게 말했다.

"넌 무얼 보았던 걸까?"

남의 일에 시시콜콜 끼어드는 사람을 평소 경멸해왔던 이솔렛이었다. 그런 자신이 다프넨의 마음에 일어난 변화를 알고 싶어 했다. 어쩌면 그런 마음을 숨기는 것이야말로 오히려 자신을 속이는 것, 즉 경멸할 만한 일인지도 몰랐다.

생각 외로 다프넨은 순순히 대답했다.

"옛일이 되살아난 거죠. 이곳까지는 따라오지 못하리라고 생각했던 옛날 일들요."

'그걸 다시 보고 나니 세상이 어두운 색깔로 덧칠된 것 같다'라고 말하려다가 그냥 삼켜버렸다.

"옛날이라면?"

많은 것이 떠올랐으나 짧게 대답했다.

"제 형이죠."

다프넨은 하늘을 바라보았다. 이날의 하늘빛은 예프넨의 눈보다는 좀더 진했다.

"형은 대륙에 있어?"

"네. 거기 남겨두고 왔죠."

"왜 헤어졌어?"

다프넨의 입가에 쓴 미소가 떠올랐다.

"형이 저를 두고 가버렸어요. 다시 돌아오진 못하겠죠."

이솔렛은 무슨 뜻인지 금방 알아들었다. 잃은 사람이 있는 자에게는 익숙한 이야기였다.

잠시 머뭇거리던 이솔렛이 일어나 손안에서 매만지고 있던 돌멩이를 절벽 아래로 휙 날려보냈다. 그리고 다프넨을 돌아보더니 가벼운 목소리로 말했다.

"우리, 죽은 사람에 대해 털어놓기 할까?"

다프넨의 미간이 흔들렸다.

"놀이의 일종처럼 들리는군요."

"살아 있는 사람에겐 뭐든지 놀이지. 너부터 말해볼 거야? 아니면 내가 먼저 말할까?"

다프넨은 일전에 나우플리온이 들판에서 해준 이야기를 떠올렸다. 천천히 고개를 끄덕였다.

"먼저 얘기해주세요."

이솔렛은 두 손등을 펴 보였다. 그걸 보니 지금껏 눈에 띄지 않던 것이 보였다. 그녀의 손톱 가운데 네 개는 매끈한 곡선이 아니라 하나 이상의 각을 가지고 있었다. 다시 말해 단면으로 보았을 때 삼각, 또는 사각의 모양을 하고 있었다. 오른손 엄지, 약지, 왼손의 중지와 약지가 그랬다.

"내 아버지한테서 온 것들이야. 다른 많은 것들처럼 이 손톱도. 그분은 내가 열두 살 때 돌아가셨지."

이상한 우연의 일치였다. 다프넨이 말했다.

"제 아버지도 제가 열두 살 때 돌아가셨죠. 형도 그렇고요."

이솔렛은 선 채로 다프넨의 얼굴을 들여다봤다. 하얀 손가락 위에서 도드라진 손톱들이 햇빛을 받고 있었다. 이윽고 그녀가 짧게 웃었다.

"난 한동안 아버지가 날 따돌렸다고 생각했어. 내가 아버지 없이 얼마나 외로워할지 알고 있으면서 혼자 가버렸다고. 날 정말 사랑한다면 나도 데려갔어야 했는데."

이번에는 다프넨이 희한한 미소를 지었다.

"당신은 아버지한테 설득당하지 않았군요. 전 형에게 설득당해서 형을 홀로 보내고도 여전히 살아남아야 한다고 생각했죠."

"아버진 날 설득하려고도 하지 않았어. 내가 이미 다 자란 어른이라고 생각했나 봐. 모든 걸 이해할 정도로."

"당신은 영리하잖아요. 저하고는 달라요."

이솔렛은 입술을 오므렸다가 억지 미소 비슷한 것을 지었다.

"너도 그렇게 말하는구나. 난 그 말 싫은데. 사람들은 그렇게 말하면서 암묵적으로 나를 자기들과 떨어뜨려놓지."

"그런 뜻에서 한 말이 아닌데요. 어쨌든 당신은 아버지한

테서 오해를 받았다는 거죠. 그래서 결국 손해를 보았고요."

그렇게 말하며 다프넨은 그날 처음으로 밝은 얼굴을 했다.

"형은 늘 저를 아무것도 모르는 꼬마 녀석으로 생각했는걸요. 그래서 뭐든 자세히 설명해줬죠."

"네 형은 어른이었나 보지?"

"아뇨. 어른스럽긴 했지만 어른은 아니었어요. 유감스럽게도……. 하지만 어른이었다 해도 쉽게 해주지 못할 일들을 해주었지요."

다프넨은 잠시 생각하다가 낮은 목소리로 덧붙였다.

"어쩌면 절 떠났던 때로부터 몇십 일 전, 그즈음엔 정말 어른이 되었던 건지도 모르겠어요. 말하자면 저를 위해서 어른이 되었던 거죠."

그 말을 하면서 다프넨은 묘하게 마음이 풀리는 것을 느꼈다. 어쩌면 예프넨에 대한 기억이 조금쯤은 상처에서 추억으로 변해가고 있다는 증거일지도 몰랐다.

어느새 두 사람은 번갈아 이야기하기로 한 것을 잊은 채 좋을 대로 묻기도 하고 대답하기도 했다. 예프넨 이야기를 몇 마디 듣던 이솔렛이 물었다.

"네 형은 몇 살이었니?"

그렇게 묻는 눈동자에 평소 보지 못한 온기가 감돌았다. 다프넨은 잠깐 생각했다.

"살아 있다면 스물두 살이겠군요."

살아 있다면 이젠 정말로 어른일 것이다. 하지만 맑은 눈빛의 다정한 젊은이였던 예프넨은 이제 다프넨의 기억 속에서만 존재할 뿐이었다. 육신은 동생이 불러준 자장가 소리에 정말로 잠들어버린 양 깨어나지 않을 것이다.

이솔렛이 나직이 말했다.

"형제가 있었으면 좋겠다고 생각한 때가 있었어. 그것도 나이 많은 오빠나 언니가 말이야. 하지만 동생이라면 몰라도 나이 많은 형제가 갑자기 생길 순 없잖아. 아버지가 살아 계시던 때였는데, 어느 날 갑자기 외로워져서 하다못해 동생이라도 만들어달라고 졸라댔거든. 그때 아빠가 지으셨던 황당한 표정이 생각난다. 후훗."

어쩌면 뜻밖이랄 수도 있는 '아빠'라는 단어 속에 죽은 아버지에게 아직까지 품고 있는 애정이 생생했다. 다프넨이 물었다.

"왜 황당해하셨을까요? 동생이 있으면 안 될 이유라도 있어요?"

"어머니가 돌아가신 후였거든. 아니, 어머닌 날 낳고 얼마 안 되어 돌아가셨으니 처음부터 불가능한 일이었는걸. 난 어머니의 얼굴도 몰라."

다프넨은 고개를 끄덕였다.

"저도 어머니의 얼굴은 초상화로 보아 알고 있을 뿐이에요."

비탈 아래로 뻗은 지평선을 내려다보았다. 그 너머에 아마도 바다가 있을 텐데 여기선 보이지 않았다. 얼마나 멀까. 얼마나 계속될까. 그렇게 계속된 끝에 대륙이 있고 다시 아득한 길을 나아가야 고향 나라에 묻힌 형이 있겠지.

"바다에 가보지 않을래?"

다프넨은 흠칫 놀라 이솔렛을 쳐다보았다. 흡사 마음을 읽힌 기분이었다. 이솔렛은 다프넨처럼 먼 곳에 눈을 둔 채 말했다.

"내가 가끔 가는 바다가 있어."

'가끔 가는 바다'라는 이상한 말의 의미는 곧 밝혀졌다. 도착했을 때는 이미 저물녘이었다.

초승달처럼 휘어진 모양을 한 달의 섬은 북동쪽으로 갈수록 험준한 산지였으므로 배를 댈 수 있는 해안은 남서쪽에 집중되어 있었다. 그러므로 '바다에 간다'고 말했을 때 뜻하는 방향은 언제나 그쪽이었다. 그러나 이솔렛의 '가끔 가는 바다'는 북쪽 해안에 있었다. 실은 해안이 아니라 해안 절벽이었다.

다프넨은 능숙하게 산을 타는 이솔렛을 따라가느라 녹초가 될 지경이었지만 용케 잘 버티었다. 생각보다 오래 걸리고 말았지만. '다 왔어'라는 말을 듣고서야 맥이 탁 풀리며 피로가 한꺼번에 몰려왔다.

그 자리에서는 아직 바다가 잘 안 보였다. 다프넨은 두 사람이 거쳐온 길을 되짚어 떠올렸다. 칼날처럼 갈라진 골짜기도 있었고, 수백 길 아래 강줄기를 내려다보며 절벽 길을 걷기도 했다. 그렇게 험로의 연속이었지만 길이 없지는 않았다. 매일같이 몇 명이라도 꾸준히 다닌 듯, 수십 년에 걸쳐 다져진 길이었다. 대체 누가 이 험한 산속을 돌아다녔을까?

"이쪽으로."

이솔렛을 따라 해안 쪽으로 툭 튀어나온 타원형 바위 위에 올랐다. 바로 아래, 흙더미에서 자란 덩치 큰 나무들이 바다 쪽 시야를 가렸다. 이솔렛은 왼쪽에 튀어나온 돌부리를 가리키며 앉으라고 말했다. 그녀가 그리 지치지 않은 것을 본 다프넨은 솔직하게 탄복해서 존경심이 생길 지경이었다. 자신이 산을 타본 적이 거의 없다는 점은 간과하고서.

이솔렛은 다프넨 곁에 서서 숨을 고르며 먼 북쪽으로 눈길을 보냈다. 잠시 후 짧은 찬트가 흘러나왔다.

내 눈이 닿는 곳

그 너머 푸른 곳

긴 사래 끄는 파도
새 나래 쳐 거닐리라

슈우우…….

바람이 나뭇가지 사이로 달려갔다. 잎사귀들이 떨렸다. 다프넨은 가쁜 숨조차 멈춘 채 눈앞의 광경을 보았다. 나무들이 팔을 움직여 비켜났다. 그녀의 노래를 듣고 고개를 끄덕이며 마음을 정한 것처럼.

바다가 열렸다.

사람이 가지 못할, 깃 달린 새의 길이었다. 그러나 거칠 것 없는 시선은 수평선 끝까지 달려가고도 다시 하늘을 올려다보았다. 북쪽 바다는 짙은 남청색이었다. 물밑 깊은 곳에 파랗게 언 심장을 품었을 듯한 색이었다. 얼음 불꽃처럼 타오르는 한 알의 짙푸른 보석을 상상해보았다. 저를 지니는 인간마저 얼려버릴 겨울 땅의 귀물이리라.

"차가운 바다군요."

다프넨은 그렇게 중얼거리면서도 거듭 북쪽 바다의 아름다움에 경탄했다. 이쪽 절벽의 바위들은 묘하게 희어서 바다의 남빛과 선명한 대비를 이루었다. 눈 닿는 곳 어디든 섬 머리 하나 보이지 않는 직선의 바다이면서, 끊임없이 굽이치며 밀려오는 포물선의 바다였다.

"평소의 당신 같군요."

"데워줄 것이 곧 내릴 거야."

석양이 보일 방향이 아니었으나 곧 주홍 안개가 천지간에 커튼처럼 드리워졌다. 바다는 통곡하는 자의 눈시울인 양 붉게 잦아들었다. 이제 불타는 보석이 저 심해로 내려가…….

"그녀를 따뜻하게 하겠지."

이솔렛이 말한 그녀는 바다였다. 그러나 다프넨에겐 이솔렛 자신을 말하는 듯 들렸다.

"여기 자주 와요?"

"일 년에 두어 번쯤."

"혹시 그럼 오늘은……."

이솔렛이 고개를 돌렸다. 뺨과 머리칼이 주홍빛으로 타오르고 있었다.

"오늘은 아무 날도 아냐."

다프넨은 갑자기 푸훗 하고 웃었다. 이솔렛이 눈썹을 약간 찌푸렸다.

"왜 웃지?"

"당신과 비슷한 데가 많은 것이 신기해서요. 제가 아버지와 형을 잃은 것도 늦여름이었죠. 역시 어떤 괴물 때문에."

말하고 나서야 이솔렛의 아버지가 정체 모를 괴물에게 죽었다는 이야기를 해준 사람은 나우플리온이었다는 사실이 생각났다. 예상대로 이솔렛의 얼굴이 살짝 굳어져 있었다.

"내 아버지의 죽음에 대한 이야기를 누구한테 들었어?"

"아……."

숨길 만한 성질의 일은 아니었다.

"나우플리온 사제님한테 들었어요."

"그가 뭐라고 했지?"

"그분은…… 당신 아버지를 매우 존경하는 것 같았어요. 당신이 아버지를 잃고서 대단히 상심했다고…… 그랬지요."

평소의 싸늘한 표정으로 돌아온 이솔렛이 세차게 고개를 저었다.

"그런 걸 물은 게 아냐. 당시의 상황에 대해 뭐라고 말했지? 마지막으로 살아남았던 세 사람 가운데 혼자만이 끝내 살아서 돌아온 이유를 이야기하던가?"

"이유라고요? 당신의 아버지인 옛 사제님께서 나우플리온 사제님을 마을로 돌려보내셨던 것 아닌가요?"

"넌 그런 어이없는 소리가 믿어져?"

다프넨은 어리둥절해졌다. 미심쩍은 점이 있는 것은 사실이었지만 나우플리온이 거짓말을 했으리라고는 추호도 상상해보지 않았다. 그는 이솔렛이 나우플리온을 싸늘하게 대하는 것도 어린시절에 품었던 원망이 너무 컸기 때문에 새삼스레 마음을 고쳐먹기 어려워서가 아닐까 생각하고 있었다.

"난 아버지께서 어떤 방법으로 그 괴물을 없앴을지 짐작해. 아버지의 능력은 내가 가장 잘 아니까. 하지만 그 방법을 써서 싸웠다면 아무도 살아 돌아오지 못했을 텐데, 어째서 한 명은 살아남았을까?"

이솔렛의 목소리가 한층 날카로워졌다.

"아버진 나우플리온 사제님을 몹시 싫어했어. 만에 하나 자신 외에 한 사람을 살려 돌려보낼 기회가 있었다면 그분이 아니라 안테모에사를 돌려보냈어야 해. 안테모에사는 오랫동안 아버지의 제자였고, 내게도 친언니처럼 가깝던 사람이니까. 혼자 남게 될 나를 위해서 그 이상 나은 선택이 있었을까?"

오만하게까지 느껴지는 어조로 말을 맺은 이솔렛은 석양 쪽으로 고개를 돌렸다. 다프넨은 비록 이솔렛에게 호감을 느끼고 있었지만 그때 나우플리온이 죽었어야 했다는 것처럼 말하는 것을 듣자 저도 모르게 화가 치밀었다.

"이미 끝난 일을 놓고 누군 살았어야 하고 누군 죽었어야 한다고 말하시는군요. 그것도 당신 한 사람의 편의에 맞춰서 말이죠. 그 당시 당신이 나우플리온 사제님을 지독히 싫어했다 해도 그걸로 사람의 가치가 결정되는 건 아니죠."

이솔렛이 다시 고개를 홱 돌렸다. 눈빛이 붉게 보일 지경이었다.

"내가 말한 건, 아버지의 결정이었다고 전해진 내용에 대한 의문일 뿐이야. 그 이야기는 단 한 명의 살아남은 사람의 입으로 전해졌지. 죽은 사람은 말을 못 하니까. 난 나우플리온 사제님이 죽었어야 했다고 말하지 않았어. 난, 난…… 그를 싫어하지도 않았지, 적어도 그때까진!"

"싫어하지…… 않았다고요?"

그건 말 그대로의 의미였다. 단지 싫지는 않았다는 거였다. 그러나 다프넨은 이솔렛의 어조에서 뭔가 다른 것을 감지했다. 그의 예지는 이제 육감에까지 영향을 끼치고 있었다. 다른 사람에게 참견하지 않으려 하지만 그들의 감정을 종종 놀랄 만큼 즉각 이해했다.

한참이나 침묵이 흘렀다. 해가 져서 주위가 어둑어둑해질 때까지.

"그래, 넌 나우플리온 사제님이 가장 소중하게 여기는 제자지. 네게 가장 소중한 사람도 그일 테고. 이런 이야기는 하지 않는 편이 나았어. 이제 그만 돌아가자."

그렇게 말하는 이솔렛의 얼굴은 어두워서 잘 보이지 않았다.

돌아가는 길은 생각처럼 쉽지 않았다. 날이 밝았을 때도 더듬거리며 겨우겨우 따라왔던 길이었다. 주위가 캄캄해지고 나니 한 발 떼어놓기도 쉽지 않은 산속이었다. 이솔렛은 익숙한지 아무렇지도 않았지만 다프넨은 그럴 수 없었다.

"조심해."

다프넨이 발을 헛디디는 바람에 절벽 아래로 돌멩이들이 떨어져 내리며 굉음을 울렸다. 소리가 가라앉기를 기다려 이솔렛이 한 말이었다.

"조심하고 있지만……."

다프넨은 말끝을 흐렸다. 이제 조금 더 가면 낮에 왔던 길 중 가장 험난했던 절벽 샛길이 나타날 터였다. 빛 없이 그 길을 지날 수 있을까?

"빛이 필요해?"

이솔렛은 주머니에 손을 넣더니 민들레 홀씨 같은 것을 한 줌 꺼내 허공에 뿌렸다. 어둠 속에서 무언가 흩날리더니, 조금 후 깃마다 작은 불빛이 동그랗게 붙어 타올랐다. 반딧불보다 조금 큰 빛들이 십여 개나 어둠 속을 날아다녔다. 발밑이 어느 정도 보이게 됐지만 그것만으로는 부족했다.

"빛도 필요하지만……."

다프넨은 상대에겐 보이지도 않을 미소를 지으며 말했다.

"전 이 길을 오늘 낮에 딱 한 번 지나갔을 뿐이라고요."

"가다가 정 못 가겠으면 그렇다고 말해."

피식 웃은 다프넨이 대답했다.

"지금 그래요."

"그런 말을 웃으면서 해버리면 심각성이 떨어진다고 생각하지 않아?"

"사실은 사실인걸요. 대책은 있어요?"

"생각하는 중이야."

"전처럼 노래 불러서 날아가게 해주면 안 될까요?"

"그런 말 다시 하면 혼내주겠어."

"아직 돌아오지 않았군요."

나우플리온은 다프넨과 할 이야기가 있다고 집까지 찾아온 데스포이나 앞에서 고개를 갸웃거릴 수밖에 없었다. 저녁 먹을 시간은 벌써 지났고, 어두워진지도 한참인데 어딜 가서 오지 않는 건지 몰랐다.

"그 애가 마지막으로 간 곳이 어디지?"

"글쎄……. 스콜리가 끝난 다음에 이솔렛한테 가지 않았을까요?"

말하고 나니 뭔가 이상한 느낌이 들었다.

"네 검에는 이상한 힘이 있지?"

자정이었다. 둘은 산속에 지어진 낡은 오두막에 들어와 있었다. 오던 길을 되돌아가 억새 들판을 한참이나 가로질러 간 끝에 발견한 집이었다. 들어서자마자 삭은 나무 냄새가 물씬했다. 오랫동안 돌보지 않은 듯싶었다.

"그런 것 같기도 해요. 하지만 아직 잘 모르겠어요. 그게 무엇인지."

이런 집이 어째서 여기에 있는지 궁금해서 물어보니 이솔렛이 기둥 한쪽을 가리켜 보였다. 작은 빛들이 다가오기를 기다려 기둥에 새겨진 글귀를 읽었다. 이솔렛이 만든 작은 빛들은 그들을 따라오긴 했지만 마치 살아 있는 양 멋대로 움직여서 하나하나 통제할 수가 없었다.

사랑하는 딸 이솔레스티
네 어머니를 기억하거라.
언제까지나, 언제까지나.

글자들은 풍상에 닳아 있었다. 그러나 상당히 잘 쓴 글씨를 바탕으로 새겼음은 지금 보아도 알 만했다. 내용에 의아해진 다프넨이 약간 더듬으며 말했다.

"이솔…… 레스티라는 것은……."

"내 본명이야. 이솔레스티."

죽 본명인 줄로만 알고 이솔렛이라고 불러왔다. 새삼스레 듣게 된 진짜 이름은 낯설기도 했지만 또한 아름답기도 했다. 이솔레스티는 이솔렛보다 훨씬 나이들고 우아한 느낌이었다.

"이젠 아무도 그렇게 부르지 않지."

"그 이름도 좋은데요. 무슨 뜻이죠?"

무심코 물어보았다. 낡은 지붕 아래 선 이솔렛은 큰 주머니에 손을 찌른 채 잠시 말이 없었다. 이윽고 한 말도 대답은 아니었다.

"이름의 뜻은 아무한테나 묻는 것도, 가르쳐주는 것도 아니야."

"다프넨은 월계수라는 의미죠."

단숨에 말해버리고 다프넨은 손을 내밀어 기둥의 글자들을 쓰다듬었다. 그리고 다시 물었다.

"무슨 의미인가요? 이름 말고, 여기 쓰인 글귀 말이에요."

이솔렛은 돌아보지도 않고 두 걸음 뒷걸음질쳐 나무 침대에 앉았다. 익숙한 동작이었다. 침대라고는 해도 이제 그냥 나무 받침대일 뿐 이불 한 조각 남아 있지 않았다.

"나, 여기서 태어났어."

다프넨은 움찔하며 기둥을 만지던 손을 멈추었다.

"그리고 네 이름이 무슨 의미인지는 알고 있었어. 처음 듣자마자 알았어. 흔히 다프니스라고 하는 이름이 변형된 거지. 여자아이일 경우에는 다프네라고 하고. 우리 이름들은 옛 왕국에서 마법사들이 사용하던 언어였다고 해. 완벽하진 않지만 나도 어느 정도는 읽고 쓸 수 있어."

"이솔레스티도요?"

또 묻고 말았다. 이솔렛은 고개를 갸웃이 기울였다.

"내가 태어났을 때 아버진 이미 사제직에 몸담고 계셨고, 따라서 직접 이름을 지을 자격이 있었지. 그 덕택에 나는 섬 안에서 유일하게 옛 왕국의 언어와 관계없는 이름을 갖게 되었어."

"뜻이 없나요?"

"아니. 아버진 생전에 내 이름이 '고귀한 고독'이라는 의미라고 말해주신 일이 있어. 하지만 그게 어디의 말인지, 나뿐 아니라 아버지를 제외한 그 누구도 알지 못했지. 아버진 내게 말해주지 않았고, 그래서 그냥 별 뜻 없는 이름이라고 생각해오고 있어."

여러 번 찾게 하는 녀석이야.

나우플리온은 그렇게 생각하며 산길을 천천히 걷고 있었다. 일전의 일로 하도 마음고생을 해서 십 년은 늙은 것 같다고 생각했는데, 그게 얼마나 되었다고 또 말 한마디 없이 집에 돌아오지 않다니.

잘못 가르쳤어…… 하고 중얼거리다가 그는 갑자기 풋, 하고 웃고 말았다. 마치 철없는 아들을 놓고 투덜대는 아버지 같지 않은가. 고개를 흔들어버리고 다시 걷는데 곧 또 다른 생각이 떠올랐다. 그 자식, 어디서 저녁이라도 먹긴 했을까?

느린 걸음으로 왔지만 결국 목적지에 도착했다. 이솔렛이 혼자 사는 집이었다. 불빛이 없었다. 일찍 잠이 들었나?

과거 일리오스 사제와 반목한 이후로 다시는 제 발로 찾아온 일이 없던 집이었다. 조금쯤 망설여질 줄 알았는데 생각 외로 그렇지도 않았다. 역시 저번에 이솔렛이 그의 집에 들어와 있었던 일로 충분히 놀라서 더 놀랄 일도 없나 보다 싶었다.

문을 두드렸다.

"이솔렛, 잠깐만."

대답이 없었다.

"잠시만 들어가도 될까? 물어볼 것이 있는데."

몇 번 더 두드렸지만 답이 없었다. 이상하다는 생각이 들었다. 이솔렛은 일리오스 사제의 딸답게 뛰어난 검사였다. 그런 그녀가 이 정도의 기척에 눈뜨지 않을 리가 없었다. 게다가 보통 사람보다 훨씬 예민한 귀를 가진 그녀가 아닌가. 귀를 덮는 머리카락조차 싫어할 정도로.

나우플리온은 문을 밀고 안으로 들어갔다. 들고 온 램프로 주위를 비추어보고서 집이 비어 있음을 알았다.

하얀 조개껍질, 초록 솔방울

"무슨 생각 해요?"

여름밤인지라 춥지는 않았지만 그래도 홑이불 하나라도 있었으면 좋았겠다 싶었다. 집안에는 낡은 벽난로가 있긴 했으나 안에 뭔지 모를 쓰레기가 가득차 있어서 비우는 것부터가 큰일일 듯해 그냥 내버려두었다.

"왜 널 데려왔을까 후회하고 있어."

이솔렛은 나무 침대 위에 앉아 세운 무릎을 껴안고 있었다. 동그란 불빛들이 여전히 그녀 주위를 떠돌았다. 하나는 머리 위에 내려앉아 머리칼을 금색으로 밝혔다. 집안의 빛이라고는 그것들이 전부였다.

"이 집으로요?"

"아니, 여기서 밤을 새우게 된 일 자체 말이야."

바닥에 앉아 있던 다프넨이 벌떡 일어섰다.

"제가 있어서 불편한가 보군요. 밖에 나가 있을게요."

이솔렛이 다프넨보다 나이가 많다고는 해도 아직은 스물을 못 넘긴 소녀였다. 또한 다프넨이 어릴지라도 만 세 살 차이일 뿐이었다. 한밤중에 단둘이서, 그것도 첩첩산중의 빈집에서 밤을 새우게 되었으니 불편한 것도 무리가 아니리라 생각했다. 다프넨이 문을 미는 순간 이솔렛이 말했다.

"됐어. 그냥 여기 있어."

다프넨은 고개를 저었다.

"아뇨. 야영은 익숙하니까 신경쓸 거 없어요."

그가 밖으로 나가 문을 닫으려 하자 다시 목소리가 들렸다.

"그럼 그대로 문을 열어둬."

이솔렛의 말대로 문을 열어둔 채 다프넨은 집 뒤로 돌아갔다. 이솔렛이 만든 불빛 몇 개가 따라와 발밑을 비추어주었다. 뒷벽 옆에 낡은 손수레 비슷한 것이 바퀴 하나가 빠져나간 모양새로 처박힌 것이 보였다. 잿빛으로 변한 손잡이 사이로 푸른 풀이 돋아 있었다.

다프넨은 그 곁에 앉았다. 여름밤의 흙과 대기는 따뜻했다. 솜씨 좋은 자의 손으로 다듬어진 까닭인지 아직도 매끈한 나무벽에 등을 기댔다. 고개를 들자 비스듬히 기울어진 처마

끝에 별들이 매달려 있었다.

아주 작은 집, 이 안에서 십칠 년 전에 금빛 머리의 소녀가 태어났고, 그녀의 어머니가 눈을 감았다 했다……. 별이 점차 더 밝아졌다. 그리운 땅의 별들보다 더욱 환한 푸른 빛, 금빛, 귤빛으로 빛나고 있었다.

"후……."

오랜만에 마음에 평화가 찾아왔다.

유령 소년 엔디미온이 했던 이야기가 생각났다. 죽은 사람의 세상이 평화롭겠다고 했더니, '네 생각보다 훨씬 심심하다'고 말해주었다. 누구나 죽고 나면 그렇게 산 사람들이나 관찰하면서 재미없는 삶을 살게 되는 걸까? 아니, 죽은 사람이 삶을 산다는 말부터가 이상하잖아?

엔디미온이 말했던 영원한 밤의 영원한 잠……. 언젠가 트라바체스 땅에서, 또는 아노마라드 땅에서 쫓기던 때는 얼마나 간절히 원한 것이었던가. 다른 소원이라고는 없었다. 오직 쉴 수 있었으면, 아무 방해도 받지 않고 홀로 지낼 수만 있다면 좋겠다고 생각했었다.

그러나 지금은 비록 몇 명뿐이라 해도 좋은 사람들이 주위에 생겨났다. 심심하다, 심심하다라……. 언제부터 그런 것을 두려워하게 됐을까. 심심한 것 따위가 뭐라고. 죽는 것이나 이용당하는 것보다는 훨씬 나을 텐데.

그렇지만 지금은 심심하고 싶지 않아.

손을 내려다보았다. 금방 잡을 수 있는 곳에 윈터러가 없다는 사실이 어색했다. 처음에 데스포이나 사제가 검을 맡겨 달라고 했을 때는 당황하기도 했고, 갑작스럽게 경계심이 들어 첫 마디에 거절했다. 그러나 끝내는 그녀의 말에 수긍하여 검을 건네주고 말았다. 결정을 내린 후로도 검 없이 불안해질 마음을 자신이 잘 다스릴지 반신반의한 것이 사실이었다. 그러나 지금은 달랐다. 물론 곧 돌려주기로 약속했다는 것도 이유가 되겠지만 그와는 다른 것, 뭐랄까…….

어쩌면 윈터러는 자신을 자신답게 유지하기 위한 무게 추 같은 것이었을지도 모른다.

실은 '자신답다'는 말에도 어폐가 있었다. 그가 원한 자신다움이라기보다는 상황이 강요한 자신다움인 까닭이었다. 살아남으려 거친 길을 걸어오는 동안 저도 모르게 그렇게 되었으니 그런 상태가 옳다거나 그르다거나 하는 생각을 할 겨를도 없었다. 무게 추가 사라지고 나서 느낀 감정이 불안보다는 허전함에 가까웠다는 것도 그것이 사실임을 방증했다.

그런데 지금은 어쩐지 다르다. 윈터러가 묵직하게 눌러주던 마음을 다른 뭔가가 채우고 있는 느낌이었다. 무게 추가 잠깐 없어져도 허전하지 않도록, 오히려 자유로워지도록.

그 검은 자신에게 일종의 책임이었을까. 과거에 대한, 과거의 무력함에 대한 보상이었을까.

"다프넨."

등뒤에서 목소리가 들려와 흠칫 놀랐다. 부스럭, 인기척을 내는 순간 다시 한번 목소리가 말했다.

"역시 거기 있었구나."

이솔렛이었다. 그러고 보니 이솔렛이 앉아 있던 침대가 바로 이 벽과 마주 붙어 있겠구나 싶었다. 동그란 빛이 장난꾸러기 요정처럼 날아와 다프넨의 뺨을 비추었다. 그러더니 곧장 벽으로 다가붙었다. 가만히 눈으로 따라가보니 벽에 주먹 하나가 드나들 만한 구멍이 나 있었다. 빛이 그 안으로 쏙 들어갔다. 안에서 작은 탄성 소리가 들렸다.

"아, 이 구멍, 아직도 있구나."

그 목소리에 뭐랄까, 마음이 따뜻해지는 기분이었다.

"무슨 구멍이에요, 이건?"

이솔렛의 목소리도 얼굴을 마주하고 있던 때보다 생기가 돌았다.

"아주 어렸을 때, 여름이면 아버지와 둘이서 이리로 놀러 오곤 했어. 여긴 나와 아버지의 여름 별장이거든. 그래, 말하자면 여행을 온 건데, 아버지는 잔뜩 들떠 있는 나를 억지로 일찍 재우곤 하셨지. 이곳의 별밤이 얼마나 아름다운데."

깃털 같은 숨소리가 섞여들었다.

"난 지독히도 말을 안 들었기 때문에 밤하늘을 보겠다고 벽에다 구멍을 뚫어버렸어. 결국 들켜서 혼이 났지만. 후후……."

"고집쟁이였군요."

그렇게 말하면서 다프넨도 따라 웃었다. 웃음소리에 별빛도 따라 흔들거렸다.

"그걸로 끝나지 않았어. 아버진 구멍을 양털 뭉치로 막아두셨는데 내가 종종 그걸 빼내고서 밖으로 흰 조개껍질을 떨어뜨리곤 했지. 아버지가 어느 날 발견하길 기대하고서 말이야. 기대는 어긋나지 않아서 소복하게 모인 조개들을 발견한 아버지는 구멍 안쪽으로 예쁜 솔방울을 넣어주셨어."

이솔렛의 목소리가 이렇게 아름답게 들린 일이 없는 것 같았다. 그녀는 조그맣게 한숨을 내쉬더니 말했다.

"자고 일어나서 그걸 발견하고 정말로 기뻤어."

다프넨은 구멍 아래, 조개껍질이 있었을 법한 곳을 내려다보았다. 그의 마음을 알아차린 것처럼 방울진 빛 하나가 슬쩍 내려가 그곳을 비추었다. 물론 그 자리에는 아무것도 없었다. 무언가 있었던 흔적조차도 없었다. 그러나 그는 손을 내밀어 그 자리에 놓아보았다. 곧 떨어질 조개껍질을 받으려는 것처럼.

"조개껍질이 어디서 났어요?"

"바다. 우리가 갔던 그곳. 그 절벽 아래에 아주 작은 백사장이 있어. 정말 작아. 열 명의 아이가 뛰어놀기에도 좁을 정도야. 하지만 그건 단 한 명을 위한 놀이터였지. 아버지가 발견하셔서 내게 선물하신 곳, 한 명의 꼬마를 위한 바닷가에서 나는 조개를 주웠어."

문득 귓가에 파도 소리가 들리는 듯한 환청이 일었다. 흰 바닷가였다. 한 소녀와 그녀의 아버지가 천천히 걷다가 이따금씩 허리를 굽혀 무언가를 줍고 있었다. 한 번도 본 일이 없는 이솔렛의 아버지는 딸과 마찬가지로 고운 금발을 하고 있었다.

"백사장이라, 보고 싶어요. 왜 아깐 말해주지 않았죠?"

얕은 기침 소리가 한 번 들린 뒤 대답이 들려왔다.

"지금은 보여주고 싶지 않아."

"그래요……."

다프넨은 고개를 들어 다시 하늘을 올려다보았다. 유성이 별빛 사이로 짤막한 금을 그으며 사라졌다. 생명이 다한 별이 떨어지고도 여전히 반짝이는 금빛 별이 보였다.

"네 아버지는 어떤 분이셨니?"

평소 이솔렛은 이렇게 직접적으로 묻지 않았다. 그러나 오늘만은 여러 번 그렇게 하고 있었다.

"당신이 부럽네요. 전 아버지와 좋은 추억이 전혀 없어요. 아버지는 저를 좋아하지 않았죠."

"왜?"

"제가 뭔가 잘못했기 때문은 아닐 거예요. 그리고 아버지가 나쁜 사람이어서 그랬던 것도 아니었죠."

그의 아버지, 율켄 진네만은 단지 최적의 생존 조건을 만들어야 한다는 자신의 대의에 충실하게 살았을 뿐이었다. 집안을 보호해야 했고, 가보를 지켜내어야만 했다. 적대적인 동생에게 죽 고통을 당해온 그의 눈에 둘째로서 가장의 '동생'이 될 보리스는 예프넨의 짐이자 잠재적인 위협으로밖에 보이지 않았을 것이다.

"그래서 네 형이 아버지 대신 너를 사랑해줬구나."

그 말을 듣는 순간, 소년은 오랜만에 갑작스럽게 울음이 치미는 것을 느꼈다. 억지로 삼켰다고 생각했는데 이상한 기척을 느꼈는지 이솔렛이 물었다.

"괜찮지 않은 거지?"

"아니…… 아……니에요."

간신히 한숨을 토해내는 순간, 어깨에 무언가 와닿는 느낌이 들었다. 돌아보니 그것은 손이었다. 구멍 너머에서 이솔렛이 내민 손이었다.

"노래…… 불러줄게."

손끝이 닿았을 뿐인데 따뜻한 호흡까지 전해지는 듯했다. 다프넨은 나무벽에 머리를 기댄 채 그대로, 가만히, 가만히,

가만히 앉아 있었다.

따르게 하네.
작은 새와 눈물과
사라진 가락들이
하나씩 하나씩
다가올 때마다
내 마음이
그를 따르게 하네.

부르게 하네.
푸른 별과 앵초와
스쳐간 바람들이
하나 또 하나
돌아올 때마다
내 마음이
그를 부르게 하네.

그리게 하네.
낡은 옷과 리본과
바래진 타래머리

가버린 사람, 하나

그리울 때마다

내 마음이

그를 그리게 하네.

목메임이 멈추고, 눈물 한줄기만이 뺨을 타고 흘렀다. 보는 사람도 없는데 다프넨은 무안해져서 어색하게 웃었다.

"아름다운 노래예요."

이솔렛이 가끔 부르는 노래는, 노랫말의 뜻이 얼른 이해되지 않아도 전하려는 것만은 너무도 쉽게 마음에 와닿곤 했다. 그것이 노래 자체의 힘인지, 이솔렛의 목소리의 힘인지는 알기가 어려웠다.

"찬트란 그런 거지."

벽이 약간 흔들렸다. 이솔렛이 침대에 눕는 것 같았다.

"찬트는 기원의 노래지. 마음이 갖는 힘이야. 아까 네가 '이번에도 노래해서 날아가게 해주면 안 되느냐'고 물었지? 그게 안 되는 이유는 찬트가 본래 목적을 바라고 만들어지는 것이 아니어서 그래."

다프넨은 천천히 고개를 끄덕이며 귀를 기울였다.

"어떤 노래는 하늘을 날 수 있도록, 또 어떤 노래는 누군가의 마음을 위로하도록 정해져 있는 것이 아니야. 찬트를 노래하는 사람이 깊이 원하면 그에 맞는 찬트가 저절로 떠오르는 거지. 노래하고, 그러면 이루어지고."

다프넨이 낮게 웃었다.

"그러면 꼭 당신처럼 아름다운 노래를 해야 하는 건 아니군요. 전 이렇게 노래를 못해서야 당신처럼 되기는 영 글렀구나 싶었는데 말이에요."

이솔렛이 약간 어이없어하며 말했다.

"너 자신이 노래의 아름다움과 아름답지 않음을 느낄 줄 안다면, 그래서 네 노래가 아름답지 않다고 느낀다면, 그게 훌륭한 기원이 될 수 있을까?"

"역시 그런가요."

조금 있다가 이솔렛은 위로하려는 것처럼 말했다.

"너도 그리 노래를 못하진 않아. 좀더 노력하면 좋은 목소리를 갖게 될 거야."

다프넨은 고개를 저었다.

"글쎄요, 벌써 틀렸는지도 몰라요."

"왜?"

"변성기가 오고 있거든요."

변성기라는 말은 나우플리온이 가르쳐주었다. 엔디미온을 만난 후로 약간 쉰 듯하던 목소리가 쉽게 돌아오지 않아 추운 데서 잠들어 감기라도 걸린 걸까 했다. 그때 나우플리온이 그게 아닐지도 모른다며 말해주었던 것이다.

"더 멋있는 목소리로 바뀔지도 모르지. 내게 찬트를 가르친 사람도 아버지였는걸."

"어쨌든 한동안은 목소리가 엉망이 되어 있겠죠. 아, 역시 절 가르치려면 지겨우실 거예요."

"내가 말없이 할 수 있는 기원을 알려줄까?"

이솔렛이 다시 일어나 앉는 소리가 들렸다. 시간은 흘러 자정 후로도 두 시간은 지났을 텐데, 자고 싶다는 생각은 들지 않고 자꾸 의식이 또렷해지기만 했다.

"보이지 않겠지만 따라해봐. 내가 말하는 대로."

고개를 끄덕, 하다가 정신을 차리고 입을 열어 말했다.

"네."

"두 손을 올려서 머리 위에서 맞잡아봐. 팔을 둥글게 하고."

"했어요."

"그 동작의 의미는 '여길 보세요'."

다프넨은 팔을 올려 머리 위에서 항아리 모양을 만들며 싱긋 웃었다.

"'여길 보세요'. 외웠어요."

"그다음은 오른팔을 앞으로 죽 펴서 내밀고, 왼팔을 구부려서 오른팔 팔꿈치 안쪽에 대는 거야."

"손바닥을 펴고요?"

"응."

"했어요."

"그 동작의 의미는 '당신 곁에 있고 싶어요'."

"곁에 있고 싶어요……."

"이번엔 오른손만 펴서 옆으로 들어봐. 팔꿈치를 직각으로 구부리고, 사람들한테 잘 가라고 인사할 때처럼 말이야. 그렇다고 손은 흔들지 말고."

"이렇게요?"

말해놓고 다프넨은 웃어버렸고, 이솔렛도 웃었다. 보일 리가 없었던 것이다. 그런데도 그들은 둘 다 벽을 넘어가 마주 보며 할 생각은 하지 않았다.

"맞았다고 치자. 그건 '잘 있어요'라는 뜻이야."

"뜻을 들으니까 어쩐지 맞았을 것 같아요."

"그다음은……."

이솔렛은 차례로 '약속할게요', '이리로 와요', '가져와요', '기다려요'와 같은 것들을 가르쳐주었다. 한참 재미있게 따라하던 다프넨이 문득 물었다.

"그런데 말이죠, 이솔렛. 내용이 어쩐지 기원하고는 관계가 없는 것 같아요."

"응……."

이솔렛은 잠시 말이 없었다. 한참 만에야 대답이 들려왔다.

"그건 아버지와 나의 신호였어. 내가 볼거리를 몹시 앓았던 일이 있었는데 거의 말을 할 수가 없었지. 너무 아파서 짜증도 나고 말이야. 당시에 아버지는 내게 찬트를 가르치고 계셨는데, 내가 스스로 노래해서 병을 내보낼 수가 없으니 대신 손으로 노래하자고 하셨지. 하루 만에 고안해서 가르쳐주신 거야. 본래는 더 복잡하고 어휘도 많았는데 나도 거의 잊어버렸어."

다프넨은 고개를 끄덕이며 말했다.

"천천히 생각해내서 다 가르쳐줘요. 재미있는 것 같아요."

이솔렛이 안에서 어떤 표정을 지었는지는 알 수 없었다. 단지 이렇게만 말했다.

"생각난다면. 너와 이야기하다 보면 더 생각날지도 모르지."

밤이 깊어가고, 드디어 얕아져갔다. 쉬지 않고 이야기를 나누던 그들도 점차 피곤해졌다. 해가 뜨려면 한 시간이나 남았을까 싶을 무렵, 이솔렛이 드디어 말했다.

"이제야 졸음이 좀 오는구나. 조금이라도 눈을 붙여두는 게 좋겠지."

"그래야 발 헛디디지 않고 잘 돌아가죠."

둘은 동시에 친근한 웃음을 터뜨렸다. 얼굴이 보이지 않는다는 것이 오히려 서로를 스스럼없이 대하게 했다.

"잘 자."

"당신도요. 잘 자요."

조용해졌다. 한참 시간이 흐른 후, 소년의 입가에서 조그마한 중얼거림이 흘러나왔다.

"이상한 밤이었어요. 당신과 나, 둘 다."

잠든 소녀는 대답이 없었다.

바람이 불어왔다.

꿈속 조개 안에는 미로가 있었다.

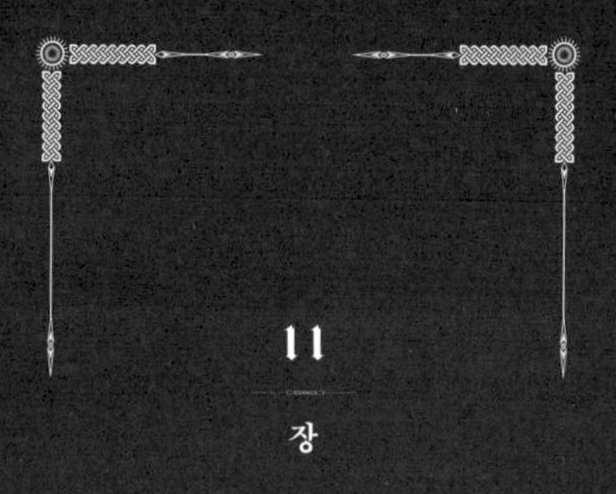

11 장

RAGE OF THE WINTER

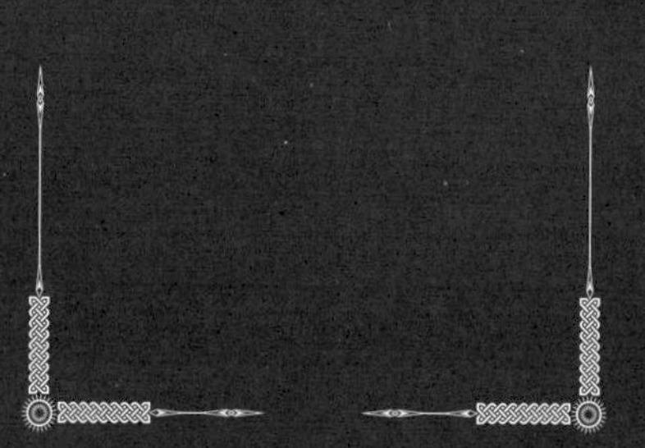

함정이 예고되다

오후였다.

늦은 아침까지 실컷 잤던 탓인지 돌아오는 길은 생각만큼 힘들지 않았다. 두 사람은 가벼운 걸음걸이로 산을 내려왔다. 그리고 산 어귀에 있는 이솔렛의 집으로 먼저 갔다.

"밤새 돌아오지 않아서 사제님이 걱정했을 것 같아요."

"응, 아마도……."

이솔렛은 약간 말꼬리를 흐렸다. 자꾸만 뭔가 마음에 걸렸다. 좋은 꿈을 꾸었지만 그것으로 끝나는 것은 아니었다.

문을 열고 이솔렛이 들어가는 것을 보고 나서 다프넨은 혼자 비탈을 내려왔다. 해를 올려다보니 스콜리는 벌써 끝났을 시간이었다. 확실히 안 하던 행동을 한 것 같다는 기분이 들어 그는 조그맣게 입맛을 다셨다. 나우플리온의 걱정스러운 얼굴을 떠올리니 슬쩍 죄책감이 들었다. 화를 내면 잘못했다고 해야지.

집으로 돌아가는 마지막 모퉁이를 돌았을 때 뜻밖의 인물이 나타났다. 마치 기다리고 있었던 것처럼 리리오페가 새침하게 서 있었다.

"아…… 어떻게?"

자기집 문 앞에서, 그것도 꽤 오래 기다렸던 것처럼 서 있으니 누굴 찾아왔는지 물어볼 필요도 없었다. 바로 어제 스콜리에서 봤던 리리오페인데 이상스럽게도 낯설어 보였다. 아니, 정확히는 그녀를 보는 자신의 눈이 전과 달라진 것 같았다. 햇살이 내리는 맑은 오후의 골목이었다.

"어디 갔다 오니?"

리리오페는 발끈하기 직전인 얼굴이었지만 목소리는 침착했다. 다프넨은 자기가 스콜리에 가지 않았기 때문에 묻는 거라고 짐작하고서 간단히 대답했다.

"그냥, 산책."

"밤새도록?"

어젯밤에 돌아오지 않은 걸 어떻게 아는 걸까? 설마 섬사람 모두가 알고 있는 건가?

"……."

무어라 대답해야 좋을지 몰랐다. 리리오페에게 변명을 해야 하는 입장이라고는 생각하지 않았다. 그러나 사실대로 말하려니 이상스럽게도 뭔가가 마음에 걸렸다.

"왜 대답 못 해?"

"대답해야만 되는 건가?"

"그렇지. 잘못한 게 있는 사람이 흔히 그렇게 대답하더라."

리리오페는 더 눈길 주기 싫다는 듯 고개를 홱 돌리더니 다프넨이 방금 걸어왔던 골목 쪽으로 종종걸음 쳐 가버렸다. 점점 기분이 이상해졌다. 다프넨은 문을 열고 집으로 들어갔다.

안에는 아무도 없었다. 당연한 일이었다. 나우플리온은 이런 낮에 집안에 앉아 있을 만큼 한가한 사람이 아니었다. 의자에 앉아 익숙한 집안을 둘러보았다. 여전히 마음 한구석이 불편했다. 집에 들어오고 나니 더 심해진 것 같았다. 마치 집안에 그를 불편하게 하는 기운이 감돌고 있는 듯했다.

도저히 편히 쉴 수가 없자 다프넨은 벌떡 일어나 밖으로 나왔다. 그리고 잠시 궁리하다가 공회당 쪽으로 발걸음을 옮겼다. 데스포이나 사제를 만나 윈터러에 대한 것이나 물어보자고 생각했다.

공회당 앞마당에 유난히 사람이 많다고 생각한 순간이었다.

"야아, 이보라고, 다프넨이 왔잖아!"

저런 말투로 그를 반길 또래 소년은 섬에 없었다. 오이지스라면 저런 식으로 말하지 않을 것이다.

"호오, 드디어 왔네? 재미는 이제 실컷 봤나 보지?"

재미?

앞마당에는 대여섯 명의 소년들이 모여 쑥덕이고 있었다. 먼저 소리친 것은 에키온 패거리 중 피쿠스라고 하는 소년이었다. 두 번째로 입을 연 것은 에키온이었다. 헥토르의 모습은 보이지 않았다.

다프넨이 다가가며 물었다.

"무슨 소리지?"

"뭐야, 우린 격려해주려는 것뿐인데. 그런 표정이라니 어디 무서워서 말이나 하겠어?"

에키온은 헐렁한 튜닉의 소맷자락을 걷으면서 씩 웃었다. 얌전하게 난 이 사이로 송곳니 두 개만이 유난히 도드라져 있었다. 다프넨은 걸음을 멈췄다.

"쓸데없는 소리나 지껄일 거라면 가겠어."

"아, 가거나 말거나 그건 중요한 게 아니고 말이지. 하여간 역시 놀라운데? 대륙에서 온 녀석만이 그런 수작을 생각해낼 수 있을 거야. 우리 같은 섬 토박이들이야 어디 상상이나 해본 일이겠어?"

"맞아, 맞아."

다프넨은 저도 모르게 허리로 손을 가져가다가 멈췄다. 저들이 그를 모욕하려는 것은 분명한데 무얼 가지고 그러는 것인지 확실히 알 수가 없었다. 그리고 물론 검도 없었다.

리코스라는 소년이 나서며 내뱉듯 말했다.

"너, 전무후무한 일을 벌이고 있다지?"

다프넨이 낮게 대꾸했다.

"한 번만 더 말하지만, 똑바로 설명해라."

리코스는 다른 소년들과는 달리 다프넨이 미워죽겠다는 표정이었다. 그의 입에서 드디어 한마디가 터졌다.

"소문이 쫙 퍼졌지. 가르침을 받는 중인 스승과 수작이 붙었다고 말이야."

퍼억!

리코스의 몸이 돌바닥에 나뒹굴었다. 다프넨은 자신이 언제 주먹을 휘둘렀는지 판단할 겨를도 없었다. 모든 일이 눈 깜짝할 사이에 일어났다. 다음 순간, 누군가의 억센 손이 어깨를 잡아당겼다. 몸이 돌려지는 것과 동시에 얼굴로 주먹이 날아들었다.

터억!

왼쪽 턱을 얻어맞고 휘청, 꺾이려는 몸을 다잡는 순간 또 한 번의 주먹이 이번에는 하복부를 치고 들어왔다. 반사적으로 몸을 빼며 상대의 손목을 움켜잡았다. 그러나 자세가 좋지 않아 반은 놓쳐버렸다.

"……건방진 놈."

나지막한 목소리가 귀에 들어왔다. 헥토르였다. 다프넨은 한 걸음 물러서며 그를 노려보았다. 어느새 다른 소년들이 주위를 빙 둘러싸고 있었다.

주먹을 내린 헥토르는 차가운 눈빛으로 다프넨을 쏘아보았다. 정말로 화가 난 얼굴이었다. 헥토르는 그런 눈으로 다른 소년들까지 훑어보아 일시에 침묵하게 만들어버렸다. 다프넨은 오른손 손바닥을 펴 내밀었다가 천천히 쥐어 보이며 말했다.

"무슨 볼일인지 말하지 않는다면 방금 것, 돌려주겠다."

"네가 모른다고?"

헥토르의 입에서 노성이 터져 나왔다.

"감히 범접해선 안 될 사람의 이름을 더럽힌 주제에!"

갑자기 뒤통수 아래, 목덜미에서 머리로 서늘하고도 뜨거운 기운이 솟구쳐 올라왔다. 드디어 모든 상황이 짐작이 갔다. 그러나 용납할 수 없는 전개였다. 다프넨은 간신히 숨을 억누르면서 말했다.

"……함부로 말하지 마라. 돌이킬 수 없게 되기 전에."

"네가 지금 어떤 사람을 네놈의 지저분한 소문에 끌어들였는지 알고나 있나? '그분'은 우리 섬사람에게 신성한 공주와도 같은 존재야. 사제님들조차 함부로 대하지 않는 그분의 모든 천분과 모든 이름과 모든 고귀함은 너처럼 비천한 놈을 위해 있는 것이 아니란 말이다! 아무도 그분에게 손대어선 안 돼! 지저분하게 놀고 싶거든 혼자서나 실컷 그렇게 하고, 그분한테는 손끝 하나 대지 말란 말이다, 이 대륙에서 온 더러운 놈아!"

더 말이 오갈 필요도 없었다. 둘은 거의 동시에 덤벼들어 서로를 쓰러뜨리고 땅바닥에서 뒹굴었다. 난폭한 주먹질이 오가고 옷깃이 뜯겨나갔다. 둘러쌌던 소년들이 부산하게 뒤로 물러섰다. 다프넨보다 두 살이 많은 헥토르는 몸집도 컸지만 완력도 더 셌기에 금세 다프넨을 깔아 누르고 다리에 올라탔다. 그러나 탄력적인 몸을 가진 다프넨은 단숨에 상체를 일으키며 헥토르의 어깨를 밀쳐 눌렀다. 그러나 다리가 깔린 까닭에 그도 마음대로 상대를 유린할 수는 없었다.

에키온은 안절부절못하며 주위를 맴돌았다. 마음 같아선 형을 돕고 싶지만, 자존심 강한 형이 그걸 용납할 리가 없었다. 다른 소년들도 마찬가지였다.

"때려! 눌러버려!"

"대륙에서 온 악마 녀석 따위, 박살을 내버려!"

다프넨은 다시 한번 힘에서 밀려 바닥에 내던져졌다. 그러나 이번에는 상대의 주먹을 한 대 맞아주면서까지 왼쪽 다리를 틀어 헥토르의 다리를 바깥쪽으로 걸어 당겼다. 동시에 오른쪽 무릎을 세우며 상대를 힘껏 밀쳤다.

"큭!"

헥토르의 주먹은 과연 보통이 아니었지만 맞은 만큼의 성과는 있었다. 단숨에 전세는 뒤집어져 다프넨 쪽에서 헥토르를 타고 누르게 되었다. 다프넨은 상대방과 같은 실수는 되풀이하지 않고자 다리가 아닌 배를 타고 누른 뒤 주먹을 두 대 먹였다. 헥토르의 입술이 찢어져 피가 흘러내렸다. 물론 한참 전부터 다프넨도 마찬가지였다.

"다시 한번 그런 소리를 한다면……."

헥토르는 손을 휘저으며 다프넨의 멱살을 잡으려 애쓰고 있었다. 그때 다프넨의 손이 다가와 목을 움켜쥐더니 힘주어 눌렀다.

"컥……."

장난이 아니었다. 금방 눈앞이 아찔해졌다. 도저히 숨을 쉬지 못하겠다고 생각하는 순간 흐트러진 머리카락 사이로 상대의 얼굴이 언뜻 보였다. 그리고 놀랐다. 돌처럼 굳어진 얼굴이었다. 이어 들려온 목소리도 조금 전 열에 들떴던 어조와는 전혀 달랐다. 어른들조차 쉽게 내기 힘든 냉정한 목소리가 말했다.

"너하고 정식으로 결투하겠다."

자신의 입에서 그 말이 나오는 순간, 다프넨의 머릿속에는 예프넨의 모습이 선명히 떠올랐다. 그날의 장면들이 망막을 번뜩이며 지나갔다. 작은 마을, 벌레가 담긴 수프, 그들을 모욕한 상대들, 그 모든 것을 다 받아주고서 마침내 일어나 했던 한마디.

네게 정식으로 결투를 신청한다.

손이 풀렸다. 영상이 흐려지는 순간, 억센 손이 다가와 뒷덜미를 잡아 올렸다. 익숙한 목소리가 등뒤에서 들려왔다. 조용한 어조였다.

"공회당 앞에서 싸움질이라니, 둘 다 예의라곤 글렀구나."

나우플리온의 목소리를 듣는 순간, 소년은 갑작스레 혼란을 느꼈다. 조금 전 떠올렸던 예프넨의 모습에 갑자기 나우플리온의 그림자가 겹쳐진 탓이었다. 다른 사람이었다. 그런데 그들이 각각 다른 사람이라는 사실이 이상할 정도로 낯설었다.

나우플리온은 다프넨을 내려놓고 이어 헥토르에게 손을 내밀었다. 헥토르는 약간 망설이다가 그 손을 잡고 자리에서 일어났다. 일어나자마자 목에서 밭은기침이 터져 나왔다.

"난 아이들이 싸워선 안 된다고 말하는 사람은 아니다. 하지만 싸움은 다른 사람들이 보지 않는 곳에 가서 해라."

그렇게 말한 나우플리온은 다프넨의 어깨를 툭 쳤다.

"꼴이 이게 뭐냐. 약깨나 발라야겠구나. 생각난 김에 모르페 사제나 보러 가자. 그 양반이 널 보고 싶다고 그러더라."

평소와 같은 농담조였는데 어딘가 모르게 달랐다. 다프넨은 망설이다가 돌아서서 나우플리온의 눈을 보았다. 그의 눈이 약간 서글퍼 보이는 것이 착각일까 생각해보았다.

"형, 식사해!"

헥토르는 손수 몸 곳곳에 약을 바른 뒤 따끔거리는 것을 참으려고 눈을 감고 있었다. 동생이 부르는 소리가 들리자 뒤를 돌아보았다.

"그래."

저녁 식사를 차린 것은 에키온이었다. 부모님은 섭정 각하를 뵈러 가서 밤늦게 돌아올 예정이었다. 형제의 집은 마을에서 다섯 손가락에 꼽히는 훌륭한 집이고 음식과 식기도 질이 좋았다. 그러나 대륙의 귀족들과는 달리 시종은 한 명도 없었다. 섬사람이 누군가의 시중을 드는 것은 상대를 스승으로 모실 때 말고는 없었다.

힘세고, 모든 면에서 뛰어나며, 잘생기기까지 한 형 헥토르의 존재는 에키온에게 자랑이자 즐거움이었다. 에키온은 가끔 떠오르는 교활한 꾀를 제외하면 어떤 것도 잘하는 것이 없었고 겉모양도 왜소하여 볼품이 없었다. 형을 질투할 법도 한데 그는 그러지 않았다. 그래보았자 아무 도움도 되지 않으며 심지어 불편할 뿐이라는 것을 너무 일찍 알아버렸다.

그리하여 에키온은 형의 가장 열렬한 지지자가 되는 쪽으로 재빨리 자신의 인생을 정했다. 그의 사고가 닿는 범위 안에서 지극히 현명한 결정이었다. 잘난 형만을 사랑했어야 마땅할 부모님은 자신보다 형을 더 좋아하는 못난 동생에게도 관대함을 베풀어주었다. 그건 그 나름의 생존 전략이기도 했다.

"나우플리온 사제님이 말리지만 않았으면 형이 금방 녀석을 눌러서 곤죽으로 만들어줬을 텐데. 사제님은 다프넨 자식이 질 것 같으니까 괜히 끼어들어서."

이럴 때면 반쯤 자기도취에 빠지다시피 하는 에키온은 식사도 하는 둥 마는 둥 하며 지껄여댔다. 헥토르는 별 대답 없이 수프를 떠먹었다.

"다프넨 녀석은 약삭빠르기만 하지 실력은 형편없더라고. 기운도 없고. 다음에 만나면 꼭 녀석을 다시 패줘야지."

"쉽진 않을 거야."

그제야 헥토르가 입을 열었다. 에키온은 무슨 소린가 하는 표정으로 헥토르를 쳐다봤다.

"무슨 소리야? 형이 그 자식한테 질 리가 없잖아."

"진다는 얘기가 아냐. 아까 나우플리온 사제님이 한 말 들었지? 모르페우스 사제님을 보러 가자고, 그분이 녀석을 보고 싶어 한다고 했잖아. 은근히 사제들의 권위를 내세워 우릴 누르려고 하더군. 그런 식이니 다시 싸울 기회를 잡기가 힘들

거란 말이다."

"칫, 비겁하게……. 그 자식이 먼저 결투하자고 말했지? 까짓 거, 이번엔 검으로 눌러버리면 되지!"

헥토르는 대답이라기보다 혼잣말처럼 말했다.

"방법이 아예 없는 것은 아니겠지……."

에키온은 혼자 흥분해서 식식거리다가 갑자기 뭔가 생각난 듯 탁자를 두드렸다.

"그런데 형, 형도 이솔렛 님을 좋아했던 거야? 리리오페를 좋아한 것이 아니었어?"

헥토르는 주먹질을 해서 아픈 오른손 대신 왼손으로 빵을 집어먹으며 무표정하게 대꾸했다.

"난 리리오페 쪽이 더 좋아."

"그런데 왜 그렇게 이솔렛 님을 열심히 찬양했어?"

"그게 좋은 방법이니까 그렇지."

에키온은 머리를 굴려보았다. 이런 점에서는 종종 형보다 나았는데, 지금은 마땅한 생각이 떠오르지 않았다. 그는 쉽게 포기하고 형에게 물었다.

"잘 모르겠어. 이솔렛 님한테 관심이 없으면 다프넨 녀석이 뭘 어쩌든 무슨 상관이야? 그냥 놀려대는 걸로도 충분하잖아."

헥토르는 입을 벌리다가 입술이 찢어진 곳이 아파서 얼굴을 찌푸리며 대꾸했다.

"갑자기 바보가 됐냐? 이솔렛은 돌아가신 일리오스 사제님의 딸이야. 그분의 재능이며 지식을 모두 물려받았어. 그런 이솔렛에게 사귀는 사람이 생긴다면 그 여자의 지위가 갖는 장점들이 누구한테 갈 것 같아?"

"아……."

에키온이 놀라서 입을 벌리고 있는 동안 헥토르는 빵을 마저 삼킨 다음 바구니에 든 사과를 하나 집어 들어 반으로 쪼갰다. 입을 되도록 작게 벌려 한입 베어 물고는 말을 이었다.

"사람들은 나우플리온 사제님의 제자가 다음번 검의 사제가 될 거라고 말하지만 내 생각은 달라. 나우플리온 사제님은 오랫동안 섬을 비운 문제도 있고, 또 주위에 자기편이라고는 데시 사제님하고 모르페 사제님을 빼면 전혀 없다시피 하지. 데시 사제님은 늙어서 은퇴할 때가 됐고, 모르페 사제님은 괴짜라 섬의 일에는 별로 관심이 없어."

헥토르는 사과를 씹어 삼키더니 비웃는 표정을 지었다.

"거기다가 소문대로 나우플리온 사제님의 몸이 아프다면 길게 갈 게임도 아닌 거라고. 섬사람들은 모두 일리오스 사제님을 그리워해. 그분이 가장 훌륭한 사제님이었다고 다들 말하지. 그리고 사람들의 그런 향수는 모두 이솔렛에게 집중되어 있어. 그래서 그녀가 지금처럼 성녀, 공주의 위치를 차지할 수 있었던 거야. 그러니 다음 검의 사제가 궁금하다면 이솔렛의 곁을 잘 살펴보면 되는 거지. 이솔렛을 차지하는 사내가 진짜란 말이다."

실로 놀라운 시각이었다. 에키온은 눈을 크게 뜨며 소리쳤다.

"그렇다면 형도 이솔렛 님을 놓쳐선 안 되잖아?"

헥토르는 시큰둥한 표정으로 고개를 저었다.

"이솔렛 같은 여자는 감당하기 힘들어. 너무 영리하고 잘난 여자를 말 듣게 길들이려면 피곤한 노릇이거든. 난 그런 번거로운 일은 하기 싫어. 리리오페야말로 지위로 보나 다른 조건들로 보나 나하고 딱 맞는 짝이야."

"그러면?"

"이솔렛은 평생 처녀로 있어줘야겠지. 아니면…… 그 후광을 벗겨버리거나."

잔인한 시각이었다. 에키온조차도 물컵을 든 채 말이 없었다.

고요한 밤이었다. 잠든 나우플리온의 숨소리 말고는 어떤 소리도 들리지 않았다. 다프넨은 잠들지 못했다. 여러 이유가 있었으나 나우플리온의 숨소리를 들을 때마다 생각은 한 가지로 돌아갔다. 자신이 그를 슬프게 했을까.

모르페우스 사제를 찾아갔을 때 나우플리온의 태도는 전과 같지 않고 어딘가 서먹했다. 집으로 돌아온 후에도 저녁을 먹었어야 했지만, 나우플리온은 피곤하다며 식사도 거르고 잠자리에 들었다. 혼자 식사를 끝낸 뒤 잠시 귀를 기울여본 다프넨은 나우플리온이 그때까지 잠들지 않았다는 사실을 알았다. 그러나 말을 걸지는 못했다.

잠을 자려 애써보았지만 잘되지 않았다. 나우플리온이 결국 잠들었다 싶을 무렵, 다프넨은 침대에서 빠져나와 바닥에 주저앉았다. 그리고 오랫동안 힘들어하며 여러 가지 생각을 했다.

어젯밤 생각도 났다. 꿈을 꾼 것이 아닐까 생각될 정도로 아름다운 밤이었는데, 지금은 그런 기억이 오히려 그를 안절부절못하게 했다. 과연 잘한 일이었을까. 이 불편한 심정의 원인은 뭘까.

눈앞에서 흰 옷자락이 흔들리는 것을 본 듯했던 것은 그쯤이었다.

사륵.

반투명한 옷자락이었다. 곁에 다가와 내려앉았다.

「왜 힘들어하니?」

다프넨은 그 자리에 못 박혔다. 처음이 아니라고 해서 두 번째에 익숙해질 수는 없는 노릇이었다. 오른쪽 귓가에서 얕은 웃음소리가 들렸다. 다프넨은 가까스로 중얼거렸다.

"웃지 마……."

「네가 겁내는 걸 보니까 재미있다. 웃지 않을 수가 없는걸.」

이번에는 똑똑히 말했다.

"웃지 말라니까."

형체는 점차 뚜렷해졌다. 치렁한 흰옷을 걸친 연한 금발의 소년이 한쪽 무릎을 꿇은 채 앉아 있었다. 그는 손가락 하나를 쳐들고 있었는데 투명한 손가락 너머로 그의 흰 뺨이, 그 뒤로 어두컴컴한 곳에 놓인 탁자까지 다 보였다.

「안 웃을게. 그런데 내가 반갑지 않은 거야?」

몇 번이나 봤다고 이렇게 친근한 체하는 걸까? 요령부득의 상황에 처해 다프넨은 대답 없이 입술만 약간 움직였다.

「얼른 반갑다고 말하라고. 유령은 잘 토라져.」

이거야말로 반 협박이 아닌가?

"바…… 반가워. 그렇지만 오기 전에 예고라도 좀 해줘. 식은땀이 다 났단 말이야."

「어떤 식으로? 네가 정하면 앞으로는 그대로 해줄게.」

"그러니까…… 아니, 앞으로도 계속 나타나겠다는 소리야?"

엔디미온은 갑자기 팔짱을 끼며 고개를 홱 돌렸다.

「흥, 유령 토라져버렸어.」

절반은 농담, 절반은 진담일 것이다. 재미있는 친구라는 생각도 들었지만 그래도 상대는 유령이었다. 다프넨은 긴장을 풀려고 노력하며 고개를 끄덕거렸다.

"아, 아냐, 자주 와줘. 넌 신기한 친구야. 네게 물어보고 싶은 게 많았어. 저번에 내게 보여준…… 그 영상은 뭐였어?"

아무 얘기라도 꺼내 관심을 돌리려 한 건데, 말하고 보니 가장 묻고 싶었던 핵심을 찌른 셈이 되었다. 엔디미온은 토라진 체하던 중에도 상대방의 표정이 변하는 것만은 놓치지 않았다.

「너, 이 세상에 돌아와보니 생각보다 시간이 많이 흘렀지?」

확실히 그랬었다. 다프넨은 고개를 끄덕였다.

"닷새도 넘게 지났더라고. 실종된 후로."

「그동안 동굴 속에서 잠을 잔 거지. 거긴 '알의 동굴'이라는 곳인데 본래 죽은 지 얼마 안 된 혼들을 오래오래 재우는 곳이야. 그렇게 하면 그들이 살아생전 갖고 있던 강렬한 기억들이 서서히 응어리져 작은 알, 즉 구슬들로 변하게 돼. 그렇게 해서 혼들은 자신의 사념을 빛바랜 형태로 간직하게 되고 현실 세상에 개입할 의지를 잃는 거지.」

죽지 않은 다프넨의 기억에도 비슷한 일이 벌어졌던 걸까?

「그런 구슬들은 잘 보관해야 돼. 자칫 깨뜨렸다가는 안에 든 기억이 무엇이냐에 따라 큰 재앙을 부를 수도 있어. 왜냐면…….」

엔디미온은 무표정한 상태로 눈을 크게 떠 보였다.

「혼의 세상에서는 기억이 곧 실재거든. 기억의 주인이 어떻게 스스로의 감정을 다스리느냐에 따라 그 안의 악이, 고통이, 사고가, 다시 한번 일어날 수도 있어.」

"그럼 내 발치에 있던 구슬들은?"

「네 구슬들은 불투명했지? 네가 아직 죽지 않았기 때문이야. 또 그래서 그 구슬들이 도리어 네게 예지몽을 보여주기도 했지……. 어쨌든 망자의 세상에서 산 자가 머물기에 가장 안전한 곳이 그곳이기 때문에 널 거기에서 자게 했지만, 동굴 자체의 힘은 어쩔 수가 없었어. 그래서 네 기억의 알들이 만들어졌어. 정확히는 동굴 곳곳에 동그랗게 맺힌 것을 내가 모아놓았어.」

"그러면…… 나도 기억을 잃게 되는 거야?"

다프넨은 심한 당혹감과 혼란을 느끼며 그 말을 했다. 그러나 엔디미온은 걱정 말라는 듯 고개를 저었다.

「넌 살아 있기 때문에 알의 동굴에서 잔다 해도 기억을 잃지는 않아. 하지만 네가 그 기억에 품었던 감정은 약간 바뀌었을지도 몰라. 아주 약간. 그리 큰 영향은 없을 거야. 그러니까 네가 그때 보았던 영상은…….」

다프넨은 갑자기 날카롭게 외쳤다.

"난 그 기억을 바꾸고 싶지 않아! 조금도!"

니들그래스의 벌판과 어린 그를 부르던 형의 모습…….

엔디미온은 가만히 다프넨의 눈을 보고 있더니 조용히 말했다.

「네가 가진 기억이 영원히 변하지 않으리라고 생각하니? 그것은 이미 변했어. 네가 알의 동굴에 들어가기도 전에, 오래전부터, 그리고 지금도 계속 변하고 있어.」

엔디미온의 빛깔 없는 눈에 든 작은 빛이 좌우로 살짝 움직였다.

「그때 본 네 기억…… 아마도 네 형제였지? 네 끈질긴 집착이 죽은 그를 쉬지 못하게 붙들고 있는 것 같았어. 그가 죽은 후에도 망자의 세계에는 존재하지 않는 동생을 끊임없이 돌보려 애쓴다고 생각해봐. 그래, 다시 말할게. 그 기억을 가진 건 너지만, 그때 새삼 다시 본 옛 모습은 네게 뭔가 다른 감정을 불러일으키지 않았니? 그것이 지난 일이기 때문에, 돌이킬 수 없기 때문에, 안타깝고, 고통스럽고, 더욱 간절하면서도, 절망적이지 않았니?」

엔디미온의 말 한 마디마다 그날의 기분이 뚜렷하게 되살아났다. 대답을 할 수가 없었다.

「그게 네 기억이긴 해도 넌 그 안에서 구경꾼이었을 뿐이고 거기 속할 수는 없었을 거야. 그리고 그건 또한 네가 거의 잊었던 기억이기도 했을 거야. 난 네게 기억을 보여주기 위해 구슬을 깨뜨렸지만 살아 있는 너의 기억이 사라진 것도, 네 삶 어딘가가 달라진 것도 아니야. 그러나 네가 거의 잊었던 그 기억, 그걸 다시 보았다는 사실만으로도 이미 무언가가 변했지. 넌 살아 있어. 살아 있는 자는 언제나 변해. 죽은 자는 다시는 변할 수 없지만.」

수긍하고 싶지 않았지만 엔디미온의 말이 옳다는 것을 부인할 수가 없었다. 자신이 예프넨에게 갖고 있는 감정이 몇 년 전, 그와 헤어졌던 당시의 그것과 같은가? 또는 함께 살던 때와 같은가?

인정하기 싫었다. 그러나 기억은 점차 바래고 있었다. 그 자리를 새로운 기억들이 채우고 있었다. 이를테면 어제 본 별밤과 같은…….

「그 이야기는 그만두자, 다프넨. 그런 이야기를 하려고 힘들게 널 찾아온 것이 아니야. 네가 특별한 검의 힘을 빌려서야 공간을 넘어왔던 것처럼, 나 역시 네 세상에 머무는 것이 그리 쉬운 일은 아니야.」

그제야 조금 정신이 들었다.

"넌 어떻게…… 온 건데?"

「씁쓸한 얘기지만 이 일에 내가 가진 능력은 하나도 소용이 없었어. 내가 공간을 넘어와 여기 있을 수 있는 건 전적으로 네가 남기고 간 기억의 알들 때문이야.」

언뜻 이해가 가지 않았다.

“그게 무슨 소리야?”

「그 구슬들, 기억의 알들에는 네가 남기고 간 이 세상의 고리들이 들어 있거든. 방금 전에 내가 나타났을 때 네가 하고 있던 생각이 뭐였니? 죽은 자의 세상에 남겨진 구슬들 중 하나가 그런 너와 반응을 일으키면서 문을 열어주었어.」

“무슨 생각을 했는지 잘 기억이 안 나.”

「일단 온 이상 그건 중요한 일이 아니지. 일단 말할게. 멀지 않은 곳에 네게 아주 위험한 존재가 있어.」

갑작스러운 말이라 다프넨은 당황하는 것조차 깜빡 잊고서 되물었다.

“응, 뭐라고?”

「너를 집어삼키고도 남을 커다란 증오의 입을 가지고 있으니 조심해. 하지만 아무리 피하려 해도 그건 결국 너를 찾아낼 거야. 왜냐면 너는 검을 가지고 있으니까. 그렇더라도 조심해. 넌 아직 죽을 때가 안 됐지만, 산 자가 잃을 수 있는 것은 생명 말고도 많지.」

잠시 잊었던 모양이었다. 엔디미온이 ‘죽을 때가 안 됐지만……’ 하고 말하는 순간, 그가 이미 죽었다는 사실이 떠올랐다. 이미 죽은 자가 죽음에 대한 이야기를 하고 있었다. 그것만큼 실감나는, 그리고 진실에 가까운 이야기가 또 있을까?

"너…… 그런 것을 미리 알아내는 것도 유령의 특권인가? 그렇다면 그런 일이 일어나지 않도록 도와줄 수는 없는 거야?"

「일어날 일을 막는다고? 난 그것이 언제, 어떤 식으로 일어날지도 몰라. 다만 그런 사건이 너의 시간 주위를 떠돌고 있는 것만 느낄 뿐이야. 더구나 앞으로 또 너를 이렇듯 찾아올 수 있을지는 장담 못 해.」

그제야 약간 아쉬운 기분으로 엔디미온을 바라보았다. 엔디미온은 다프넨의 그런 기분을 느낀 듯 희미하게 웃어 보였다.

「어떤 때, 내가 네가 남기고 간 기억의 알들을 들여다보고 있을 때, 그 순간 네가 그 기억과 연결되는 생각을 떠올린다면 다시 찾아오게 될지도 모르지. 그렇다 해도 나는 너를 만질 수조차 없어.」

그러면서 엔디미온은 마룻바닥에서 몸을 일으켰다. 반투명한 옷자락이 날개처럼 끌려 올라가는 것이 보였다. 잠시 시선을 거두고 있던 주위의 익숙한 사물들을 느끼기 시작하자 그런 엔디미온의 모습이 더없이 낯설어 보였다.

"벌써, 가는 거야? 난……."

많은 이야기를 하지도, 많은 것을 묻지도 못했다고 말하려 했다. 그러나 동시에 이런 생각이 떠올랐다. 그들 둘은 분명 아직 친구는 아니었다. 그런 그에게 자신은 지나치게 우호적인 역할만 요구하고 있는 것이 아닌가?

엔디미온은 다프넨의 마음을 읽기라도 한 양 말했다.

「내가 다시 오지 않을까 봐 두렵니? 네가 네 힘으로 날 부를 수 있는 방법도 있어.」

"그게 뭔데? 어떻게 해야 해?"

「가끔, 처음 접한 상황에서 과거의 그림자를 느낄 때가 있지 않니? 한때 본 일이 있는 양, 들은 일이 있는 양, 그렇게 기억의 충돌을 느낄 때가 있지 않니?」

가끔 그런 것을 느낀 일은 있었지만 그냥 착각일 거라고 생각하고 말았었다. 그보다 다프넨이 더 낯설게, 그리고 이상하게 생각하는 것은 갑작스레 멋대로 찾아오는 예지였다. 과거가 현재에 겹쳐지는 것이 아니라 아직 오지 않은 미래를 이미 겪은 양 느끼게 되는 예지. 그러나 다프넨은 복잡한 설명을 생략한 채 말했다.

"있어."

「네 안에 잠든 기억의 알들 중에는 아주 오래된 것들도 있어. 네가 태어나기 전의 것들조차도. 그런 것이 갑자기 느껴지는 것은 현실의 무엇이 과거의 기억을 강렬하게 건드리기 때문이야. 기억의 알들이 요동치는 거지. 만일, 네가 앞으로 겪게 될 사건이 과거의 어떤 기억을 아주 세게 내리치거나, 찌른다면, 그래서 그 구슬이 깨져버린다면, 그리고 그 구슬이 내게도 있는 것이라면.」

엔디미온은 천천히 뒷걸음질치다가 문을 등진 채 잠시 멈추어 섰다.

「그 순간 나도 너를 찾아올 수 있을 거야.」

한 걸음.

제멋대로 찾아왔던 유령 소년은 문 뒤로 사라져버렸다.

함정에 빠지다

"각하, 제가 왔어요."

섬의 남쪽, 볕바른 곳에 지어진 야트막한 집에는 드나드는 사람이 거의 없었다. 한 달에 두 번씩 여섯 명의 사제들이 정기적으로 방문했고, 특별한 일이 생기면 이곳에서 모이는 일도 있었다. 그러나 그 외에는 하루 한 명의 방문객도 없다시피 한 집이었다. 마을에서 약간 떨어진 곳이긴 했지만 마을 밖이라 할 만한 위치는 아니었다. 그러나 사람들은 시간을 들여 멀찍이 이곳을 비켜갔다.

"들어오너라."

집안에 들어서면 신발을 벗어놓는 곳이 나타났다. 그 너머에 다시 한 겹 둘러쳐진 문이 있었다. 대답은 그 안쪽에서 들려왔다. 리리오페는 신을 벗고 안으로 들어갔다.

세로로 기다란 방의 안쪽에는 정수리에 새치가 희끗거리는 중년 남자가 있었다. 의자가 아니라 방바닥에, 짐승 가죽으로 된 깔개를 깔고 앉아 있었다. 리리오페는 대뜸 상대방을 다른 이름으로 불렀다.

"아빠!"

남자의 주름진 얼굴에 미소가 피어올랐다. 그는 천천히 팔을 벌려 보였다.

"어서 이리 오렴."

리리오페는 다람쥐처럼 잰걸음으로 다가가 아버지의 품에 폭 안겼다. 리리오페는 깔개 위에 무릎을 꿇은 자세였고 남자도 몸을 일으키지 않은 채였다. 둘 다 그리 편해 보이지는 않았다. 그러나 그런 식으로 포옹을 마친 부녀는 다시 물러앉았다.

"아빠, 오늘은 물어보고 싶은 게 있어서 왔어요."

"그래. 하지만 이렇게 자주 오면 안 되는 것, 알고 있지?"

"아아, 빨리 스콜리를 졸업했으면 좋겠어요. 그래야 아빠가 보고 싶을 때마다 실컷 보러 오죠."

딸은 아버지에게 또 아버지는 딸에게 애정과 신뢰를 보였지만 부녀는 전혀 닮은꼴이 아니었다. 딸이 가진 영롱한 눈동자며 예쁘장한 입매, 귀여운 고수머리 같은 것을 아버지의 모습에서는 전혀 찾아볼 수 없었다. 창백한 잿빛의 길쭉한 얼굴과 처진 뺨, 생각에 잠긴 검은 눈동자가 있을 따름이었다.

"서두르지 마라. 너는 귀한 아이니까."

귀한 아이. 그 말의 어감에 어울리지 않게 리리오페는 가볍게 눈짓하며 씩 웃어버렸다. 그러더니 곧 말했다.

"아빠, 제가 아빠 말대로 귀한 아이라면 진심으로, 정말 정말 갖고 싶은 것은 결국 가질 수 있죠?"

"조금만 갖고 싶어도 가질 수 있지. 무엇이 갖고 싶은데 그러느냐?"

"응, 글쎄요. 지금은 잘 모르겠지만 만일을 대비해서 물어봐요. 제가 어떤 사람을 아주 많이 원한다면, 그 사람은 제 것이 되나요?"

아버지는 잠시 침묵을 지키며 딸의 고수머리를 쓸어 넘겨주었다. 그런 채로 양쪽 입 끝을 번갈아 올려보다가 입을 열었다.

"아빠가 듣기에…… 그 말은 혼인에 대한 얘기 같구나. 그렇지?"

리리오페는 싫은 소리를 들은 것처럼 고개를 홰홰 내저었다.

"아직은 일러요! 그냥 물어보는 것뿐이에요. 나는 아빠, 아니 각하의 귀한 아이잖아요. 어디까지 마음 가는 대로 해도 좋은지 궁금해서 물은 거라고요. 지금은 하면 안 되는 일이 너무 많지만, 스콜리를 졸업해서 열다섯 살의 정화 의식을 받은 다음이라면 절 막을 사람은 아빠밖에 없잖아요?"

"물론 그렇기는 하다만 너무 다른 사람의 의사를 무시하고 억지를 부려서는 안 된다. 그러면……."

"아빠처럼 존경받는 섭정이 못 되겠죠. 그렇죠?"

"……."

리리오페의 눈에는 이제 장난기가 없었다. 섭정 스카이볼라는 그런 딸을 가만히 내려다보았다.

이 작은 소녀는 확고한 자신감을 가지고 '섭정'이라는 단어를 발음했다. 섬사람들에게는 비밀을 쥔 두려운 자, 그리고 존경의 대상이기도 한 섭정 각하는 사라진 왕을 대신해서 섬의 미래를 결정하는 사람이었다. 섬사람들이 전혀 알 수 없는 방식으로.

누구나 아는 일이지만 함부로 말해서는 안 되는 일, 섭정의 아이는 섭정이 된다……. 그러나 전통은 열다섯 살이 될 때까지 누구도 그 아이를 특별히 여기지 못하도록 정해놓았다. 섭정이란 본래 왕의 부재를 대신하는 자일 뿐, 왕이 다음 세대에도 돌아오지 않을 거라고 감히 단정해선 안 되기 때문이었다. 수없이 섭정에서 섭정으로 통치권이 이어져온 지금, 이제는 껍질뿐인 전통일지도 모른다. 그러나 아직까지는 지켜지고 있었다.

그리고 리리오페는 섭정 스카이볼라의 하나뿐인 자식이었다. 어렸을 때는 리리오페도 그런 저런 사정들을 잘 몰랐고, 그래서 섭정의 딸이라는 위치에 대해서도 명확한 인식이 없었다. 그런 까닭에 기꺼이 다른 아이들과 어울리며 천진하게 자라났다. 그러나 작년부터 그녀는 서서히 스스로의 입지를 깨닫고 그것을 진지하게 생각하기 시작했다. 책임감보다 먼저 체득한 것은 자부심이었다.

"리리. 아빠한테 솔직히 말해라. 헥토르가 싫은 거냐?"

리리오페는 고개를 흔들었다.

"아뇨. 싫진 않아요."

"그러면?"

"하지만 말이죠, 헥토르 오빠와 저는 어려서부터 어울려 자랐고, 언제부턴가 좋은 짝이 될 거란 식으로 누구나 말하고 있잖아요. 사람들이 다들 입 모아 떠들어대는, 그런 얘기야말로 지겹고 시시한 결론 아니에요? 진부하다고요, 그런 혼인 따위."

"얘야……."

아버지가 자기 말을 이해할 리 없다고 생각한 소녀는 얼른 고개를 흔들며 말을 이었다.

"다른 가능성도 있다고 생각해보고 싶어요. 그런 생각을 하니 기분도 좀 신선해지는 것 같고요. 그런 다음에 진부한 결론을 따를지 어쩔지 생각해보겠어요."

섭정 스카이볼라는 잠시 침묵하다가 말했다.

"'옛 섭정의 원칙'을 따를 참이라면 아버지는 반대다."

리리오페는 움찔하는 기색이더니 더 대꾸하지 않았다. '옛 섭정의 원칙'이란 가장 고귀한 위치에 있는 섭정이 가장 비천한 위치에 있는 섬사람과 결혼함으로서 섬 전체의 균형을 바로 한다는 관습이었다. 그러나 이미 사라진 지 오래된 이야기였다.

그날은 운 나쁜 아침으로 시작되었다. 늦게 일어난 다프넨은 나우플리온이 차려놓은 아침을 먹다가 무심결에 팔로 오트밀 그릇을 쳐 엎지르고 말았다. 바지로 흘러내리는 오트밀을 내려다보며 당황하고 있자 맞은편에 앉은 나우플리온이 잠이 부족한 눈으로 일어섰다. 수건을 가져다줄 요량이었는데 어찌된 셈인지 옷자락이 테이블에 걸렸고, 허술한 테이블이 삐걱거리면서 나머지 한 그릇마저 엎어져버렸다. 반 이상 남아 있던 오트밀이 다 쏟아졌다.

"허, 이것참."

오트밀 두 그릇이 나란히 줄줄 흘러내리는 꼴을 보고 나우플리온이 혀를 차며 한 말이었다. 수건을 가져오긴 했지만 몇 번은 빨아서 닦아야 할 듯했다.

다프넨은 입을 다물고 있었다. 속에서 무언가 이상한 것이 꿈틀거리며 올라오려 했다. 예감이었다. 아니, 예지일지도 몰랐다.

"너나 나나 정신이 없는 모양이다. 오늘 같은 날은 쓸데없는 분쟁이 생기지 않도록 조심해라."

나우플리온도 뭔가 느껴지는 것이 있었을까.

집을 나온 다프넨은 스콜리로 갔고, 오전 내내 별다른 일 없이 수업을 받았다. 점심시간에도 별일은 없었다. 오이지스와 몇 마디 이야기를 나누었지만 리리오페의 모습은 보지 못했다.

수업이 끝나자 이솔렛과 늘 만나는 산 위로 올라갔다. 비탈진 풀밭에 이르렀을 때 그를 기다려야 할 사람이 자리에 없다는 것을 알았다. 다프넨은 잠시 기다렸다. 조금 후 생각나는 것이 있어 절벽 위의 마법 계단으로 가보았다. 오랜만에 계단을 밟고 올라가 샘이 있는 꼭대기까지 갔다. 그러나 거기에도 이솔렛은 없었다.

"네 주인은 어디에 있니?"

물을 쪼아 먹고 있는 흰 새 한 마리를 보고 다프넨은 별 기대 없이 물어보았다. 사실을 말하자면 이솔렛은 새들의 주인도 아니었다.

푸드덕.

새는 날개를 펴고 아래로 날아갔다. 풀밭을 지나 보이지 않는 곳으로 사라졌다. 그 모습을 지켜보고 있다가 다프넨은 일어섰다. 풀밭으로 내려와 새가 날아간 방향을 바라보자니 떠오르는 것이 있어 뒤따라 걷기 시작했다. 이솔렛의 집이 그쪽이었다.

산기슭이 가까워질 무렵, 다프넨은 예상치 못한 사람들을 발견했다. 그자들은 비탈 아래에서 걸어 올라오고 있었다. 그리로 올라와 산이라도 오를 게 아니라면 갈 곳은 이솔렛의 집뿐이었다. 헥토르와 에키온을 비롯한 소년들이었다. 다프넨은 이솔렛의 집 앞에서 그들과 딱 마주쳤다.

"마침 당사자가 와줬군."

헥토르가 입을 열었다. 뭔가 단단히 마음먹은 목소리였다. 다프넨은 전날 일을 떠올리며 딱딱하게 대꾸했다.

"무슨 볼일이지?"

"마침 이솔렛 님한테 물어보려던 참이었어. 너도 같이 사실을 확인해준다면 더할 나위 없겠고 말이야."

"뭘 알기를 원하는지 모르지만, 네게 해줄 대답 따위는 없어."

"아, 그럴까? 그러면 역시……."

헥토르는 이솔렛의 집 쪽으로 고개를 돌리더니 외쳤다.

"이솔렛 누님! 제 아버지께서 누님이 곧 혼인을 하게 되느냐고 물으시던데요! 사실인가요?"

갑자기 석상이 되기라도 한 느낌이었다. 동시에 얼굴이 확 달아올랐다.

"사실이라면 축하할 일이겠죠! 누님은 부모님을 다 잃으셨으니 저희 아버지께서 대신 보호자 역할을 해주겠다고 그러시네요!"

무슨 행동을 해야 옳을까. 회오리치는 뜨거운 덩어리가 가슴과 목을 꽉 메웠다. 언젠가 한번 느껴본 감정이었다. 에키온을 비롯한 다른 소년들은 모조리 침묵하고 있었다. 헥토르만이 냉소적인 표정으로 계속해서 외쳐댔다.

"솔직히 전 누님이 이런 식으로 혼처를 찾으실 줄은 몰랐습니다! 누님답게 좀더 점잖은 방식이 아닐까 생각했죠! 게다가 상대가 저런 어린 녀석일 거라고는 더더욱 상상도 못 했고요! 어째 꼴이 우습지 않습니까?"

"너……."

순식간에 벌어진 일이었다. 헥토르의 멱살을 잡으려는 다프넨을 다른 소년 전부가 달려들어 가두어버렸다. 몸부림쳐도 소용없었다. 대여섯 명이나 되는 소년들이 그물에 걸린 사냥감을 다루듯 그의 몸을 움켜잡았다. 셋이나 되는 손이 입을 막았다.

헥토르는 그런 꼴을 흘끗 돌아보고 미묘한 미소를 입가에 올렸다. 일부러 다프넨의 분노를 돋우기라도 하려는 것처럼 더한 목소리가 더한 어조로, 더한 내용이 되어 쏟아져 나왔다.

"뭐, 오랫동안 혼자 지내시긴 했지만 아직 혼기라고 하기엔 이르잖습니까? 아무리 좋아하는 사내가 나타났다 해도 그렇게 몸을 함부로 다루시면 안 되죠! 마을 사람들의 눈도 있는데 말입니다. 그러다가 혼인도 하기 전에 몸에 표시라도 나면 어쩌려고 그러십니까?"

이솔렛이 아니라 다른 어떤 여자라 해도 용납할 수 없을 폭언이었다. 미칠 듯한 분노와 그를 얽어맨 손들 사이에서 싸우고 있는 다프넨의 머릿속에는 한 가지 말만이 울려 퍼졌다. 용서하지 않아, 결코 용서하지 않아, 죽일 테다, 네놈을 죽여버릴 테다!

"하긴 섬에서 그런 경우가 처음은 아니죠. 하지만 돌아가신……."

거기까지 말한 순간이었다. 다프넨을 잡았던 소년들은 엄청난 힘이 그들의 팔을 밀치고 잡아 꺾는 것을 느꼈다. 다프넨의 오른손을 잡았던 소년은 손목뼈가 부러졌다. 믿을 수 없는 기세로 옭아맨 손들을 떨쳐버린 다프넨은 헥토르의 턱을 향해 곧장 주먹을 내질렀다.

"!"

그 순간 헥토르가 빠르게 피하지 않았더라면 그의 턱은 산

산조각으로 부서졌을 것이다. 그러나 헥토르는 예상하고 있었던 듯 몸을 숙였고 다프넨의 주먹은 그의 이마를 스치는 데 그쳤다. 하지만 헥토르는 곧 흠칫 놀랐다. 살짝 스친 것뿐인데 덴 것처럼 이마의 살갗이 벗겨지고 피가 배어 나왔다.

조금 전, 다프넨은 헥토르의 입에서 결코 나와서는 안 될 말을 막겠다는 생각뿐이었다. 이솔렛이 다른 어떤 모욕이든 참아낸다 해도, 그녀가 결코 견뎌내지 못할 것이 하나 있었다. 함께 지낸 그날 밤에 충분히 느꼈다. 그녀가 어떤 상황에서도 간과하지 않을 한마디, 그 말이 귀에 들어가는 순간 누구도 이솔렛을 막지 못할 터였다.

죽은 일리오스 사제를 모욕해서는 안 된다.

그 말을 막은 것만으로 끝이 아니었다. 모조리 되갚으리라. 그 모욕, 그 분노를. 한때 어리고 약해 되갚지 못했던 원한들이 갑자기 폭발한 것처럼 다프넨의 머릿속을 세차게 울렸다. 아무것도 후회하지 않는다. 아버지가 불타는 저택을 바라보며 했던 말처럼, 이 상황을 참는다면 진네만 가문 사람이 아니다!

잊힌 줄로만 알았던 이름이 권리를 부여했다. 섬의 순례자가 되고자 몇 달간 애써왔던 다프넨은 이 순간 다시금 투쟁의 나라 트라바체스의 사내로 돌아왔다. 손을 놓은 채 멍청해져버린 소년들, 이마의 상처로 당황한 헥토르, 그리고 집안에서 말이 없는 이솔렛, 그들 모두가 듣는 가운데 목이 터져라 소리쳤다. 한때, 같은 트라바체스 사내인 예프넨이 그랬던 것처럼 옛 이름을 당당히 외쳤다.

"나는 보리스 진네만이다! 너에게 정식으로 결투를 신청한다!"

그곳에는 두 사람뿐이었다. 다른 사람은 허락하지 않았다. 헥토르는 에키온마저도 물러가게 했다. 이 순간을 기다렸던 것처럼 그는 검을 준비해 왔다. 다프넨의 것도.

여름치고 차가운 바람이 부는 산 위의 빈터였다. 둘에겐 신호가 필요 없었다. 입회인도, 구경꾼도 필요 없었다.

최초의 격돌과 함께 날카로운 소음이 산중턱에 울려 퍼졌다.

챙! 챙!

"후……."

둘의 위치는 반대가 되었다. 두 검이 상대의 안과 밖을 연달아 내리친 뒤 똑같은 동작으로 자세를 돌린 탓이었다. 이는 초반 연무의 자세였으나 이어서 계속되지는 않았다. 두 검 모두 다음 순간에는 상대의 급소를 노렸다.

츠캉!

소년들의 대결이라고 볼 수 없는 살기가 감돌았다. 그들은 의심할 바 없이 서로를 죽이려 했다. 짓밟힌 풀들이 아릿한 냄새를 풍겼다. 녹색 피비린내였다.

헥토르의 검은 심장을 겨냥했으며, 다프넨의 검은 목을 노렸다. 한쪽이 방어하지 않으니 둘 다 다칠 수밖에 없었다. 옷이 수없이 찢기고 가느다란 상처 끝에 피가 흩날렸다. 연이어 두 검이 얽히고, 밀어내고, 다시 마주치며 힘 대결로 들어갔다. 불리한 것을 아는 다프넨은 재빨리 검을 미끄러뜨리며 한 박자 물러났다가 손목을 찌르려 했다.

그러나 빗나갔다. 헥토르의 검이 기세를 잡아 다프넨의 왼쪽 어깨를 찢었다. 투둑, 핏방울이 풀잎을 적셨다.

그 정도 상처로는 아픈 것도 느껴지지 않았다. 다프넨이 팔을 꺾으며 올려친 검이 헥토르의 턱을 그으며 뺨까지 이르는 상처를 냈다. 둘은 급히 뒤로 물러났고, 망설임 없이 다시 달려들었다.

검이 부딪히고…….

"그만두지 못해!"

둘 다 목소리를 들었으나 아무도 멈추지 않았다. 헥토르가 펄쩍 뛰어 달려들며 검을 두 번 내리쳤다. 그 검을 다 막아낸 다프넨은 하체를 휩쓸 듯이 공격해 들어갔다. 당장 결판이 날지도 모를 중대한 순간이었다.

켄 레 아사 나이드!

갑자기 팔이 나무토막처럼 딱딱하게 굳어졌다. 버티려 했지만 견디지 못하고 다프넨은 검을 떨어뜨렸다. 앞을 보니 헥토르도 마찬가지였다. 이어 다리가 후들거리더니 둘 다 바닥에 쓰러져버렸다.

"이런 겁도 없는 놈들을 봤나!"

달려와 룬을 외친 사람은 메달의 사제 테스모폴로스였다. 그 뒤에는 에키온 패거리인 몇 명의 소년들과 더불어 리리오페의 모습이 보였다. 소녀는 파랗게 질린 얼굴이었다. 대강 짐작이 갔다. 스콜리가 끝난 후 헥토르 일행의 움직임을 알게 된 리리오페가 테스모폴로스 사제를 불러오는 데 걸린 시간이 방금까지였다.

"리코스! 가서 두 녀석의 검을 이리로 가져와라!"

리코스는 머뭇거리다가 달려가 바닥에 떨어진 두 자루의 검을 집었다. 다프넨은 헥토르의 얼굴을 보았다. 쓰러진 채 리코스를 올려다보는 헥토르는 화가 난 기색이 역력했다.

다프넨은 화가 나지 않았다. 오히려 머리가 맑아졌다. 절반 정도, 평소의 자신으로 돌아온 그는 조금 전 자신의 분노를 객관적으로 바라보았다. 그리고 동시에, 이날의 일을 반드시 마무리짓고야 말겠다는 결심도 확고히 섰다.

순간적인 울분으로 시작한 일이 아니었다. 냉정하게 바라볼수록 더욱 간과할 수 없는 일이고, 갚아야 할 빚임이 분명해졌다. 타고난 핏줄이 준 본성이 서서히 눈을 떴다. 트라바체스 사람은 대가 없이 화해하지 않는다. 명백한 적은 오래 걸리더라도 반드시 친다. 지금의 상황이 여의치 않으면 다음과 그다음을 노린다. 그리고 결코 잊지 않는다.

묻어두려 했던 진네만의 이름은 내키지 않는다고 멋대로 내던져버릴 수 있는 것이 아니었다. 소년 시절에는 어느 이름이나 취할 수 있고 어느 땅에서나 비슷한 모습으로 자라지만, 성장하면 결국 트라바체스의 진네만이 되는 것이다.

"후후, 그랬단 말이지?"

씩씩대며 한바탕 말을 마친 에키온은 스콜리의 막대호신술 선생을 올려다보며 크게 고개를 끄덕여 보였다. 에키온은 왜 자신이 이날 밤 여기까지 와서 보고 들은 이야기를 늘어놓고 있는지 몰랐지만 질레보 선생은 알고 있었다. 그는 에키온이 걸려들 만한 모든 길목에서 기다렸다.

낮에 벌어졌던 일은 이미 빠짐없이 알고 있었지만 일부러 인내심 깊게 들어주었다. 에키온이 교묘하게 왜곡하는 부분도 다 눈치채면서. 다만 질레보 선생도 헥토르가 어떤 말로 이솔렛을 모욕했는지는 몰랐다. 그에 대해서는 모든 소년이 함구했던 것이다. 다프넨도 차마 입에 담지 못했다.

"그게 정식 결투란 것을 사제들은 모르더란 말이냐?"

"일부러 말 안 했죠. 아마도 홧김에 칼을 휘두른 정도로만 알고 있을 거예요. 왜냐면, 어, 그걸 말해버리면, 다시는 못 하게 할 것이 아니겠어요?"

어눌한 말투 속에 든 핵심을 알아채지 못할 질레보가 아니었다. 그는 짐짓 사제들을 탓하는 어조로 말했다.

"그래, 네 말대로야. 정식 결투를 그런 식으로 멈춰선 안 되지. 결투란 언제고 끝이 나야 해. 그게 소년들끼리의 것이라 해도 말이다."

"그렇죠! 리리오페 그것이 주제넘게 끼어들지만 않았으면 우리 형이 그 자식을 죽여버렸을 건데!"

에키온이 헥토르에게 품고 있는 신념은 반쯤은 일부러 만들어진 면이 없지 않았다. 그러나 아직 어린 그는 자신이 만든 신념과 진짜 신념을 구별해낼 능력이 없었다.

"아마도 그랬겠지. 헥토르의 검술은 섬 안의 소년들 중 제일이니 말이다."

질레보 선생은 적당히 에키온을 부추기며 뜸을 들였다. 아니나 다를까, 에키온은 망설이면서도 은근한 목소리로 물었다.

"선생님, 선생님은 스콜리의 막대호신술 선생님이시고, 막대호신술 실력은 섬에서 제일이잖아요."

"그렇지."

"그러면 무예에 대해서도 검의 사제님 다음가는 권위자시죠?"

"아마도……."
"검술을 비롯해서, 무예를 수호하는 입장에 있으시죠?"
"그럴지도."
"그렇다면 정식 결투가 이런 식으로 부당하게 중지됐는데 그냥 두고 보실 거예요?"
"흐음."
"선생님께서 주선하신다면 아무도 뭐라 못 할 텐데……. 아, 물론 검의 사제님은 빼고요."
"……."
에키온은 눈치를 살짝 본 다음 말했다.
"하지만 검의 사제님은 전적으로 다프넨 그 자식 편이니까 공정한 입장이 아니죠. 그분의 의견은 무시해도 될 거예요. 그러니까 다시 말해서…… 그분이 모르실 때 하면 된다는 거죠."
"흐으음……."
질레보 선생은 의도대로 흘러가는 것을 보면서도 중립적인 체하며 잠자코 기다렸다. 그러나 철없는 에키온이 그의 불편한 곳을 건드리고 말았다.
"선생님도 다프넨 녀석이 보기 싫으시죠? 그 자식이 죽어 없어졌으면 좋겠죠? 그 자식이랑 검의 사제님이 한패거리가 되어서 잘난 체하고 다니는 게 옳다고 생각 안 하시죠?"

너무 정곡을 찌르는 바람에 질레보 선생은 화가 치밀어 하마터면 소년을 밖으로 내쫓을 뻔했다. 그는 가까스로 분노를 눌러 참으면서 대꾸했다.

"난 결투를 수호할 임무가 있지만 너희들 사이의 문제를 왈가왈부 결정할 입장은 아니다. 난 누구처럼 내 영역이 아닌 곳에 주제넘게 끼어들지 않으니까. 그런 것은 메달의 사제나 궤의 사제에게 가서 묻든지 해라."

에키온은 첫 번째 말만 딱 알아듣고 얼굴이 환해졌다. 그는 얼굴이 밝아지면 미간을 보기 싫게 일그러뜨리는 버릇이 있었다. 지금도 바로 그랬다.

"역시 그래요! 그러니까 선생님께서 다른 사제님들 모르게 장소를 정해주세요. 입회도 해주시고요. 다프넨을 감싸는 건 검의 사제님밖에 없으니깐 그 애가 죽는다고 해봤자 그리 귀찮은 일은 일어나지 않을 거예요. 게다가 결투는 걔가 먼저 하자고 그랬다고요!"

섬의 소년들과 대륙의 평범한 소년들 사이에 결정적으로 다른 점이 이것이었다. 에키온은 저들 손으로 다프넨을 죽인다는 문제를 매우 진지하게 생각하고 받아들였다. 그저 미운 마음에 홧김에 '죽여버리겠다'고 외치는 것과는 이야기가 달랐다. 섬의 아이들은 비록 어리다 해도 불쾌한 자는 죽여 없앤다는 생각을 아주 손쉽게 했으며, 곧잘 실천하려 덤벼들기도 했다. 사제들의 율법이 막고 있으니 실제로 죽인 일은 드물었지만, 마음만은 대륙의 전쟁터에서 죽고 죽이는 어른들과 다를 바 없었다. 이는 옳고 그름을 과격하게 판별하고, 사납게 처벌하는 달여왕 신앙의 부작용이기도 했다.

"네 말을 잘 알겠다."

질레보 선생은 드디어 자신의 계획을 입 밖에 낼 때가 왔음을 알았다. 그러나 자꾸만 떠오르는 미소는 애써 참았다.

다프넨이 벌인 일은 이미 전해 들었다. 나우플리온은 한참 동안 말없이 소년의 얼굴을 바라보기만 했다.

"다친 데는 괜찮으냐?"

끄덕, 고개만 움직여 한 대답이었다.

"또 할 테냐?"

그것은 '이 녀석, 또 그럴 테냐!' 하고 다그치는 아버지의 말투와는 달랐다. 다프넨은 잠시 머뭇거리고 있었다. 트라바체스 사람의 본성이 그에게 거짓말을 권하고 있었다.

"네."

이번에는 그런 목소리에 굴하지 않았다. 나우플리온에 대한 신뢰는 이제 갓 눈뜨기 시작한 본성을 누를 정도로 아직은 강했다.

"이길 자신이 있어?"

"모르겠어요."

분명, 모를 일이었다. 그의 손에 윈터러가 있다면 좀더 쉽겠지만 그것은 아직 데스포이나 사제의 손에 있었다. 그리고 있다 해도 선뜻 사용하기는 여전히 꺼려졌다. 상대보다 유리하니까 불공평한 결투가 될까 봐서, 그런 따위의 문제가 아니라 나우플리온이 사용을 금했던 것 때문이었다.

"우울하군."

나우플리온은 소년이 섬에 들어온 뒤로 계속해서 달라지는 것을 알고 있었다. 소년이란 본래 변하기 마련인지라 별달리 마음 쓰지 않으려 했었다. 섬에 들어올 때 나우플리온이 가장 우려했던 것은 소년의 삶이 자신과 너무 밀착되어버리는 일이었다. 그렇게 된 후 자신의 결정이 소년의 인생을 함부로 좌우해버릴까 봐, 그것이 두려웠다.

그러나 사정은 달라졌다. 섬에서 소년에게 영향을 끼치는 사람은 여럿으로 늘어났다. 그중에는 자신보다 오히려 강한 영향을 주는 듯한 사람까지 있었다. 그 사람의 존재가 나우플리온에게 주는 이중적인 씁쓸함은 최근 그를 약간 착잡하게 했다. 지워버리려 했지만, 아직도 완전하지는 않았다.

그런 가운데 소년은 다시금 달라지고 있었다. 아버지였다 해도 한 소년의 삶을 정해줄 수는 없는 법이라 생각해왔다. 그러나 이 소년은 본래 자신과는 아주 먼 존재, 태생이 다르고, 민족이 다르고, 살아왔던 시대와 생애가 달랐다. 또래 친구였다면 다른 것을 다름 자체로 받아들였을 텐데, 이 소년은 계속해서 그에게 새로운 모습을 보인다…….

"보리스, 우린 본래 친구였지?"

갑작스레 말했다. 다프넨은 눈을 둥그렇게 뜨고 그를 보았다.

"지금은 아닌가요?"

"아니, 지금도 친구지. 우리가 친구에서 시작했다는 것을 기억해내려고 그래."

잠시 사이를 두고 한숨을 내쉰 나우플리온이 말했다.

"친구가 친구의 삶에 개입하여 물줄기 자체를 바꿔놓으려 한다는 건 안 될 말이겠지. 그래, 지금 난 네 결정을 알고 있는 것으로 만족해야겠다. 하지만 이곳이 섬이라는 사실만은 잊지 마라. 이곳의 아이들은 어른들과 마찬가지로 위험하거든. 우리를 다스리는 밤하늘의 여왕께서 그것을 원하셨으니 어쩔 수 없는 결과겠지."

다프넨은 눈을 내리깔고 대답했다.

"알고 있어요."

"더 위험한 건, 내가 네 위험을 간과하진 않을 거란 사실이다. 무슨 일이 벌어질지는 모르겠다. 하지만 너와 나의 운명이 같은 닻에 묶여 있다는 것을 언제고 잊지 마라."

다음날 스콜리의 점심시간에 다프넨은 에키온으로부터 한 장의 쪽지를 건네받았다. 일부러 건물 뒤편으로 빙 돌아 나와 펼쳐보니 다음과 같은 글이 적혀 있었다.

너도 물론 결투를 계속하길 원하겠지?

상처가 나은 뒤 다시 결판을 짓자.

닷새 뒤, 스콜리가 끝나고 우리가 싸웠던 곳으로 혼자 와라.

새로운 장소로 안내할 테니까.

판정은, 둘 중 하나의 숨이 끊어질 때까지다.

그 정체

"예, 돌려주십시오."

공회당 안의 일곱 원 위에 앉아 있던 데스포이나 사제는 다프넨을 올려다보다가 천천히 일어섰다. 이어 잠시 다프넨의 얼굴을 찬찬히 뜯어보았다.

"돌려주는 것은 어렵지 않단다. 하지만 갑자기 그게 필요하게 된 이유를 말해주지 않으련?"

"별 이유는 없습니다."

다프넨은 아무렇지도 않게 말했다. 그러나 데스포이나의 얼굴이 설명을 요구하는 것을 알고 덧붙여 말했다.

"저는 그 물건을 검으로 느끼지도 않습니다. 다만 오랫동안 가지고 있으면서 옛 가족의 분신인 양 생각하던 터라 곁에 없으니 생각 외로 불안하더군요. 별다른 이유가 없다면 다시 제가 가지고 있고 싶습니다."

데스포이나는 다프넨의 눈을 똑바로 쏘아보며, 그러나 부드러운 목소리로 말했다.

"위험한 일에 사용하려는 것은 아니지?"

이런 때 필요한 것이 그가 타고난 핏줄의 힘이었다. 약간의 유혹을 물리친 다프넨은 가볍게 미소까지 지으며 말했다.

"위험한 일이 뭐가 있겠어요? 사제님은 그게 아직 검처럼 보이시나요?"

윈터러의 모습은 여전히 자루도 없는 얇은 날 하나, 그대로였다. 데스포이나는 고개를 끄덕였다.

"그러면, 그러자."

윈터러는 다시 다프넨의 손으로 돌아왔다. 다프넨은 고개를 깊이 숙이고는 공회당을 나왔다.

탁, 테이블 위에 천 꾸러미가 놓였다. 재빠른 손이 매듭을 풀어냈다. 안에는 천의 빛깔과 구분되지 않을 정도로 하얀 칼날이 있었다.

손가락을 들어 표면에 갖다 댔다. 이 검의 차가운 기운은 흔한 금속 물건에서 느껴지는 것과는 달랐다. 많은 비밀을 감춘 겨울의 검, 그러나 그의 물건인 만큼 이번에는 그의 의도대로 쓰이고 말 것이다. 용서할 수 없는 상대를 완벽한 준비 없이 어찌 칠 것인가.

집안에는 다프넨 혼자였다. 그는 윈터러를 한쪽에 내려놓고 단도를 꺼냈다. 그걸로 천 모서리를 약간 찢은 뒤, 두 손으로 움켜쥐고 손가락 한 마디 정도 되는 너비로 찢어내기 시작했다.

찌익, 찍, 찌익.

고요한 방안에서 연달아 날카롭게 울리는 소리를 들으며 다프넨은 무표정하게 입술을 약간 핥았다. 비명과도 비슷한 소음이 이상스럽게도 즐거웠다. 천은 곧 갈기갈기 찢겨 여러 조각의 끈으로 변했다. 끈을 하나 집어 들고 자루가 있던 곳, 다시 말해 슴베에 단단히 감기 시작했다.

한 시간이 채 안 걸려 모든 끈이 감겼다. 매듭을 짓고 마무리한 뒤 손으로 꽉 쥐어보았다. 진짜 자루에 비하면 불편하기 짝이 없는 임시 손잡이지만 손의 통증을 무릅쓰고라도 이 검을 택할 이점은 분명히 있었다.

이 검은, 그를 피로 이끌어줄 것이다.

아버지와 형이 코웃음 칠 어설픈 보복은 하지 않느니만 못하다. 이것은 그의 적을 완벽히 응징하게 해줄 검이었다. 헥토르는 정당한 대결을 원할 것인가? 겉으로는 그런 듯 행동하고 있지만 그 속을 누가 보장할 것인가.

한 핏줄을 타고난 형제조차 끝내 믿지 않는 것이 트라바체스의 정치적 인간이었다. 상대가 교활한 술수를 쓸 것을 짐작하고도 속는 것은 그들의 행동 방식 가운데 없었다. 아무 조짐이 없더라도 모든 것을 준비해야 했다. 아니, 압도해야 했다.

더구나 헥토르는 반칙을 획책하자면 얼마든지 그럴 수 있는 위치였다. 더러운 손에 곱게 죽어줄 생각은 조금도 없었다. 설사 자신이 헥토르 대신 반칙을 저지르게 되더라도 상관없었다. 지지 않으면 옳은 자가 된다. 죽으면서 상대한테 비겁자라고 외쳐봤자 돌아오는 것은 비웃음뿐이다.

한때 첫 살해를 저지르고 눈물을 뿌리며 떨던 소년이었다. 그러나 이제는 직접 살인을 준비하면서 조금도 동요하지 않았다.

가문과 가보를 수호하기 위해 친동생조차 용서하지 않을 정도로 냉정해졌던 아버지가 있었다. 어린 동생을 위해 자신의 심장을 찌를 정도로 강해진 형도 있었다. 그들은 모두 그의 혈육이었다……. 그리고 이제 자신의 영역에서 벌어진 모욕을 갚기 위해 강해지려는 자신이 있었다. 숲에 던져진 어린 짐승은 자라났고, 그토록 벗어나려 했던 과거 속에서 받아들일 점을 찾아낼 정도로 영리해져 있었다.

뒤따라올 대가는 두렵지도 않았다.

나우플리온은 공회당에 들어설 때까지만 해도 오랜만의 부름에 별다른 감상을 느끼지 못했다. 데스포이나 사제에게 원터러를 넘긴 뒤로는 한동안 이곳에 오지 않았다. 왜 그랬는지는 스스로도 몰랐다.

"오셨군요, 나우플리온 사제. 이리 와서 앉으세요."

일곱 원 중 지팡이의 사제의 자리에 데스포이나가 앉아 있었다. 모르페우스 사제도 와 있었다. 나우플리온은 모르페우스와 눈을 마주치지 않으려고 시선을 떨어뜨렸다. 그의 얼굴을 볼 때마다 부러진 이가 떠올랐다. 갚겠다고 했지만 모르페우스가 딱 잘라 거절했던 것이다. 그런 후로 둘은 변변한 대화조차 나누지 않은 채 지냈다. 한때 나이를 넘어 허물없는 친구처럼 지냈던 두 사람이었다.

나우플리온이 자신의 원으로 가 앉자 데스포이나가 입을 열었다.

"중요한 이야기가 있어서 두 사람을 불렀어요. 나우플리온 사제, 당신은 내게 진실을 말해줘야겠어요."

"진실이라고요?"

무엇을 말하는 것인지 처음에는 감이 잡히지 않았다. 그러나 이어진 말을 듣는 순간 바로 알아차렸다.

"일리오스 사제님께서 돌아가시던 날의 일 말입니다."

나우플리온은 일부러 데스포이나만 바라보며 침착하게 되

물었다.

"더 아실 것이라도 있단 말씀입니까?"

"그렇지요. 나우플리온 사제, 당신은 그 괴물의 최후를 보았던 유일한 인물입니다."

모르페우스는 미간을 찌푸린 채 잠자코 듣고만 있었다. 나우플리온은 다시 항변했다.

"해야 한다고 생각하는 이야기는 그때 다 했습니다. 제가 뭔가 숨기고 있다고 생각하시는 겁니까?"

"그런 말은 안 했어요. 그렇게 민감하게 듣는 이유를 모르겠군요. 아직 내 질문을 듣지도 않았잖아요?"

"전……!"

나우플리온은 뭔가 말하려 하다가 입을 다물었다. 모르페우스가 입을 열었다.

"데시 사제님, 저를 부르신 이유도 있을 텐데요."

다 짐작하면서 물어보는 말투였다. 데스포이나가 고개를 끄덕였다.

"그래요. 두 분은 아시겠지만 저는 다프넨의 검을 맡았고, 그것의 정체를 연구해보겠다고 했지요. 그래서 제가 얻은 결론을 말씀드리고자 두 분을 뵙자고 한 것입니다."

"결론을 얻으셨습니까? 그게 뭡니까?"

모르페우스가 강한 호기심을 드러냈다. 반대로 나우플리온은 침묵을 지켰다.

"자, 봅시다. 최근 우리가 그 검으로 인해 겪은 가장 큰 일은 그날 섬 전체에 닥쳤던 어둠이었지요. 그게 섬에만 국한된 어둠이었는지, 혹은 대륙에서도 같은 현상이 있었는지 연락을 취해보았어요. 얼마 전에 소식이 왔는데 대륙에선 그런 일이 없었다고 합니다. 어둠이 미친 것은 대략 썰물섬까지인 모양이에요."

"으음……."

나우플리온은 조금 전에 자신이 들어왔던 입구를 돌아보았다. 대낮에 공회당의 문이 닫히는 것은 드문 일이었다. 그러나 지금 그 문에는 빗장까지 단단히 질러져 있었다.

"이것은 한 가지 사실로 귀결됩니다. 그 검이 가져온 어둠은 우리 순례자들이 차지하고 있는 지역에만 나타났어요. 다시 말해 이는 검의 힘이 옛 왕국의 후예인 우리들, 또는 달여왕의 지배와 반응한다는 의미가 됩니다. 그렇다면 정체가 무엇일까요? 옛 역사를 거슬러 올라갈 때 단 한 가지 비슷한 예를 찾아볼 수 있습니다."

"설마…… 왕국을 멸망시킨 힘을 말씀하시려는 겁니까?"

데스포이나는 그렇게 말한 모르페우스를 보았다. 단호한 목소리가 떨어졌다.

"바로 그래요. 옛 왕국을 멸망시킨 힘은 우리 조상들이 살던 지역만을 파괴해버렸지요."

나우플리온의 미간에 힘이 들어갔다. 혹시라도 나올지 모를 결론에 대비하여 마음을 다잡으려 했다. 그러나 쉽지 않았다.

"아시다시피 옛 왕국은 저 늙은이의 우물에서 나온 악한 물건들로 인해 멸망했습니다. 피 흘리는 창, 녹청의 장갑, 황동빛 방패, 그리고 은빛 투구였지요. 모두 잘 아시는 이야기일 겁니다. 그 악한 물건들이 바로 우리의 왕, 위대한 마법사를 장악했지요. 악한 물건들에 잠식당한 폐하는 수천수만의 악귀와 괴물들을 우물 너머의 세상에서 불러들였고, 그것들은 위대한 왕국을 뿌리까지 멸망시키고 말았어요."

"예, 그래서 우리는 배를 띄워 이곳으로 올 수밖에 없었지요. 다 아는 이야기입니다. 하시고 싶은 말씀이 무엇입니까? 다프넨의 검이 그 악한 물건들과 같다고 말하고 싶으십니까? 그래서 다시금 재앙을 불러들일 거라고요?"

다짜고짜 튀어나온 목소리에 두 사람의 눈이 나우플리온에게 쏠렸다. 데스포이나는 회색 눈동자로 나우플리온을 바라보다가 고개를 저었다.

"과정은 같지만 결과는 같지 않군요. 나우플리온 사제, 당신이 그 아이를 어떻게 생각하는지는 누구보다도 내가 잘 알고 있어요. 오래전에 내게도 그런 소년이 있었으니까요. 그는 모진 풍파를 뚫고 잘 자라나주었고, 지금은 섬에서 중책을 떠

맡아 또한 잘해주고 있지요. 당신의 마음을 내가 모를 것 같습니까?"

다름 아닌 나우플리온을 가리키는 말이었다. 나우플리온은 숨을 한번 크게 들이쉰 뒤 입술을 꾹 다물었다.

"내가 내린 결론은 이렇습니다. 그 검의 힘에 대해서는 섣불리 속단할 바가 아니나, 그 존재가 이 세상이 아닌 곳에서 온 것은 틀림없는 것 같다고 말이지요."

추론 과정에 비해 형편없는 억지로 보이는 결론이었다. 다른 사람이었다면 당장에 그 검은 당시 왕국을 멸망시킨 악의 무구들과 똑같은 것이고, 따라서 없애버리거나 추방해야만 한다고 말했을 터였다. 그러나 데스포이나는 구체적인 결론은 생략한 채 단지 피상적인 말만을 했다. 동정심만으로 그럴 사람은 아니었다. 다른 생각이 있는 것일까.

그때 모르페우스가 문득 질문했다.

"그런데 이 이야기가 일리오스 사제의 죽음과는 무슨 상관이 있습니까?"

다프넨은 수풀을 헤치며 걸었다. 그에게는 두 자루의 검이 있었다. 하나는 평소처럼 허리에 찼고, 또 하나의 검은 잘 맞지 않는 칼집에 꽂혀 등뒤에 매달려 있었다. 칼집에 다 들어가지 못한 칼날이 오후 햇살을 받아 생선의 등처럼 희번덕거렸다.

그는 혼자였다. 스콜리가 파한 후 헥토르를 비롯한 소년들과 만났었지만 곧 헤어졌고, 지금도 따로따로 산을 올랐다. 약속 시간도 달랐다. 그가 먼저 도착하고, 헥토르가 나중에 올 예정이었다. 모두 다른 사람들의 눈을 따돌리기 위한 계략이었다.

폐허의 마을은 봉우리 두 개를 넘어가 움푹 팬 분지에 자리잡고 있었다. 까마득히 먼 것만 같았는데 어느새 도착했다. 높은 곳에서 내려다보니 그들의 마을과 영락없이 닮은꼴이었다. 한가운데 세워진 공회당, 그리고 공회당을 둘러싸고 둥글게 퍼져나가는 집들이 보였다.

그러나 아래로 내려가자 풍경은 같지 않았다. 그곳은 마을과 다른 대신, 또 다른 기억을 닮아 있었다. 잠시 다프넨은 기억을 더듬었다. 옛일인 것만 같았으나 곧 분명해졌다. 부서진 문과 무너진 벽, 구르는 돌, 멈춘 돌. 깨진 포석 주위로 둥근 기둥들이 늘어서며 멀어져갔다.

기둥을 따라 천천히 걸어보았다. 발끝에 거무스레한 식물 줄기가 걸렸다. 많지는 않았다. 기둥들의 규모도 비할 바가 아니었다. 그러나 이 버려진 공간을 흐르는 분위기만은 틀림없이 같았다. 처음 섬에 이르러 보았던 환각 속 풍경과.

"축소해놓은 것처럼……."

다프넨이 살던 마을도 그때의 환각과 닮았던가? 생각해보니 그랬다. 분명 비슷했다. 그러나 마을은 폐허가 아니었던 까닭에 쉽사리 깨닫지 못했다. 반면 지금 이 폐허의 마을을 보자 모든 것이 명확해졌다.

무심코 내딛던 걸음이 어느새 공회당 앞마당에 이르렀다. 이곳의 공회당은 높직한 단 위에 세워져 있었다. 계단 십수 개가 입구로 이어졌다.

"후……."

공회당의 형태도 마을에 있는 것과 매우 비슷했다. 그런데 무언가가 자꾸 눈에 거슬렸다. 두리번거리다가 이유를 알았다. 공회당 주위에 빼곡하게 새겨진 부조의 모양이었다. 그곳에도 이곳에도 부조가 있었지만 내용이 판이하게 달랐다.

아랫마을의 공회당에 새겨진 것은 달여왕의 모습과 그녀의 단호한 결정을 기리는 내용들이었다. 그러나 이곳에서는 그 비슷한 것도 찾아보기 힘들었다. 이곳 부조의 인물은 대부분 마법사로 보였고, 그들의 강대한 마법이 수많은 기적을 일으키고 있었다. 배경은 넓은 벌판, 용도를 모를 탑이나 석상, 큰 도시에 세운 어마어마한 건물들이었다. 그러나 아랫마을의 것은 험준한 산이 배경인 경우가 많았고 바다와 섬이 자주 등장했다. 왜 이런 차이가 생긴 걸까?

"오래 기다렸나?"

등뒤에서 목소리가 들려 몸을 홱 돌렸다. 저만치 헥토르가 깨진 포석을 밟고 서 있었다. 주위에 다른 소년들은 없었다.

팔짱을 끼고 있던 헥토르가 몇 걸음 더 다가왔다.

"그 자리를 택한 건가? 괜찮아 보이는군."

마을 곳곳에는 부서진 돌들이 굴러다니고 있어 결투장으로 쓸 만한 널찍한 공간이 없었다. 그나마 나은 곳이 공회당 앞마당이었다. 다프넨은 대꾸 없이 계단을 내려와 마당 한쪽에 섰다.

"말이 없군그래."

헥토르가 성큼 다가와 다프넨의 맞은편에 섰다. 손이 허리춤으로 갔다. 검을 뽑기 직전 그는 갑자기 피식 웃었다.

"내 이름의 뜻을 알고 있나?"

다프넨은 등뒤에 매었던 윈터러를 풀어 바닥에 내려놓았다. 이어 상대를 기다리지 않고 허리에 찬 검을 뽑아 들었다. 무표정한 눈이 적을 쏘아보았다.

헥토르도 검을 뽑았다. 동시에 그가 말했다.

"헥토르, 내 이름은 '대적자對敵者'라는 의미다."

헥토르는 오이지스처럼 친근감을 표시하기 위해 이름의 뜻을 말해준 것이 아니었다. 이 순간, 그는 자신을 깨끗이 드러냈다. 누구도 보고 듣지 않는 폐허의 마을에서, 줄곧 기다려온 상대를 향해. 대적자란, 상대해야 할 강대한 적을 반드시 만난다는 의미일까?

“내가 누구와 대적하게 될지 오랫동안 궁금했지. 이제 드러났으니, 가려진 적을 기다릴 필요가 없어서 좋아.”

헥토르가 든 검은 일전에 잠깐 결투했을 때 사용했던 연습용 검이 아니었다. 한 번도 본 일이 없는 곧고 매서운 검이 그의 손에 쥐어져 있었다. 칼자루 끝의 무게 추가 마름모꼴 팽이 모양이었는데 그 끝에 금빛 술이 달려 있었다. 헥토르는 검을 쳐들며 벽력같이 소리질렀다.

“보이지 않는 적은 두렵지만, 보이는 적은 더이상 아무것도 아니지!”

두 소년이 달려든 것은 거의 동시였다. 햇살이 두 칼날을 비껴 흘렀다. 닿았더라면 단숨에 목이라도 베었을 날들이 공기를 가르고, 바람을 자르고, 충돌했다.

타탕!

이상한 소리가 울렸다. 다프넨은 그가 든 검의 날이 갈라지며 한 조각 떨어져나가는 것을 보았다. 그러나 검이 꺾어지지는 않았다. 헥토르의 입가에 미소가 떠올랐다. 상대가 득의만만해하는 틈을 놓쳐서는 안 된다. 다프넨의 검이 기세를 타고 세 번이나 상대를 내리쳤다. 좌측으로, 우측으로, 다시 좌측으로 달려들어 폭풍 같은 기세로 쳐나갔다. 헥토르는 저도 모르게 몇 걸음 물러서며 수세에 밀렸다.

헥토르는 상대의 얼굴을 다시 보았다. 흩날리는 청동빛 머리카락, 같은 빛깔로 어두워진 눈에는 표정이 없었다. 위압적인 공격을 펼치면서도 분노도, 자만의 기색도 보이지 않았다. 순수한 살의, 가로막는 것을 뚫어버리겠다는 의지, 그것뿐이다.

"질 것 같은가!"

다섯 걸음 뒤로 밀린 헥토르는 발에 걸린 부서진 돌을 냅다 걷어차며 소리쳤다. 팔을 당겨 몸을 보호하며 좌측으로 미끄러져 갔다. 그가 계단 위로 뛰어오르자 다프넨도 검을 두 번 휘두르며 계단을 밟았다.

키가 큰데다 높은 위치를 차지한 헥토르가 우세해야 마땅했으나 아직도 대결의 주도권을 쥔 것은 밑에서 치고 올라가는 다프넨이었다. 두 사람은 검을 주고받으며 서서히 계단 위로 올랐다.

"틀림없이 말해뒀겠지?"

에키온은 곧장 결투 장소로 가지 않고 마을에 남아 사람들의 눈을 속이는 역할을 맡았다. 형이 시킨 대로 한 것이지만 마음 한구석에서는 불안감이 가시지 않았다. 그는 자신이 왜 불안한지 납득하지 못했다. 형의 실력을 믿지 못하는 것도 아닌데, 무얼 두려워하는 거지?

결국 불안감을 이기지 못하고 질레보 선생에게 달려오고

말았다. 질레보는 에키온의 말을 다 듣지도 않고 다짜고짜 그렇게 물었다. 에키온은 짜증스럽게 소리쳤다.

"그럼요! 싸우다가 공회당 안으로 유인해 들어가라고 다 말해뒀다고요! 하지만 그럴 필요나 있을까요? 공회당 안까지 들어가기도 전에 형이 그 자식을 죽여버릴까 봐 걱정이에요!"

오히려 반대가 될 경우를 걱정해라, 이 멍청한 놈아…….

질레보는 속으로 뇌까리며 입술을 짓씹었다. 그러고는 감상을 깨끗이 지운 얼굴로 말했다.

"그럼 된 거지 왜 자꾸 가보자고 안달을 부리는 게냐? 가봤자 괜스레 의심만 사게 되고, 그게 아니더라도 자존심 강한 네 형이 불쾌해할 거다."

"하지만……."

에키온은 머뭇거렸다. 방금 전에 외친 말도 자신의 불안감을 감춰보려 했던 것에 불과했다. 무언가 이유가 필요했다. 나름대로 교활한 그는 곧 구실을 찾아냈다.

"말씀하신 대로 형은 자존심이 강해요. 만약에 그 자존심 때문에 혹시라도, 정말 혹시라도 질 것같이 되어도, 그래도 선생님이 말한 대로 하지 않으면 어쩌죠? 형이 안 하려고 마음먹어버리면 애써 준비해두신 것도 아무 소용이 없잖아요?"

말하다 보니 자신조차 설득되는 느낌이었다. 질레보 선생은 한쪽 눈을 찌그러뜨리며 불쾌한 표정이 되었다. 확실히 배제할 수 없는 우려였다. 그렇다면 역시 직접 가는 것이 가장 나을까?

“좋아. 넌 여기서 기다려라. 모두 사라지면 의심을 받을 테니까. 헥토르가 없는 이상 넌 마을에 있어야지.”

“하지만…….”

에키온의 의도는 그게 아니었다. 그러나 질레보는 결정을 내린 듯 자리에서 벌떡 일어섰다. 그리고 무서운 눈으로 에키온을 내려다보더니 손목을 낚아채어 세게 쥐었다.

“멋대로 따라왔다가는 너희 녀석들과 약속한 것을 모조리 뒤집어버리고 말겠다. 그런다면 시체가 되어 돌아오는 것은 네 형 쪽이겠지. 안 그러냐?”

눈을 크게 뜬 에키온의 손목을 테이블 위에 내리치듯 놓은 질레보는 벽에서 겉옷을 떼어 들고는 빠른 걸음으로 집을 나갔다.

혼자 남은 에키온은 빨갛게 된 손목을 문지르며 입술을 깨물었다.어떻게 하면 좋을까. 저 선생도 무작정 믿을 수 있는 존재는 아닌 것 같았다. 역시 형 곁에는 자신이 있어줘야 하지 않을까? 이러다가 무슨 일이 벌어질지 모르겠다. 어쩌면 자신이 끔찍한 일을 저질러버린 것은 아닐까?

궁리해보아도 좋은 답이 나오지 않자 에키온은 스스로에게

화를 내며 자리에서 일어섰다. 그러나 몸을 돌리는 순간, 반쯤 열린 창문 너머에서 겁에 질린 얼굴 하나가 재빨리 사라지는 것을 보고 말았다.

"누구야!"

문을 박차고 뛰어나왔다. 겁쟁이 놈은 아직 달아나지 못했다. 오이지스였다. 처음 본 대로, 그놈이었다. 그놈이 어떻게 여길! 도대체 무슨 이야기를 어디까지 들은 거야!

오이지스는 평소 더듬거리던 모습과는 달리 죽을힘을 다해 달아났다. 에키온도 마찬가지로 죽을 각오로 뒤쫓았다. 헥토르가 있었더라면 스무 걸음도 가기 전에 잡았을 텐데, 에키온의 달리기는 그리 빠르지 못했다. 그래도 오이지스보다는 약간 나은 수준이었다.

마을 외곽을 둘러싼 길을 달려갔다. 마을에는 사람이 많지 않았다. 이즈음은 귀리 수확철이었고, 에키온네처럼 풍족한 집을 제외하고 나머지들은 아이들까지 모두 들판으로 내보냈다.

오이지스는 어디로 가야 할지 헷갈려 도중에 우왕좌왕한 까닭에 서서히 에키온에게 따라잡혔다. 이미 마을로 돌아서기엔 늦어버린 터라 그는 제로 아저씨의 장서관으로 가려고 마음먹고 방향을 돌렸다. 그러나 그 길은 온통 비탈이었고 이미 한참 달린 오이지스는 숨이 턱에 닿아 허덕이고 있었다.

절반도 오르기 전에 등뒤로 다가붙은 에키온이 오이지스의 옷자락을 움켜잡았다.

"이 빌어먹을…… 자식!"

에키온도 마찬가지로 헉헉거리고 있었다. 그러나 이미 겁에 질린 오이지스는 상대가 한 명뿐인데도 반항할 생각도 못한 채 움츠러들었다. 평소 에키온의 폭언에 길들여진 나머지 에키온 한 명의 힘은 자신과 별다를 것 없다는 사실도 잊고 있었다.

에키온은 오이지스의 다리를 걷어차 바닥에 쓰러뜨리려 했지만 자기도 다리에 힘이 빠져 헛발질을 하고 말았다. 그래도 결국 무릎으로 오이지스의 배를 쳐서 고꾸라뜨릴 수 있었다.

"너 같은 놈은……."

에키온이 쓰러진 녀석을 향해 발을 들어올렸을 때, 오이지스는 갑자기 무언가 깨달은 것처럼 한 바퀴 옆으로 굴렀다. 이어 달아나려고 바닥을 기며 버르적거렸다. 화가 머리끝까지 난 에키온이 녀석을 도로 잡으려고 손을 뻗었을 때였다.

"그 정도로 해둬."

뜻밖의 목소리가 머리 위에서 울리자 에키온은 흡사 유령이라도 본 양 굳어버렸다. 오이지스도 놀라 고개를 쳐들었다. 그들 앞에 선 사람은 이솔렛이었다. 그것도 어깨 뒤로 교차해서 잡아맨 칼집에 예의 쌍검을 꽂고, 사냥꾼의 복장을 한 채였다.

"그래서 내가 나우플리온 사제를 부른 거지요."

데스포이나는 서늘할 정도로 진지한 눈을 나우플리온에게 돌렸다. 나우플리온은 그녀의 입에서 나올 질문이 두려웠다. 아니, 두려운 이유는 따로 있었다. 진실이 밝혀지기를 바라지 않기 때문이다. 숨겨진 것이 영원히 숨겨지기를 바라기 때문이다.

"자, 모르페우스 사제. 그대는 일리오스 사제의 기록을 연구했지요? 거기에 그대가 원하는 답이 있던가요?"

"제가 얻은 대답은 한 가집니다. 섬의 재앙이었던 그 괴물, 놈은 본래 이 섬에서 살던 존재가 아니었습니다. 아마 다른 세계에서 왔을 겁니다."

"다른 세계란?"

"말하자면 늙은이의 우물 너머에 있던 세계처럼, 비슷한 그런 곳이겠지요. 한때 위대했으나 타락해버린 마법사 왕의 손으로 불러들여져 옛 왕국을 뒤덮었다던, 악한 생명들의 고향처럼 말입니다."

"그렇다면 우리가 정체를 밝히려 하는 검과 연관이 있을지도 모르겠군요."

모르페우스는 나우플리온을 바라보더니 답했다.

"저 역시, 일전에 그 검을 가지고 있는 동안 데시 사제님과 비슷한 결론을 얻었음을 말해야겠군요. 제 연구실에는 낡아 빠진 물건들이 많은데 그 가운데에는 옛 왕국에서 가져온 것들도 있습니다. 저는 특히 우물 속의 이계로부터 온 물건들을 실험했는데, 그것들이 저 검과 감응한다는 사실을 알았습니다. 섬에 어둠이 닥쳤을 때도 바로 그것들과의 접촉을 시험해 보고 있었지요."

그러자 데스포이나가 말했다.

"사제들, 그대들은 두 세계, 즉 이 세상과 다른 세상이 접촉을 일으킬 때 그 경계가 잠시 어둠으로 덮인다는 사실을 알고 있습니까?"

"……."

나우플리온은 이제 돌이킬 수 없다고 생각했다. 결심을 하고 입을 열려 했다.

"알겠습니다. 그렇다면……."

"잠깐. 내 말을 마저 들으세요."

데스포이나가 손을 펴 바닥에 내려놓았다. 나우플리온의 눈이 문득 그녀 곁의 빈 원에 가닿았다. 그들이 둘러앉은 일곱 개의 원 가운데 여섯은 여섯 사제들을 위한 자리였다. 각 사제에게 자리가 정해져 있었다. 그리고 한 원이 비어 있었다. '희생자의 자리'라고 불리는 원이다.

오래전, 달여왕은 때로 산 제물을 원하는 욕심 많은 지배자였다. 그리하여 칠원례라고 불리는 큰 제사를 올릴 때 그 자리는 희생될 자에게 주어졌다. 그자는 하루가 지나 달여왕이 내려다보는 가운데 피를 흘리게 될 때까지 사제들과 같은 지위를 누렸다.

이제는 사라진 풍습이었다. 일곱 번째 원은 언제나 비어 있었다. 옛일을 떠오르게 만드는 것은 빈 원의 존재 자체뿐이었다. 칠원례의 제물은 짐승으로 대신하게 되었다. 그러나 희생 풍습이 언제 시작되었는지, 그리고 언제 끝났는지 정확히 아는 사람은 없었다.

희생자를 위한 자리……. 그들처럼 닫힌 사회는 산 제물을 원하기 마련인지도 모른다. 사회를 지탱하기 위한 연료로 순결한 소년을 원할는지도 모른다.

"모두 짐작하다시피 다프넨의 검은 옛 왕국을 파멸시킨 다른 세계의 존재와 관계가 있습니다. 그러나 그것만으로 검이 악하다고는 장담할 수 없습니다. 왜냐하면 한 세계가 전적으로 악한 경우란 있을 수 없고, 우리의 왕국으로 밀려 들어온 것은 그 세계의 가장 악한 무리들이었을 가능성이 높기 때문입니다."

데스포이나는 다시 나우플리온을 바라보며 말을 이었다.

"그러므로 나는 그 검이 오히려 좋은 일에 쓰일 수도 있다고 생각합니다. 우리 힘으로 해낼 수 없는 일을 성취하게 해 줄지도 모르는 일이지요. 그래서 우리가 지금껏 입었던 손실을 생각해보았습니다. 우리가 이계로부터 받은 가장 큰 피해는 당시에 일어난 학살과, 일리오스 사제를 잃은 것입니다. 되돌릴 수 없는 것들이죠. 그러나 우리 곁에서 여전히 지속되고 있는 손실도 있습니다."

"나우플리온, 바로 자네다."

모르페우스가 말했다. 그가 열렬한 눈으로 나우플리온을 보았다.

"네 몸에는 치유되지 않는 상처가 있지 않느냔 말이다. 그걸 고칠 방법을 너 역시 알지 않나?"

나우플리온은 무표정하게 대꾸했다.

"안다면 왜 지금까지 말하지 않고 가만히 있었겠습니까?"

"그건 그대가 옛 사제와의 의리를 저버리지 않으려 하기 때문이지요."

"그런 것 없습니다."

"나우플리온 사제, 일리오스 사제의 최후에 대해 숨기는 것이 있지요? 독은 또 다른 독으로 말미암아 고쳐지는 법, 이계의 괴물로부터 입은 당신의 상처를 고쳐줄 것은 똑같이 이계로부터 온 물건뿐일 것입니다."

모르페우스가 참다못해 소리쳤다.

"난 일리오스 사제의 기록에서 진실을 보았어. 일리오스 사제는 자네 상처를 고칠 방법을 알고 있었지! 그걸 알고도 자네한테 말해주지 않았단 말이야!"

"그만두십시오!"

드디어 나우플리온의 입에서 격한 목소리가 터졌다.

"지난 일입니다. 이미 제 손을 떠났다고요! 그 일을…… 이제 와서 밝힌들 무슨 소용이 있습니까? 그건, 그 붉은 심장은 괴물의 시체와 함께 녹아버렸는데……."

나우플리온은 말을 멈췄다. 눈에 약한 핏발이 서 있었다. 견디기 힘든 기억을 애써 누르느라 생긴 자국이었다.

"이제 그만하십시오. 오 년 전 제멋대로 섬을 떠날 때 이미 생사의 문제를 잊기로 결심했습니다. 지금도 그 생각은 같습니다."

숨을 고르기가 힘이 들었지만, 소년을 생각하자 차츰 마음이 가라앉았다.

"전, 전 지금 오직…… 단 한 가지 생각뿐이지요. 다프넨 그 녀석을 지켜주고 훌륭하게 자라도록 돕는 것뿐, 그것 외에 제가 생각할 것은 없습니다."

"아니란다."

아끼던 소년에게 하던 말투로 돌아온 데스포이나는 바닥에 짚었던 손을 펴 보였다.

손바닥에 붉은 글자가 찍힌 것이 보였다. 거의 지워져 읽기 어려웠으나, 분명 '겨울의 장미꽃'이라고 씌어 있었다.

"이 말이 무엇을 뜻하는지는 나도 모른다. 그러나 이 글자를 얻은 것은 그 검을 가지고 실험하는 과정에서였단다. 나는 완전히 다른 세상인 이계로의 문을 열지는 못한다. 하지만 이 공간과 소통하는 방법은 어느 정도 알고 있지. 그래서 그 검을 두 공간 사이에 걸어놓고 반응을 살펴보았다. 확실히 그 경계에 옅은 어둠이 서리는 것을 보았지. 다시 검을 꺼내려 거기에 손을 넣는 순간 불타는 듯한 아픔을 느꼈고, 검을 가져온 뒤에 보니 손에 이런 글씨가 남아 있었다. 지금껏 이공간을 들여다본 일이 여러 번이지만 그곳에서 티끌 하나도 가져오지 못했거늘, 이런 일은 내게도 처음이었다."

데스포이나가 손을 접으며 나우플리온을 보았다.

"이 현상으로 내가 무슨 결론을 얻었겠느냐? 그 검은…… 외부 세계의 존재를 끌어당기는 힘을 가지고 있다는 말이지."

모르페우스가 흠칫하며 소리쳤다.

"사제님, 설마 그 검으로 또다시……."

"바로 맞혔습니다. 나는 이계의 생물을 다시 한번 불러내어야겠다고 생각하고 있어요. 만에 하나 성공한다면 그 생물의 몸에 있을, 바로 그 '붉은 심장'을 꺼내어 나우플리온 사제의 상처를 치료할 작정이에요."

나우플리온의 눈이 커졌다. 상상도 못 한 계획이었다. 데스포이나의 입에서 이런 위험천만한 이야기가 나올 줄이야. 데스포이나가 말을 이었다.

"일리오스 사제의 연구 기록이 옳다면 그 붉은 돌은 이계 생물들에게 심장과도 같은 것이니, 아무리 다른 생물이라 해도 심장이 없지는 않겠죠?"

놀라움을 추스른 나우플리온이 격렬하게 고개를 흔들었다.

"말도 안 됩니다! 그때 그 괴물 하나를 죽이기 위해 얼마나 많은 희생이 필요했는지 잊으셨습니까? 무엇이 나올지 어떻게 장담합니까? 성공할지 실패할지도 모르는 일, 저 하나를 위해 그런 위험을 무릅쓸 수는 없습니다!"

잠시 감정을 억누르는 듯, 두 손을 맞잡아 움켜쥐던 나우플리온이 곧이어 말했다.

"검은 어디 있지요? 제가 갖고 있겠습니다."

"검은 벌써 다프넨이 가져갔단다."

"뭐……라고요?"

당황한 나머지 나우플리온은 말까지 더듬었다. 그때 데스포이나는 조용히, 모든 것을 들여다보는 듯한 눈으로 나우플리온을 보며 말했다.

"넌 이미 그 괴물을 죽이는 방법을 알고 있지 않니?"

반전

익숙한 냄새가 났다.

얼른 떠오르지는 않지만 분명 어딘가에서 맡아본 냄새였다. 아릿하게, 비릿하게 후각을 자극했다. 처음엔 쓴 약에서 나는 냄새 같기도 했다. 그러나 곧 물비린내가 섞여들었다. 뭍에 버려져 서서히 말라 죽어가는 생선의 축축한 비늘.

무슨 냄새였더라…….

헥토르는 공회당 입구에 올랐고, 다프넨 또한 마지막 계단을 딛고 입구가 바라보이는 위치에 섰다. 잠시 동안 둘은 검을 맞부딪치지 않았다. 헥토르도 그 냄새를 느끼는 모양이었다. 헥토르의 등뒤로 두 개의 기둥과 닫힌 채로 반쯤 부서진 문이 보였다. 문은 이상하게도 위쪽이 부서져 있어서 안이 들여다보이지 않았다.

다시 한 걸음, 헥토르는 물러섰다. 뒷발질로 삭은 문을 걷어찼다. 한쪽 문짝이 덜컹거리며 부서져 나갔다. 헥토르는 뒤를 돌아보지 않았지만 정면을 보고 있는 다프넨은 의아해졌다. 왜 넓은 장소를 내버려두고 공회당 안으로 들어가려 하는 거지? 안에는 결투에 방해되는 것들이 쌓여 있을 텐데?

문이 부서지자 더 진한 냄새가 사방에 진동했다. 파묻힌 기억이 어렴풋이 꿈틀거렸다. 썩은 시체의 냄새다. 삶의 끝이 내뿜는 선연한 악취였다. 이와 같은 냄새를 단 한 번 맡은 일이 있었다. 쉽게 잊을 수 없는 이 냄새를.

헥토르는 뒤로 펄쩍 뛰어 문 안쪽으로 들어갔다. 검을 잡은 채 도사리고 있던 다프넨도 이윽고 안으로 들어갔다.

정신없이 달려오느라 이솔렛의 집으로 오르는 산기슭이 가까워졌음을 잊고 있었다. 에키온은 이솔렛이 두려웠다. 며칠 전, 헥토르가 이솔렛의 집 앞에서 대담하게 소리를 칠 때 그도 그 자리에 있지 않았던가? 아니, 있었던 없었든 자신은 그런 말을 한 헥토르의 동생이 아닌가?

그때 집안에 있을 것이 틀림없는 이솔렛이 그런 모욕을 당하면서 아무 반응도 보이지 않는 것이 이상하다 싶었다. 겁을 먹었거나, 심지어 평범한 소녀들처럼 마음이 약해졌나 생각하기까지 했다. 그러나 눈앞에서 보는 순간 공포가 되살아났다. 이솔렛은 용서하는 사람이 아니었다. 모욕이었든, 죄였든, 원념怨念이었든. 참고 견디는 것은 그녀의 미덕이 아니었다. 대가를 치르더라도 벨 것은 베어버리는, 검의 사제의 딸이 아니던가.

"일어나."

에키온 못지않게 겁을 먹었던 오이지스는 머리 위에서 들려오는 차가운 목소리에 갑자기 정신이 들었다. 이솔렛은 다프넨의 신성 찬트 선생이 아닌가? 자신에게는 두려운 사람이지만 다프넨의 일이라면 외면하지 않을지도 모른다.

"저, 하, 할말이 있어요!"

에키온의 얼굴이 크게 일그러졌다. 그러나 눈알을 부라리고 싶어도 오이지스는 이미 그를 보고 있지 않았다. 엉거주춤 일어서면서도 이솔렛에게만 시선을 집중했다.

"말해."

금방이라도 검을 뽑을 것처럼 느껴졌던 이솔렛은 짧은 머리카락을 바람에 흩날리고 있을 뿐이었다. 흰 손은 그대로 내려져 있었다.

"저, 그게, 그게…… 다프넨이 지금 위험해요!"

'뭐라고!'와 같은 반응을 기대했던 것은 아니었다. 그러나 이솔렛은 왼쪽 눈썹을 살짝 움직였을 따름이었다. 무표정한 입술에서 다시 한마디가 떨어졌다.

"구체적으로 말해."

에키온은 조금씩 뒷걸음질치기 시작했다. 다행히 그때의 일을 보복하려 하는 것 같지는 않으니 이렇게 된 이상 먼저 간 질레보 선생을 따라가는 것이 최선이었다. 가능한 한 빨리 가서 이 일을 알리고 대책을 세워야 했다.

이솔렛은 에키온이 슬금슬금 달아나든 말든 눈길도 주지 않았다. 그녀는 아이들의 분쟁 따위에 끼어드는 성격이 아니었다. 그들이 서로 미워하고 따돌리고 구타하는 일쯤이야 오래전부터 흔했던 풍경이 아닌가. 오히려 지금처럼 그런 일을 제지한 것이야말로 여러 가지 우연이 겹친 결과였다.

"지금 다프넨하고…… 헥토르가 전에 하던 결투를 마무리 지으러 윗마을로 갔어요. 둘 중의 하나가 죽기 전에는 끝내지 않을 거라고……. 그런데 아까 제가 들으니까 질레보 선생님하고 에키온이 무슨 음모를…… 꾸미고 있어서……."

"……."

섬에서는 아이들만이 아니라 어른들까지도 서로의 뜻이 다를 때 결투로 마무리하려 덤비는 일이 한 해에 한두 번씩은 일어났다. 아이들이 싸울 경우엔 보통 어른들이 뜯어말리지만, 자칫 방치된 경우 죽고 죽이는 사태까지 간 경우도 있었다. 이솔렛도 알고 있었다. 그리고 그녀는 그런 분쟁을 검으로 결말짓는다는 방식에 크게 거부감이 없는 사람이기도 했다. 모욕을 당했다면 참는 쪽이 어리석은 거고, 원한이 있다면 갚아야만 끝나는 법이다.

이솔렛 역시 달여왕 신앙의 땅에서 자란 소녀였다. 또한 걸음마를 뗄 무렵부터 검을 잡았던 전사이기도 했다. 그러나 이 일에 자신의 존재가 연루되어 있음을 이솔렛은 부인할 수 없었다.

왜 그때 침묵했던가. 자신은 분명 집안에서 헥토르의 야비한 목소리를 다 듣고 있었다. 그러나 그 순간 문을 나서 큰 소리로 반박하는 것은 어리석다고 느꼈다. 그러고 싶지 않았다. 이런 문제에서는 소문의 원인을 제공한 쪽이 갈 데 없는 약자였다. 자신은 다른 방식의 해결을 원했다. 어떤 것을?

"……그래서?"

다프넨이 자기 대신 놈을 후려쳐줄 것이라고, 그렇게 믿었던 것일까? 이런 문제에 그의 변호가 필요하다고 생각했나? 그렇다면 그것은…… 자신이 다프넨에게 의지하려 했다는 뜻일까? 어떤 상대로서? 자신에게 신성 찬트를 배우는 한 소년으로서?

아니었겠지…….

"헥토르가 이긴다면, 다프넨은 살아 돌아오지 못해요! 그리고 다프넨이 이긴다 해도…… 그래도…… 아무래도…… 그들이 다프넨을 이참에 죽여버리려고 마음먹었나 봐요!"

"잘 알았어."

이솔렛은 홱 돌아섰다. 두 갈래로 늘어진 흰 상의 자락이 펄럭이며 선을 그었다.

"넌 네 불안감을 해소할 다른 상대들을 찾아보든지 해."

오이지스는 이솔렛이 이 상황을 외면하겠다는 말인 줄 알고서 놀라 멍한 얼굴로 그녀의 뒷모습을 바라봤다. 그러나 이솔렛은 집으로 가는 대신 빠른 걸음으로 산을 올라갔다. 그제야 그녀가 한 말이 '가서 다른 사람의 도움을 청하라'는 뜻이었음을 알아챘다.

오이지스는 숨을 크게 들이쉬었다. 다프넨을 위해, 할 수 있는 일은 뭐든지 해야 했다. 그러나 무엇을 해야 최선일까?

쾅쾅, 쾅쾅, 쾅, 쾅, 쾅.

누군가 문을 두드리고 있었다. 열성적으로.

데스포이나 사제는 문 쪽을 건너다보며 어떻게 할까, 하는 표정을 지었다. 그녀는 지금 하는 이야기가 새어 나가는 것을 원치 않았다. 그러나 방문자는 중요한 소식을 전하러 왔을지도 모른다. 어쨌거나 여기는 섬의 중대한 일들이 결정되는 공회당이었다.

"제가 내다보지요."

모르페우스가 일어서서 문 쪽으로 갔다. 본래 먼저 그렇게 했어야 할 나우플리온은 고개를 숙인 채 생각에 잠겨 있었다.

"무슨 일이냐. 어라, 오이지스 아니냐?"

상대가 아이인 것을 보고 모르페우스는 얼굴을 찌푸렸다. 중대한 이야기를 하고 있는데 시시한 일로 방해를 하려는구나 싶어서였다.

"무슨 일이냐?"

"헉, 헉, 후…… 지금 여기…… 나우플리온 사제님이…… 계신가요?"

오이지스는 제대로 찾아왔다. 다프넨의 일이라면 가장 먼저 나서서 해결하려 할 사람이 바로 나우플리온이었다. 물론 섬 곳곳을 돌아다니며 일을 보는 검의 사제를 찾아내는 일이 그리 간단하지만은 않았다. 오이지스는 괜스레 다른 곳만 빙빙 돌다가 시간을 많이 허비했다. 이솔렛과 헤어진 후로 반시간은 흘러 있었다.

"있다. 무슨 볼일 때문에 그러느냐?"

"꼭…… 중요한…… 다프넨한테…… 다프넨에 대해서…… 위험이……."

오이지스는 이날 지나치게 많이 뛰었다. 사라진 에키온에게 붙잡힐까 싶어 조금도 쉬지 못했던 것이다. 다프넨이라는 이름을 듣고 나우플리온이 뒤를 돌아보았다. 벌떡 일어나 성큼성큼 문 쪽으로 왔다.

"오이지스구나. 다프넨에게 무슨 일이 생겼지?"

"그를 죽이려고 해요!"

"뭐라고?"

이제야 오이지스가 기다렸던 반응이었다. 나우플리온은 허리를 굽혀 오이지스의 두 어깨를 붙들고 다그쳐 물었다.

"무슨 일이 생겼지? 누가 그 애를 해치려 한다는 거냐?"

"하……."

눈앞에 벌어진 광경에 다프넨은 할말을 잃었다. 귓가를 울리는 소리가 있었다. 점차 커졌다. 기억 속의 목소리들이 뒤죽박죽되어 들렸다. 내용은 중요치 않았다. 모든 것이 그에게 말하는 것은 한 가지였다.

에메라 호수.

썩은 시체와 악령의 늪. 그의 가족을 몰살시킨 곳.

어떻게 잊는단 말인가.

그 늪이 공회당 가운데 재현되어 있었다. 규모는 작았지만 더러운 녹색으로 썩어가는 물은 기억 속의 에메라 호수와 똑같았다. 물이 탁해서 얼마나 깊은지도 알아보기 힘들었다.

어째서 저런 것이, 저런 자리에 생겨났을까? 이곳은 폐허지만 본래 마을 한가운데 있던 공회당이 아닌가? 더구나 십여 단이나 되는 계단 위가 아닌가? 늪이란 것이 땅이 아닌 단단한 돌 위에서, 그것도 지붕이 남아 있는 건물 안에서 생겨날 수도 있단 말인가?

"이건 뭐지?"

"나도 몰라. 내가 알 바 아니니까."

둘은 늪을 사이에 둔 채 빙글빙글 돌았다. 이윽고 다프넨이 건물 안쪽, 헥토르가 들어온 문 쪽에 서게 되었다. 낡은 돌에서 솟아난 썩은 물 너머로 적의 얼굴을 보며, 계속해서 도사렸다. 호수에서 뻗어나온 검은 수초가 덩굴식물처럼 벽돌 틈새를 타고 오르는 것이 보였다.

지금은 대낮이었다. 밤에 본 검은 늪과는 달라야 했다. 그러나 후각이, 냄새가 다프넨의 기억을 지배했다. 이곳은 낯선 벽으로 둘러싸여 있다 해도 기억 속의 그 호수였다.

"왜 이리로 들어온 거지?"

"이제야 말을 좀 하는군. 뭐, 보기 좋은 광경은 아니지. 하지만 목적을 위해선 어쩔 수가 없어서."

헥토르는 검을 쥐지 않은 왼손을 조끼 안쪽에 넣더니 무엇인지 모를 물건을 꺼냈다. 흡사 봉투를 봉하는 붉은 밀랍처럼 보이는 덩어리였다. 다프넨은 표정 없이 입술만 움직여 말했다.

"나를 이길 다른 비방이라도 가져왔나?"

"아니, 넌 내게 지게 되어 있어."

헥토르는 왼손을 앞으로 내밀었다. 손바닥 위로 붉은 덩어리를 굴렸다. 그건 단순한 밀랍 덩어리가 아니었다. 늪에서 나오는 썩은 기체에 닿자 중심부가 주홍빛으로 타오르기 시작했다. 그러나 뜨거운 기색은 없었다.

"이기는 길은 갖가지인데, 넌 한 가지 길밖에 모르고 난 많은 길을 알거든."

헥토르의 손이 높이 올라갔다. 휙, 덩어리가 내던져졌다.

번쩍이며 솟구치는 무언가를 본 것 같았다. 그러나 곧 지워져버렸다. 늪 가운데에서 타오르는 오렌지빛 불덩이만이 남았다. 잠시 후, 그것은 굉음을 내며 폭발했다.

앞이 보이지 않았다.

"하아…… 하……."

자욱한 녹색 안개였다. 폐부를 찌르는 지독한 향이 났다. 아마 독성이 깃들여 있을.

"잘 있어. 나는 나중에 환기나 시키러 돌아오도록 하지……."

목소리가 멀어졌다. 끝이 아득하게 들렸다. 취한 듯 다리가 비틀거리고 무릎이 후들후들 떨렸다. 어느새 주저앉아버렸다.

머릿속에서 질문이 들렸다. 왜 주저앉는 거지?

이렇게 되지 않기 위해 다 내던지지 않았나? 남김없이 맞바꾸지 않았나? 그 피와, 그 눈물과, 그런데 아직도 환산되지 않은 것이 남았나? 무엇이 부족한 거지?

'너의 피.'

귓가에서 소음이 재재거렸다. 벌떼가 낼 법한 소음에서 점차 진짜 목소리로 변했다. 그림자들이 속삭여왔다. 주위로 그림자들이 모여들었다.

다프넨은 벽에 기댄 채 맥없이 다리를 뻗고 있었다. 썩은 녹색 물이 발치에 닿을 듯 말 듯 출렁거렸다. 흡사 뜨거운 욕탕에 들어온 것처럼 머리는 몽롱하고 시각은 마비되었다. 사지가 굳어져갔다.

모든 것이 무뎌진 가운데 기묘한 감각들만이 살아나 몸을 장악했다. 신발 바닥을 건드리는 물결조차 느껴질 정도로 온몸의 촉각이 바늘 끝처럼 곤두섰다.

'너의 피……. 나와 함께한 너의 피와 살.'

목소리는 점차 커졌다.

'내가 선택해버린 너는 죽을 수 없어.'

'너는 죽을 수 없어.'

'너는 죽을 수 없어.'

절그렁.

검을 놓친 오른손이 느리게 귓가로 움직여갔다. 맥없이 귀를 막았다. 그러나 목소리는 멈추지 않았다. 머릿속에 들어와 말하는 것처럼.

'다시는 죽지 않는 삶을…… 택하지 않겠어?'

'택하지 않겠어?'

'택하지 않겠어?'

뭐라 입을 움직여 말하려 했으나 불가능했다.

'그를 죽이고 싶지? 그에게 복수하고 싶지?'

'그에게 복수하고 싶지?'

'그에게 복수하고 싶지?'

입가에 비릿한 액체가 느껴졌다. 다프넨은 입술을 달싹였다.

"참견은…… 필요…… 없어……."

'나를 봐. 내가 그를 죽이는 것을 똑똑히 봐. 내가 그를 죽이면 넌 내 것이 되는 거야. 영원히 죽지 않고 내 종으로 살게 되는 거야.'

'내 종으로 살게 되는 거야.'

'내 종으로 살게 되는 거야.'

"싫…… 어……."

다프넨은 일어서려 했다. 그러나 벽에서 허리를 떼는 순간 앞으로 고꾸라져 처박힐 뻔했다. 간신히 두 손을 바닥에 짚고, 짐승처럼 비척거리며 다리를 세웠다.

"아니……."

재게 놀리던 다리를 멈춘 헥토르는 놀라 상대방을 쳐다보았다. 공회당을 돌아 막 마을 어귀까지 온 참인데 무너진 기둥 위에 앉아 있는 사람이 보였다. 질레보 선생이었다.

"뭘 놀라?"

헥토르는 당황해서 머리를 굴렸다. 에키온이 둘 사이를 연결했기에 그들은 서로 만나 이야기한 일이 없었다. 질레보 선생이 보낸 붉은 덩어리는 반신반의하던 것과는 달리 충분히 효과적이었다. 다프넨이 바닥에 쓰러지는 것을 보고 나왔으니 이제 다 잘 끝났다고 생각했다. 그런데 왜 이자가 여길 찾아왔지?

"일이 잘 처리되었나 보군."

질레보 선생은 헥토르가 혼자인 것을 보고 입가에 희미한 미소를 올렸다. 그의 머리가 빠르게 돌아가며 곧 새로운 음모가 구체화되었다.

"……."

분명 잘되긴 했다. 그러나 헥토르에게는 아직도 일말의 자존심이 남아 있어 비겁한 술수로 이긴 것을 타인과 함께 기뻐할 수는 없었다. 스스로는 잘했다고 생각할지라도, 그런 모습을 누가 보는 것은 싫었다.

"하나 덜 전달된 이야기가 있는 것 같아서 말이야. 그래서 이렇게 몸소 오게 됐지."

"……뭡니까?"

애써 자존심을 세우려 해도 소용없었다. 뻔한 사정, 뻔한 꼴이 아닌가. 질레보는 소리 없이 입술만으로 킬킬거리더니 앉아 있던 곳에서 뛰어내렸다.

"내가 준 그거 말이야. 그게 확실한 물건이긴 한데, 한번 사람을 집어삼키고 나면 좀체 가라앉질 않아. 본래 시체가 썩어간 물과 반응하는 거라서 피와 살에 민감하거든. 문 앞에 룬을 하나 새기고 와야 해. 그래야 그게 밖으로 나오지 않고 안에서 잠잠해져."

"그런 이야기를 왜 이제 합니까?"

"그래서 지금 급히 달려왔잖아."

질레보 선생은 성큼 걸음을 옮겨 헥토르의 곁을 지나쳤다. 그러더니 돌아보며 말했다.

"같이 안 갈 거야? 마무리는 짓고 가야지?"

"……."

아무래도 앞뒤가 안 맞는 것 같긴 했지만 거절할 명분이 부족했다. 무엇보다 무너진 기둥 위에 느긋하게 앉아 있던 모습은 급히 달려온 사람이라고 보기엔 무리가 있었다. 그러나 결국 따라갈 수밖에 없었다. 이미 한배를 탔다는 사실이 그제야 실감이 났다. 한쪽이 어떻게 마음을 먹느냐에 따라 다른 하나를 파멸시키기란 간단했다. 파멸은 아니라 해도 평생 가는 오점을 남기게 될 것이 자명했다.

공회당 입구에 다시 이르러 헥토르는 멈칫거렸다. 마음이 편치가 않았다. 앞서가는 질레보 선생의 뒤통수를 향해 말했다.

"이 정도 왔으면 된 것 아닙니까? 룬은 어느 지점쯤에 써야 되는 거죠?"

"좀더 올라와."

질레보 선생의 시선이 아까 헥토르의 발길질로 부서진 문으로 갔다. 안쪽에서 희미한 안개의 기운이 느껴졌다. 마음에 들었다. 그는 미소를 지으며 돌아섰다. 그의 손에는 좀전에 헥토르가 갖고 있던 것과 비슷한, 그러나 크기는 훨씬 작은 덩어리가 쥐어져 있었다.

모두 잘 끝날 것이다. 두 놈은 죽고, 그는 살아남아 오랜 욕망을 이룰 것이다. 죄의 무게를 달아 심판하시는 달여왕이 굽어볼지라도 두렵지 않다. 그는 이미 너무 오랫동안 차별 대우를 받아왔으므로.

"얼른 올라와서 도와달라니까!"

헥토르가 못내 찜찜한 마음을 거두지 못한 채 계단을 세 개째 오르는 순간이었다.

콰앙!

무언가가 엄청난 기세로 반쯤 망가진 문을 산산이 부수며 튀어나왔다. 문 앞에 서 있던 질레보는 물론, 헥토르마저 충격에 튕겨나가 계단 아래로 굴렀다. 아픈 것도 잊고 허겁지겁 고개를 든 두 사람의 얼굴이 경악으로 굳어졌다.

"저, 저게…… 뭐…… 지……."

그것은 대낮에 제정신으로 볼 만한 존재가 아니었다. 검은 안개 같던 것이 곧 칠흑빛 덩어리로 변했다. 번뜩임이 퍼져나가면서 윤곽이 뚜렷해졌다. 어른의 키쯤은 훌쩍 넘었고 높이 솟은 날갯죽지를 접어 몸을 감추고 있었다.

곧 날개는 펼쳐졌다. 하늘을 뒤덮는 막이었다. 머리가 마비된 듯했다. 주위 모든 세계가 사라졌다.

흡사 밤이 온 듯한 착각 속에서 날개 테두리에 달린 발톱들이 허옇게 번뜩였다. 날개가 한 번 움직이자 이미 계단 아래에 내려와 있었다. 산 자의 사지를 마비시키는 사나운 눈빛이 불덩이처럼 타올랐다.

그러나 진짜 공포는 그것이 입을 벌렸을 때 왔다.

…… …… …… ……!

귀를 틀어막았다. 아무 소리도 들리지 않는데 고막이 터져나갈 듯한 진동이 계속되어 귀를 막은 손마저 덜덜 떨렸다. 그러나 그렇게라도 하지 않으면 귓구멍으로 뇌수가 터져 나올 것만 같았다. 몸 안의 압력이 증가하고, 피가 끓어오르는 느낌이었다.

"가…… 으…… 세서……."

알아들을 수 없는 신음을 내뱉으며 질레보는 바닥을 기기 시작했다. 깨진 포석에서 튀어나온 날카로운 돌조각들이 무릎을 긁고 손바닥을 찌르는데도 전혀 느끼는 기색이 아니었다. 이미 앞도 보이지 않는 듯했다. 괴물이 있는 쪽으로 기어가고 있는 것조차 몰랐다.

시잇!

계단 아래쪽에 있었던 탓에 좀더 멀리 내던져진 헥토르는 그나마 제정신을 유지했기에 일어난 모든 일을 똑똑히 보았다. 괴물의 날갯죽지에 박힌 송곳발톱 두 개가 흡사 줄 달린 화살처럼 튀어나왔다. 그중 하나가 곧장 질레보의 등을 뚫고 들어가 몸을 관통한 채, 바닥의 포석을 부수며 박혔다. 기어가던 질레보의 몸이 멈췄다.

눈과 귀, 코…… 모든 구멍에서 피가 솟구쳤다. 그러나 가장 많은 피는 포석으로 쏟아져 내렸다. 말라붙은 혈관처럼 갈라졌던 돌 틈새로 붉은 핏줄기가 흘러갔다. 폐허의 땅에 새로운 샘이 솟은 것처럼.

다른 하나는 보다 낮게, 얼굴 정면으로 날아들었다.

퍽!

그 직전, 질레보의 귀에도 무슨 소리인가가 들렸다. 그러나 다가온 종말이 더 빨랐다. 흡사 폭죽처럼 터져버린 두개골에서 흰 덩어리와 붉은 덩어리가 튀어나와 사방에 흩어졌다. 이미 바닥에 남은 것은 인간의 시체가 아니었다.

"아아……."

헥토르는 몸을 떨었다. 떨 수 있는 모든 것, 영혼조차도 떨고 있었다. 최악이라는 생각만이 머릿속을 휩쌌다. 무엇이, 어디서부터 잘못되었고, 이제부터 어떻게 해야 하는지 떠올릴 정신조차 없었다.

그가 한 소년을 살해하겠다고 마음먹었을 때 상상했던 죽음은 지금 눈앞에서 본 것과 같지 않았다. 그러나 이제는 알았다. 죽음이 어디 깨끗하게, 손을 더럽히지 않고 끝나는 것이었던가. 저 푸줏간의 피반죽으로 변해버린 자도 죽은 것이요, 그가 저 안에 남겨두고 온 소년도 죽은 것일지니…….

부들부들 떨리는 헥토르의 입술에서 어린시절 후로 한 번도 불러보지 않은 이름이 흘러나왔다.

"달여왕이시여……."

다프넨은 눈을 떴다.

언제부터 눈을 감고 있었는지 몰랐다. 많은 것을 보았고, 많은 시간이 흐른 것은 틀림없었다. 어둠과, 늪과, 불타는 저택을 보았다고 생각했는데…….

눈앞에는 그중 무엇도 없었다. 머리와 시야를 몽롱하게 하던 녹색 안개도 어느 정도 걷혀 있었다. 잠시 정신을 잃었던 것일까? 그렇다면 왜 아직 죽지 않았지?

벌떡 몸을 일으켰다. 동시에 몸이 다시 말을 잘 듣는다는 것을 깨달았다. 바로 옆에 검이 떨어져 있었다. 집으려다가 갑자기 손을 움찔했다. 다프넨은 흠칫 놀라 손을 내려다보았다. 멈추려 하지도 않았는데 손이 저절로 멈췄던 것이다.

다시 검을 향해 천천히 손을 가져갔다. 그러나 손끝이 칼자루에 닿으려는 순간 다시금 움찔, 하는 것을 똑똑히 보았다. 가슴이 크게 한 번 요동치면서 마음속에 또렷한 부정문이 떠올랐다.

잡아선 안 돼.

다프넨은 고개를 흔들었다. 무엇 때문에 검을 두고 가겠는가? 밖에는 헥토르가 있을지도 모르고 다른 무슨 일이 벌어졌을지도 모른다. 그런데 왜?

그래도 잡아선 안 돼.

하지만…….

안 돼.

다프넨은 결국 검을 내버려둔 채 늪을 우회하여 문으로 다가갔다. 늪은 서서히 요동치고 있었다. 흡사 그 아래 큰 구멍이 있어 새로운 물이 솟아오르는 것 같았다.

이윽고 문이 가까워졌을 때, 아니 문이 있었던 자리를 보고 다프넨은 우뚝 멈추어 섰다. 문뿐만이 아니라 벽까지 뜯겨 나간 채였다. 무언가 커다란 것이 통과한 것 같았다. 또 하나, 늪에서 나온 진흙 덩어리와 물자국이 사방에 얼룩져 있었다. 늪에 빠진 누군가가 몸을 일으켜 뛰어나간 것처럼.

꼭 한 번, 이와 같은 것을 본 일이 있다.

몸을 한 번 부르르 떤 다프넨은 밖으로 뛰어나왔다. 그리고 두 가지를 보았다. 하나는, 바로 문 앞 왼쪽에 놓여 있는 윈터러였다. 그는 검을 그 자리에 놓은 일이 없었다.

다른 하나는 계단 아래, 가증스럽게도 낮의 태양이 뿜는 빛도 아랑곳 않고 우뚝 서 있는 자, 기억 속의 대적大敵.

"으아아아아!"

목전에 다가온 죽음에서 달아날 생각조차 못하던 헥토르는 귀를 찌르는 외침을 들으며 고개를 번쩍 들었다. 이 순간, 이 자리에서, 공포가 아닌 외침이 들리다니?

괴물의 어깨 너머로 솟은 계단, 그 위에 죽었다고 생각한 소년이 서 있었다. 소년은 빈손이었으나 바로 곁에 희한한 광채를 내뿜는 검이 있었다. 소년을 공회당 안에 내버려두고 나올 때는 분명 그곳에 없었다. 마치 스스로 움직여 원하는 곳으로 간 것만 같았다.

"죽음…… 죽음…… 그 많은 죽음! 아직도 빼앗아 갈 삶이 남았나!"

다프넨에게는 오직 한 존재만이 보였다. 몸을 수그리며 윈터러를 집어 들었다. 동시에 내달렸다. 이 순간의 행동은 용기도, 만용도, 그 뭣도 아니었다. 반각성 상태에서 현실과 꿈이 뒤섞여 하나가 되었다. 지금의 그는 에메라 호수 앞에서 형을 내버려두고 달아난 어린아이였으며, 동시에 그것을 갚고자 하는 또 다른 소년이었다. 희게 빛나는 날이 높이 올라갔다. 계단 몇 단을 남겨둔 상태에서 그는 몸을 날리며 적의 날개를 베었다.

아니, 베었다고 생각했다.

스아아아아…….

쓰러져 있던 헥토르는 그 순간이 자신에게 주어진 유일한 기회임을 알았다. 놀랍게도 괴물은 다프넨의 검을 피하려는 것처럼 한쪽 날개를 접으며 반대쪽으로 뛰어올랐던 것이다. 재빨리 몸을 일으킨 헥토르는 죽을힘을 다해 뛰어 그 자리를 벗어나려 했다. 그러나 갑자기 야릇한 죄책감이 그의 발목을 붙들었다.

방금 전, 질레보의 죽음을 보며 느낀 최악의 공포가 되살아났다. 그것을 보며 살인이란 행동이 가볍지 않음을 처음으로 깨달았다. 달여왕의 가르침대로 죄 있는 자와 죄 없는 자, 어느 쪽도 아무때나 한순간에 죽을 수 있고, 또 죽어 마땅한 거라면 왜, 왜 자신의 삶에는 남은 가치가 있다고 믿는단 말인가? 한번 어긋나면 쉽게 죽인다고 말하고, 또 죽여버리곤 하는 섬의 인간들은 자신의 죽음을 실감해본 적이 있을까?

없겠지. 그들은 아직 죽지 않고 살아 있으니까.

손가락 한 번 울리는 순간 목이 끊어져 날아갈 수도 있음을 똑똑히 느껴본 자만이 다른 자의 삶에 끝을 선고할 자격이 있겠지. 아니, 어쩌면 실제로 죽어본 자만이 다른 누군가를 죽여도 좋을 것이다!

헥토르는 돌아섰다.

"다프넨!"

다프넨은 헥토르의 목소리를 듣지 못하는 것 같았다. 큰 몸집에도 불구하고 놀라운 속도로 피하는 괴물을 뒤쫓아 몇 번이고 검을 세워 달려들었다. 다프넨의 과거를 알 길이 없는 헥토르는 자신이 한때 죽이려고 생각한 소년의 대담함이 경이로웠다. 자신이라면, 무슨 보상이 주어진다 해도 저렇게 하지 못할 것 같았다.

검을 고쳐 쥐었다. 상대에게 감사하거나, 또는 사죄하고자 하는 마음은 아니었다. 다만 이렇게 해야 할 것만 같았다. 아직도 그는 달여왕의 백성……. 그 가르침을 받들며 살아온 생애만큼 보상할 것도 남아 있을 것이다.

"이것도…… 받아라!"

떨리는 칼끝이 괴물의 등이 있는 쪽을 찔렀다고 생각했을 때, 헥토르의 몸은 허공을 날고 있었다. 무엇에 얻어맞았는지도 알지 못했다. 눈앞이 캄캄해져갔다. 그러나 가슴에서 솟구치는 뜨뜻한 핏줄기에 한 손을 대어 적시며 마음이 아득히 편안해지는 것을 느꼈다.

겨울의 핵

그것은 대등한 싸움이 아니었다.

비록 뒤쫓는 입장이긴 했으나 적을 위협하고 있다는 느낌은 없었다. 적은 다프넨을 피하는 것이 아니었다. 그의 손에 쥐어진 검을 피하고 있을 따름이었다. 만일 저 괴물이 에메라 호수의 그놈과 같은 종류라면 어째서 윈터러를 피하는가? 그것조차 풀리지 않는 의문이었다. 당시의 예프넨도 분명 윈터러를 잡았는데, 지금 같은 상황이었다면 어째서 안전하지 못했단 말인가?

그러나 깊이 생각할 여유가 없었다. 조금이라도 멈칫거리면 바로 상황이 달라졌다. 괴물은 결코 다프넨이 좋아서 봐주고 있는 것이 아니었다. 기회만 잡으면 윈터러를 피해 소년의 머리를 부숴버릴 것이었다.

저 안개 불빛 같은 눈동자와 뼈가 드러나 보이는 날개는 낮의 햇빛 아래에서 더욱 혐오스러웠다. 늪의 어둠에 숨어 돌아다니는 것이 아니라 대낮에 활보하고 있다는 사실이 더욱 증오심을 부채질했다.

그는 어둠 속에서 가족을 잃었다. 그러니 괴물도 어둠에서 나와서는 안 되었다. 기억 속의 고향은 황량하고 습한 땅이었고 어린시절을 장악한 암흑도 모두 거기에서 나왔다. 괴물은 거기에 머물러야 했다. 그가 되돌아가 쳐죽일 때까지, 그 땅에 저주받은 생명인 양 웅크리고 있어야 했다.

잊었던 것인가. 아니었다. 결코, 본능만은 잊지 않았다. 단 하나 남은 복수의 대상이 있다면 바로 그놈이었다. 형은 삼촌에게 복수하지 말라고 했지, 괴물을 죽이지 말라고는 하지 않았다. 이제야 깨달았다. 이것은 약속 밖의 일이다.

"넌…… 넌…… 내 금기의 대상이 아니야!"

죽어가는 형과 마지막으로 한 약속이 얼마나 무거웠던가. 잊을 수도 저버릴 수도 없는 그 약속이야말로 삶의 목표를 찾고자 하는 다프넨의 의지를 때로 앗아가고 도피를 원하게 만든 근원이었다. 지금껏 깨닫지 못했으나 이제는 확실히 알았다. 그의 삶을 억눌러온 것, 그의 마음을 닫아걸어버린 것, 무기력하게 하고 아무것도 할 수 없다고 생각하게 한 것, 그것은 그의 삶 전체에 암시처럼 걸린 금기였다.

죽도록 원하지만, 해서는 안 되는 복수.

본래 결코 소심하지 않은, 그의 본성과 맞지 않았던 주문.

검이 언뜻 빨라졌다고 생각한 것은 순간이었다. 희게 번뜩이기 시작한 윈터러가 어느새 뻗어나가 괴물의 왼쪽 날개를 쭉 찢었다. 내려오던 검에 발톱 두 개가 걸려 그대로 잘라졌다. 피가 아닌, 회색 안개 같은 것이 뭉클뭉클 솟아나는 것이 보였다. 오히려 당황한 다프넨은 잠시 멍해졌다.

괴물의 눈에 박힌 불덩어리가 맹렬히 타오르기 시작했다. 찢긴 날개가 흡사 연기를 내뿜으며 불타는 듯했다. 그게 무엇이든, 놈의 생명에 속한 것이 새어 나가고 있었다.

싸악!

다른 쪽 날개가 머리를 덮쳐왔다. 한쪽 날개에서 송곳발톱 세 개가 동시에 튀어나오는 것이 보였다. 예외적인 공격을 해버린 다프넨은 무방비 상태였다. 뻗은 팔은 거두지 못했고, 검은 먼 곳을 찌르고 있었다. 끝을 예감할 겨를조차 없었다.

"……."

끝나는 대신, 낯선 소음이 오른쪽에서 들려왔다. 금속이 부딪히는 날카로운 소리였다.

짱!

영영 돌아볼 수 없을 줄 알았는데, 다프넨은 돌아보았다.

쌍검이 괴물의 오른쪽 날개를 한 번, 또 한 번 십자로 긋는 것이 보였다. 윈터러가 한 것처럼 찢어버리진 못했으나 충분히 위력적인 상처였다. 공격이 성공하자마자 가뿐히 몸을 솟구치며 뒤로 한 바퀴 돌아 내려섰다. 모든 것이 수 초 안에 이루어졌다. 두 개의 검을 교차시켰다가 한쪽만 올리며 방어 태세를 갖추는 것까지, 눈 깜짝할 사이의 일이었다.

이솔렛이었다.

그녀가 검을 휘두르는 모습을 처음으로 보았다. 날렵할 거라고는 생각했지만 이 정도일 줄은 몰랐다. 전체적인 움직임만 보일 뿐, 개개의 동작은 눈에 들어오지 않을 정도로 신속했다.

"당신이…… 어떻게 여길?"

제정신이 돌아왔다. 재빨리 물러서면서 오른쪽에 선 그녀를 보았다. 이솔렛은 왼쪽 검을 가로로 꺾어 든 채 눈높이까지 올리고, 오른쪽 검은 금방이라도 공격할 수 있도록 도사려 잡고 있었다. 쌍검을 쓰는 사람을 본 일이 없기 때문인지 낯설고 특별해 보이는 자세였다.

냉담한 목소리가 울렸다.

"옆을 돌아볼 여유도 있다니 좋겠구나."

흠칫, 하는 순간 이솔렛의 발이 다시 바닥을 박찼다. 두 걸음 내닫자마자 인간으로서는 불가능할 도약, 곡예에 가까운 비틀기와 내리찍기가 이어졌다. 왼쪽 검이 달려드는 송곳발톱의 공격을 퉁겨 미끄러뜨리고 오른쪽 검은 등뒤를 쓸며 내려갔다. 키의 두 배는 될 법한 괴물을 넉넉하게 뛰어넘었다. 눈을 의심케 하는, 심지어 몸을 아끼지 않는 공격이었다.

ㅈㅈㅈㅈㅈㅈ…….

괴물이 이상한 소리를 냈다. 지금껏 소리라고는 내지 않던 괴물이 흡사 신음 같은 소리를 내며 몸을 돌리기 시작했다. 다프넨은 반쯤 얼이 빠져 있었다. 이 광경은 마법이 아니면 착각이어야 했다. 그러나 분명, 착각은 아니다!

"위험해요!"

저도 모르게 소리질렀다. 돌아선 괴물의 양 날개에서 여섯 개나 되는 송곳발톱이 격출되며 착지한 이솔렛을 덮쳐갔다. 다프넨은 앞뒤 볼 것도 없이 달려들어 괴물의 등을 찔렀다.

피직!

검은 괴물의 등 한가운데를 찔렀지만 손에 느껴진 것은 허공을 뚫은 듯 맥 빠진 감각이었다. 검을 빼자 찌른 위치에 뚫렸던 구멍이 안개로 만들어진 양 스르르 메워지는 것이 보였다. 이 괴물은 몸이 없단 말인가?

그러는 동안 이솔렛은 상하좌우로 날아드는 발톱 가운데 첫 번째를 피하고, 두 번째를 쳐내고, 세 번째와 네 번째의 격돌 지점보다 먼 곳으로 펄쩍 뛰어 물러났다. 그녀의 순간적인 도약력은 인간의 경지를 벗어났다. 순식간에 계단을 반 이상 올라가 착지했다. 그것도 뒤로 뛰어서.

그쯤 되자 괴물은 멈칫거리며 새로 나타난 적을 경계했다. 다프넨은 새삼 이솔렛, 그리고 이솔렛을 가르쳤다는 일리오스 사제의 능력이 달리 보였다. 저 엄청난 도약은 마법이 가미된 것이 틀림없었다. 그러나 매번의 정확한 착지, 허공에서의 자세 전환, 그리고 공격 호흡을 잡는 것은 도약이 가능하다 해서 저절로 되는 일이 아니었다. 엄청난 연습과, 그리고 타고난 감각이 합쳐져 해내는 일이다.

그러나 위기는 이제부터였다.

“물러나요, 이솔렛!”

이유도 정확히 모르면서 다급한 예감이 닥쳐왔다. 이솔렛이 한 번 더 뛰어 공회당 입구에 올랐을 때, 아니나 다를까 거대한 파동이 이솔렛을 향해 터져 나왔다. 벽의 절반이 부서지고, 남은 문이 산산이 날아가고, 늪이 요동치며 솟아올라 맞은편 벽에 맥질되었다.

그러나 이솔렛은 이미 옆으로 몸을 솟구쳐 계단 아래에 착지해 있었다. 이어 머뭇거리지 않고 다시 괴물의 옆구리를 공격해갔다. 왼쪽 검이 방어를, 오른쪽 검이 공격을 맡는 자세는 그대로였으나 이번에는 낮은 베기였다. 협공이 필요함을 느끼고 다프넨 역시 왼쪽 날개를 향해 검을 겨누어 달려들었다.

제정신으로 돌아오고 나자 어렴풋한 공포가 솟아났다. 그러나 이 괴물은 에메라 호수의 그놈보다는 훨씬 체구가 작았다. 똑같이 사악하고 똑같이 위협적이지만 그 점이 적지 않게 마음을 안정시켜주었다.

그러나 우세를 잡았다고 생각한 것은 짧은 착각에 불과했다. 갑자기 날개가 쫙 펼쳐지더니 놈은 한순간에 수십 길 위로 비상했다. 날개가 있다면 용도도 있을 게 뻔하다. 잠시 잊었더란 말인가?

태양을 등진 거대한 그림자가 두 사람을 굽어보았다. 가로막힌 하늘에 역광이 타올랐다.

"다프넨, 비켜!"

이솔렛은 자신이 스승이라고 생각해서인지, 또는 검술이 더 낫다고 판단해서인지 다프넨을 보호하려 했다. 그러나 다프넨은 자신의 일로 이솔렛을 희생시킬 생각이 조금도 없었다. 어떻게 해서 그녀가 여기에 나타났는지는 몰랐지만 손끝 하나도 다치게 하고 싶지 않았다. 이솔렛의 앞을 막아서며 검을 높이 들어 방어 태세를 취했다. 곧 있을 하강을 기다리면서. 하늘이란 절대적으로 유리한 위치다. 위에 있는 자만이 화살을 어느 쪽으로 쏠지 결정한다.

그리고 상공에서 멈춘 괴물은, 다프넨이 아닌 이솔렛을 향해 쇄도해 내렸다.

타탁!

이솔렛이 땅을 박차는 소리를 들었다고 생각했다. 등지고 있어 보지 못했지만, 잘 피했을 줄 알았다. 이솔렛을 공격하느라 괴물이 허점을 보일 테니, 이번에야말로 사냥하리라 마음먹었다. 그때였다. 다시 한번 이상한 목소리가 머릿속을 파고들었다.

'구하고 싶나? 그러면 내 노예가 되겠다고 말해!'

'내 노예가 되겠다고 말해!'

'내 노예가 되겠다고 말해!'

뭐라고?

질문의 의미를 판단할 겨를도 없었다. 순간, 또는 영원이 흐르고 귀가 다시 열리는 순간 짧은 비명이 귀를 찔렀다.

"아!"

몸을 돌렸다……. 그러나 늦었다. 괴물의 몸에서 스무 개에 달하는 송곳발톱이 단번에 튀어나온 광경을 보았다. 심지어 빈 공간이라 생각했던 몸에서조차 날카로운 뼛조각들이 튀어나왔다. 빈틈이라고는 없었다. 그럼에도 불구하고 이솔렛은 대부분을 피해냈다. 검 두 개가 모두 방어로 전환된 것이 보였다. 그러나 이솔렛의 도약을 미리 의식한 한 개의 발톱이 멀찍이 포물선을 그리며 돌아와, 그녀의 왼쪽 어깨를 꿰뚫었다.

갑자기 오래된 악몽이 번쩍이며 정신을 지배했다. 다프넨의 머릿속에서 검게 변해버린 기억의 알이 껍데기를 부수고 광채를 내뿜었다.

'예쁜 아이로구나. 내 너를 삼킬 수 있게 가까이 오렴.'

'죽음을 줄까? 아니면 죽음보다 더한 상처를 줄까?'

'그 검이로구나. 그걸 가진 자는 반드시 길고 긴 살인자의 밤을 지새우게 된다는 것을 모르느냐?'

이렇듯 선명한 목소리들이 언제 기억 속에 들어와 있었을까? 눈앞은 암흑 속의 에메라 호수였다. 거대한 괴물이 안개 뒤에 있었다. 그날, 어떻게 그와 예프넨이 괴물로부터 도망쳤던 것일까?

그때의 괴물은 지금 나타난 놈의 몇 배였고, 예프넨에게는 이솔렛과 같은 마법도, 다른 무엇도 없었는데. 윈터러는 지금 같은 힘을 발휘하지 못했고, 괴물은 그들과 싸움을 벌이기는 커녕 육체와 정신을 압도했었다. 그의 뇌리에 저 목소리를 각인시켰을 정도로. 왜 기억이 나지 않을까? 예프넨과 함께 황야에서 지낼 때 모든 기억이 돌아왔다고 생각했는데 그것이 전부가 아니었단 말인가?

그러나…….

"용서하지 않아!"

달렸다. 한결 차가운 빛을 내뿜는 윈터러를 양손으로 움켜쥐고, 천으로 감긴 슴베가 손을 아프게 누르는 것조차 느끼지 못한 채 달려들어 베어갔다. 다시금 날아드는 송곳발톱들을 피해 구르고, 달리고, 분노하여 덤벼들었다. 그런 자신을 바라보는 또 하나의 낯선 자신이 있었다. 분노한 자신을 향해 말했다.

'한번 당했던 일을 또 다시 되풀이하는 어리석은 자, 그런 자에게도 용서란 있을까?'

아아……. 아니라고 하고 싶다.

그러나 예프넨을 잃은 것과 똑같은 방식으로 이솔렛을 잃을 위기에 처했다. 무능력과 방심 때문에.

"넌……."

이솔렛은 바닥에 무릎을 절반 꿇었으나 쓰러지지 않았다. 공격당한 어깨는 시커멓게 변했고, 점차 팔로도 번져갔다. 아프지는 않았다. 그러나 팔에 오한이 일어 도저히 검을 움켜쥘 수가 없었다. 버티려 했으나 결국 왼쪽 검을 떨어뜨리고 말았다.

치욕적이라고 생각했다. 아버지가 보았다면 무어라고 했을까. 돕겠다고 나선 주제에 이렇게 속수무책이 된 꼴을 보았더라면 분명 통렬하게 한마디 던지셨겠지. 그런 다음 어리석은 딸을 도와주러 뛰어들었을 것이다.

아……. 이 무슨 쓸모없는 생각인가.

자신이 왜 이렇게 나약해졌는지 몰랐다. 다치더라도 그것으로 그만, 죽더라도 그만이라고 생각하며 살았다. 전투도 죽음도 두려워하지 않았던 자신이었다. 아니, 지금 자신은 죽음을 두려워하고 있지 않았다. 썩은 팔쯤이야 잘라내면 된다. 그런 것보다 무력함, 패배감, 타인에 대한 의존 같은 것이 몇 배로 두려웠다.

이곳까지 달려온 것은 다프넨에게 본의 아니게 지고 만 빚을 갚기 위해서였다. 그 빚을 갚지 못하고 있으니 당연히 부끄러운 일이었다. 그러나 그런 것보다도 한층 마음을 흔드는 것이 있어 심기가 어지러웠다. 다프넨이 혼자서 벅찬 적을 상대로 고전하는 것을 차마 보고 있을 수가 없었다.

다프넨의 윈터러는 이솔렛의 검과는 달리 송곳발톱들을 부숴버릴 힘이 있었다. 그러나 이솔렛처럼 속검술을 구사할 만한 검은 아니었다. 적의 공격은 빨랐고, 몇 번이나 위기를 아슬아슬하게 넘겼지만 내내 위태로웠다. 저대로 오래 버틸 리 없었다.

이솔렛은 억지로 일어섰다. 남은 오른쪽 검을 힘주어 잡았다. 왼쪽 팔은 축 늘어뜨린 채였지만 팔 하나쯤 없는 걸로 생각하면 그만이었다. 싸움이 끝나고 모르페우스 사제에게 말해서 잘라버리면 될 거다. 그나마 오른팔이 아닌 것이 얼마나 다행인가. 오른팔이었다면 불편함 때문에라도 귀찮아서 죽어버렸을지 모르지.

"비켜!"

양가죽 신으로 감싼 두 발이 바닥을 차고, 용수철 같은 무릎이 탄력을 위로 전달했다. 뛰어올랐다. 다프넨의 앞을 가로막는 것과 동시에 오른쪽 검이 정면을 찔러갔다. 달려드는 괴물의 송곳발톱을 비스듬히 비껴내어 방향을 완전히 바꾸었다. 발톱은 아래로 꺾이며 괴물의 하체에 명중했다.

소리 없는 비명이 고막을 울렸다. 사방이 윙윙거렸다.

다프넨은 한 손으로만 검을 쥔 채 돌아선 이솔렛의 뒷모습을 보았다. 갑자기 심장을 송곳으로 후비는 듯한 고통이 엄습했다.

뒷모습……. 뒷모습 따위는 싫은 거다.

왜 모두 나를 막아서며 뒷모습을 보이는가? 예프넨을 회상하며 수없이 떠올린 세 모습 중 하나가 한 손에 검을 쥐고 동생을 막아선 뒷모습이 아니었던가.

다시 부서지는 기억의 알들……. 이제는 폭죽처럼 터지고 있었다. 기억이 올올이 되살아나며 먼 곳에 있는 다른 알들을 향해 뻗어갔다.

돌아와다오, 기억이여. 내 것인 만큼 내 손으로 부수도록.

예프넨의 뒷모습 너머로 타오르던 모닥불 대신 태양의 역광이 검은 실루엣을 이루었다. 윈터러를 빼앗으려 했던 좀도

둑들 대신 거대하게 도사린 괴물이 있었다. 이윽고 두 영상은 겹쳐지며 완전히 같은 것으로 변했다.

"이번엔…… 그렇게 안 하겠어."

강하게 되뇌었다. 기원이 자라나 마법의 주문이 될 정도로 아프게 되뇌었다. 죽지 않겠다고 했지만, 결국 다른 사람의 죽음을 밟고 살아났을 뿐이었다. 이번에는 누구의 죽음을 밟고 살아남으려는 거지?

언제까지나 다른 누군가의 등을 바라보고 있을 수는 없다. 내게 날아오는 화살은 내 몸으로 받아내고야 말겠다!

"상대는 이쪽이야!"

「네 의지가 네 손이 되도록.」

비껴 들린 윈터러의 끝에서 바람의 깃처럼 빛이 흩날렸다. 이솔렛도 그것을 보았다. 그녀의 옆을 지나쳐 괴물을 향해 뿌린 검에서 찬란한 광채가 뻗어나가는 것을.

「네 안에.」

검 끝이 닿은 것일까, 검에서 솟아난 빛이 닿은 것일까. 밤하늘을 가르는 별의 길처럼 검은 육체를 가르는 눈雪의 빛.

괴물의 날개가 잘리고, 몸이 갈라지고, 다음 날개 끝까지 그어진 사선의 단면이 벌어졌다. 그런데 어째서인지 베인 단면과 괴물의 모습이 두 장의 그림처럼 분리되어 보였다. 칼날에 맺혔다가 떨어진 빛 조각들이 이솔렛의 발치까지 굴러왔다. 얼음이었다. 햇빛 아래에서도 쉽게 녹지 않는 단단한 얼음 조각들이었다.

「함께…… 있어.」

파바바밧!

바람이 일어나 사방을 휩쓸어갔다. 먼지와 돌조각, 날아오를 수 있는 것들이 모조리 솟아 회오리를 이뤘다. 근원은 윈터러가 베어낸 상처의 틈이었다. 그 안에 암흑이 흐르고 있었다. 이 세상을 빨아들이려 했으나 더 강한 힘에 가로막히는 바람에 맹렬히 날뛰고 있는 이계의 힘이었다.

다프넨은 멈추지 않았다. 이 순간 그도 이솔렛만큼 높이 뛰어올랐고, 그녀처럼 빠르게 검을 휘둘렀다. 무슨 변화가 일어났는지 이솔렛은 몰랐다. 그러나 다프넨은 느끼고 있었다. 친구가 몸에 들어와 힘을 빌려주고 있다. 그가 다프넨의 육체가 지닌 능력을 증폭시키고, 발휘하도록 돕고 있었다. 힘, 속도, 심지어 시야조차 몇 배로 넓어졌다. 인간을 뛰어넘은 자, 다름 아닌 강령降靈상태였다.

두 영혼이 함께 내찌른 검이 괴물의 가슴을, 인간이라면 심장이 있을 그곳을 깊숙이 파고들었다. 찌른 자리에서 하얗게 언 눈이 솟아났다. 눈의 나뭇가지였다. 가시들처럼 촘촘하게 뻗으며 결정을 이루고 계속해서 자라났다. 이윽고 그것은 얼음의 감옥으로 변했다.

윈터러 역시 얼어붙었다. 칼날에 씌워졌던 살얼음이 순식간에 올라가 검을 쥔 다프넨의 손까지 뒤덮었다. 흡사 손을 검과 하나로 만들어버리려는 듯했다.

"아아……."

이솔렛은 한 발짝 물러나며 집어 들었던 얼음 조각을 떨어뜨렸다. 괴물은 이제 움직이지 않았다. 대신 괴물을 가둔 얼음 성채가 주위의 땅을 집어삼켰다. 대지가 겨울로 변해갔다. 겨울의 검이 꽂혔던 곳을 중심으로 거대한 얼음꽃이 피는 중이었다. 다프넨이 선 곳은 물론, 이솔렛의 자리를 넘어 온 폐허를 뒤덮으면서.

이계로부터 온 멸망의 힘.

겨울의 핵이었다.

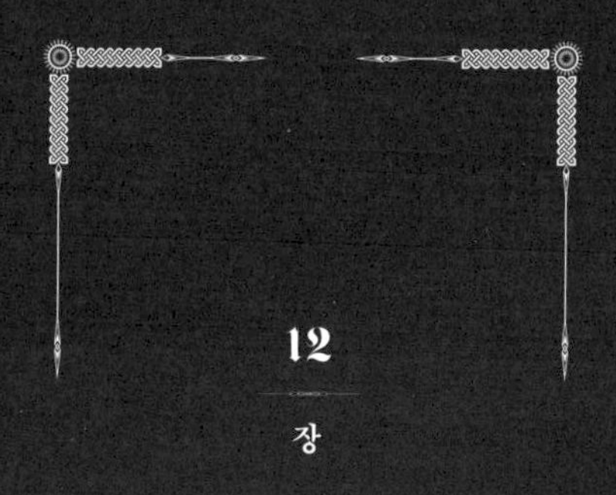

12

장

MAZE OF THE WINDWARD

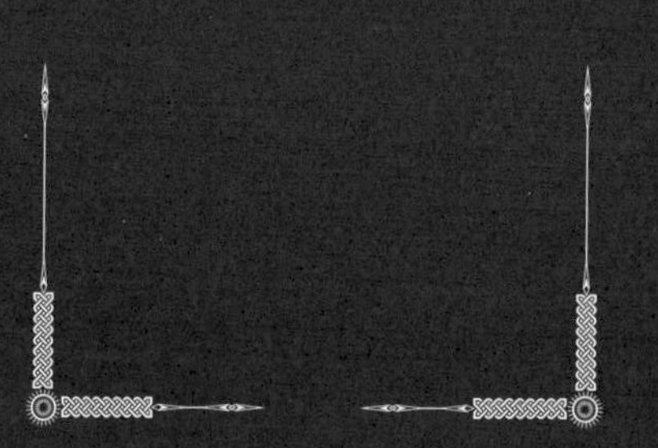

희생, 또는 갚을 수 없는 빚

"큰일이 벌어지고 있구나."

버려진 마을로 오르는 오솔길에서 걸음을 멈춘 데스포이나가 긴 한숨을 토해냈다. 모르페우스가 묵묵히 고개를 끄덕였다. 나우플리온도 멈춰 서서 하늘을 올려다보며 무언가에 귀를 기울였다. 아니, 소리는 들리지 않았다. 그는 마음속 예지의 목소리에 귀를 기울이고 있었다.

세 사제 모두, 각자의 방식으로 위기를 직감했다. 이윽고 데스포이나가 지팡이를 꽉 쥐더니 다시 걸음을 옮기며 말했다.

"어서 가자. 돌이키지 못할 지경에 이르기 전에 가야 해."

다프넨은 손을 뒤덮은 얼음을 벗겨내려 애썼다. 그러나 쉽지 않았다. 방금 생겨난 얼음이 수백 년 묵은 빙하로 변한 듯, 체온이나 입김 정도로는 물기조차 생기지 않았다.

눈앞에는 날카로운 가시 얼음으로 만들어진 감옥이 있었다. 그 안에 괴물의 형체는 제대로 남아 있지 않았다. 흡사 검은 얼룩처럼 반쯤 녹아내린 잔해로 변해 달라붙어 있었다.

자신이 한 일이 무엇인지 모른다는 것이 무엇보다도 두려웠다. 손에서 떨어지지 않는 검 역시 섬뜩한 존재였다. 마을을 하얗게 뒤덮고 시야를 벗어나버린 겨울이 어디까지 갈지도 짐작하기 어려웠다. 어쩌면 섬 전체를 얼음으로 뒤덮어버릴지도 모른다.

결국 손에서 윈터러를 떼어내지 못한 채 다프넨은 몸을 돌렸다. 한 걸음 옮겨놓으려다 미끄러지고 말았다. 저도 모르게 검을 바닥에 짚었다. 그런데 검이 닿자 그토록 까딱도 않던 얼음이 쩡, 소리를 내며 깨져나갔다.

돌아선 다프넨은 이솔렛을 보았다.

"이솔렛…… 당……."

그는 입을 벌린 채 말을 멈추었다. 자신의 목소리가 둘이라는 것을 깨달았던 것이다. 마음속에서 속삭임이 들렸다.

「저 사람에게 가.」

당황한 다프넨을 지켜보던 이솔렛이 입을 열었다.

"네 몸에 낯선 존재가 들어와 있구나. 우호적인 혼이니?"

이번에는 이솔렛도 흠칫했다. 다프넨의 입을 빌려 다른 자가 대답해왔기 때문이었다. 소년의 맑은 목소리였다.

「너는 참 아름답구나.」

"아……."

다프넨은 어쩔 줄 몰랐다. 섣불리 입을 열 수가 없어 고개만 내저으며 이솔렛 앞으로 왔다. 가까이 가자 이솔렛의 왼쪽 어깨와 팔 절반을 삼켜버린 검은 얼룩이 보였다. 다시 한번 몸이 부르르 떨렸다. 다프넨은 저 괴물을 알고 있었다. 그리고 괴물에게 입은 상처가 가져올 결과도 너무나 잘 알고 있었다.

"이솔렛, 이건…… 안 돼요……."

이번에는 다프넨 자신의 목소리였다. 이솔렛은 침착한 눈으로 다프넨을 바라보고 있었다. 이어 오른쪽 어깨를 살짝 움직여 보였다.

"이 팔 때문에 그러니? 자르면 돼."

"자, 자르다니요!"

그 말도 충격적이었다. 팔을 자르다니? 그게 그리 쉽게 할 수 있는 말인가? 팔 하나가 없는 이솔렛의 모습은 상상하기 어려웠다. 단지 편견일 뿐일까? 그러나 팔을 잃으면 그녀는 쌍검을 쓰지 못하게 된다.

"그러니까 넌 달여왕의 아들이 아닌 거야. 난 처음부터 네가 달여왕의 자손이 되지는 못할 거라고 생각했어."

이솔렛의 얼굴은 평온했다. 그러나 그녀는 진실을 모르고 있었다. 팔을 자르는 것도 안 되지만, 팔을 자른다고 해결될 문제가 아니지 않은가!

다프넨의 얼굴이 일그러지는 것을 보고 이솔렛은 오히려 자신이 위로해야겠다고 생각한 것처럼 표정을 부드럽게 했다. 이어 성한 오른팔을 들더니 다프넨의 뺨을 가볍게 쓰다듬었다.

"왜 그래? 스승이 제자를 보호하는 것은 당연한 의무야. 난 물론 제대로 해내지도 못했지만. 그러니까 네 탓이 아니야."

다프넨은 마구 고개를 저었다.

"도대체 왜, 왜 여길 온 거죠? 이 싸움은 내가 끝장내야 할 문제였어요. 당신을 끌어들이고 싶지 않았는데……."

"내 문제를 내가 해결하려고 온 거야. 모욕당한 것은 나니까. 그건 내 문제였어."

그 말을 하면서 이솔렛은 마음이 편해졌다. 그래, 자기 일은 자기가 책임지면 되는 것이다. 다프넨에게 빚지지 않게 되어서 너무 잘됐어. 다시는 그런 마음의 빚 따위, 지지 않겠어.

그때 다른 목소리가 불쑥 끼어들었다.

「정말 당신은, 그가 반해 있는 것도 무리가 아니구나.」

"누구지, 넌? 다프넨의 몸속에 있어?"

이솔렛은 강령술에 무지하지 않았다. 아버지로부터 듣기

도 했고, 실제로 본 일도 있었다. 다프넨이 그런 일을 할 줄 안다는 것은 몰랐지만. 하지만 다프넨은 당황해서 입술만 짓씹었다.

"이건, 그러니까……."

무슨 말을 해야 할지 뒤죽박죽이었다. 이솔렛의 목숨이 위험한데도 구할 방법이 없다는 사실에 절망했지만, 그와 동시에 팔을 자르겠다는 결정에 반대하려 했고, 이렇게까지 되어버린 까닭과 자신이 느끼는 책임을 밝히려 애쓰고 있었다. 그런 와중에 엔디미온의 존재조차 설명해야 하는 상황에 처했다.

그런저런 복잡한 문제를 모르는 이솔렛은 되풀이해서 물었다.

"다프넨 너한테 물은 것이 아니야. 자, 방금 내게 뭐라고 말했지? 누가 누구에게 반해 있다는 거야?"

이건 또 새로운 문제였다. 다프넨이 뭐라 해명을 시도해보기도 전에 엔디미온의 대답이 튀어나왔다.

「네 생각대로야. 그가 네게 반해 있다고.」

놀랍게도 이솔렛은 이렇게 대꾸했다.

"그건 네 생각일 뿐이겠지. 만일 네가 죽은 자의 혼이라면 어서 다프넨의 몸 밖으로 나가도록 해. 갑작스러운 강령은 익숙하지 않은 자에게 피해만 가져올 뿐이니까."

「너도 그를 걱정하는구나. 그럼, 다프넨.」

자기 입이 한 말에 다시 자기 입으로 대답하는 상황은 참 어색했다.

"고마워, 엔디미온……. 뭐라 말해야 좋을지 모르겠다. 아까 네 도움은 정말로 절실한 것이었어. 꼭 필요한 때 와줘서 고마워."

엔디미온은 잠시 침묵하더니 말했다.

「네가 뭘 걱정하는지 알겠어. 그걸 해결하려면 어떤 사람의 선택이 중요할 것 같구나. 아가씨가 말한 대로 난 그만 가는 편이 낫겠어. 저 갑작스러운 겨울에 대해 궁금해하실 우리 어른들도 있고.」

문득 절박한 심정이 다프넨을 사로잡았다. 그는 다급히 외쳤다.

"너……. 한 번만 더 날 도와줄 순 없어? 이솔렛을 구할 방법이 없을까? 이 상처는……."

「내 힘 밖이구나. 나는 이공간의 존재, 그 상처는 이계의 것. 난 단지 예지만 가질 뿐.」

몸에서 그림자 하나가 슥 빠져나가는 느낌이 들었다. 지난번과 달리 엔디미온의 모습이 보이지는 않았다. 그러나 무언가 허공을 움직여 가는 것이 어렴풋이 느껴졌다. 단지 착각일지도 모르지만.

「하지만 아가씨를 다시 만날 수 있을 것 같아.」

더이상 아무 소리도 들리지 않게 되었을 때, 다프넨은 견디지 못하고 소리쳤다.

"이솔렛, 당신 알아요? 죽을지도 모른다는 것 알아요? 팔을 자른다고…… 치료되는 상처가 아니란 말이에요! 전 이 상처를 너무나 잘 알기 때문에……."

"무슨 소리야?"

겨울 벌판에 선 두 사람의 입에서는 입김마저 나왔다. 발치에도 서리가 하얗게 내려앉았다.

"잔 저 괴물을 알아요. 고향에서……."

"나도 알아."

잠시 후 놀라운 대답이 뒤따랐다.

"내 아버지를 죽인 놈과 같은 종류지."

"그렇다면, 그런데도 어떻게 이렇게 침착할 수가 있어요?"

이솔렛은 어깨의 검은 얼룩을 건너다본 뒤 무표정하게 말했다.

"침착하진 않아. 연약해지고 싶지 않기 때문에 최선을 다해 버틸 뿐이지."

"……."

둘은 서로의 눈을 마주보았다. 눈동자가 꽃잎처럼 흔들렸다. 죽음을 두려워하지 않는 생명도 있을까. 지기에 아깝지 않은 꽃도 있을까. 누구나 제 것이 가장 소중한 법인데. 그런데도 사람을 마지막까지 초연하게 만드는 것은 무엇일까.

"당신을 보내고 싶지 않아요……."

그것은 이 년 전, 죽음을 택하려 하는 예프넨을 붙들고 해야 했을 이야기이기도 했다. 왜 이렇게 뒤늦기만 할까. 그들이 떠나려 하기 전에 날마다 마주보며 목청 터져라 외칠 수도 있는 말이었는데. 떠나지 말라고, 혼자 두지 말라고. 남은 자의 짐은 너무 무겁다고.

"아직 8월인데 겨울이야. 올해는 이대로 끝일까."

얼어붙은 나뭇가지 사이로 하늘을 올려다보며 그렇게 중얼거리는 이솔렛을 보자 더는 버틸 수가 없었다. 다가갔다. 손이 어깨에 닿고, 가슴과 가슴이 닿았다.

"……."

한쪽 손뿐이었지만 가능한 한 가까이, 소중하게 끌어안았다. 왜 이렇게 되기 전에 따뜻하게 해주지 못하고서, 이제야 왼쪽뿐인 손으로 오른팔만 남게 된 사람을 어설프게 감싸려 몸부림치는 것일까.

이솔렛은 움직이지 않았다. 가만히 낮은 숨만 내쉬고 있었다. 차가운 얼음 위에 앉아 어색한 포옹을 받으며 파란 하늘을 바라보고 있었다. 죽음의 예고와 동시에 찾아온 애정의 확인, 어느 쪽을 먼저 받아들여야 할지 모르는 것처럼.

잠시 후 이솔렛의 입에서 나직이 노래가 흘러나왔다. 목소리가 가늘게 떨리는 것을 어쩔 도리가 없었다.

긴 밤 뒤에는 짧은 낮,
짧은 밤 뒤에는 긴 낮.
하루의 길이는 하루같이 같고
세상은 그렇게 이루어져 있다.

나우플리온은 나뭇가지에 매달린 고드름을 만져보았다. 쉽게 부러지지도 않는 얼음이었다. 데스포이나는 허리를 굽혀 바닥을 살피고 있었다.

"이게 어찌된 일입니까? 한여름에 겨울이라니요."

"뒤틀린 의도는 뒤틀린 결과를 부르는 법이지. 한낮에 잠시 찾아왔던 밤처럼, 똑같은 뒤틀림일 게다."

사각거리는 얼음을 밟으며 세 사제는 폐허의 마을로 들어섰다. 다행히도 눈과 얼음은 마을의 경계에서 멈춰 있었다. 그러나 공회당 쪽으로 다가갈수록 얼음은 두꺼워졌고, 눈은 속이 새파랗게 비쳐 보일 정도로 단단히 얼었다. 공기 역시 겨울이나 다름없어 여름옷 차림인 세 사람은 추위를 느끼고 어깨를 움츠렸다.

"조용하군요."

팽팽한 긴장감도 아닌, 그냥 침묵이었다. 서리를 밟아 부수는 발소리만이 크게 울렸다. 저만치 공회당이 보였다. 아니, 공회당이었던 흔적이 보였다. 네 벽 가운데 하나는 완전히 무너졌고, 그 옆의 두 벽도 반쯤 날아간 상태였다. 공회당 앞마당은 거대한 눈더미로 가로막혀 있었다.

눈더미로 다가가기 전에 먼저 발견한 것은 쓰러진 소년이었다. 헥토르였다.

"이봐, 정신 차려!"

나우플리온이 무릎을 꿇고 소년을 눈 속에서 끌어냈다. 옷이며 피부가 얼음에 달라붙어 있어서 당장 데스포이나의 마법이 필요했다. 온기가 퍼지자 타닥거리는 소리와 함께 얼음이 부서졌다. 그러나 녹은 것은 극히 일부였다.

손목을 끌어당겨 잡아보니 약하지만 아직 맥이 뛰고 있었다. 그를 쓰러뜨린 상처는 가슴에 박힌 검 반 조각이었다. 심장을 비켜갔으나 출혈이 많아 쉽게 회복하기는 어려워 보였다. 이번에는 모르페우스의 차례였다. 나우플리온이 조심스레 검 조각을 뽑아내자 모르페우스의 한쪽 손에서 강한 치료의 빛이 쏟아져 나왔다. 외상은 어느 정도 아물었으나 의식이 돌아오지는 않았다.

헥토르를 모르페우스에게 맡기고 나우플리온은 눈더미 쪽

으로 다가갔다. 데스포이나가 몇 걸음 뒤에서 따라오는 동안 그는 먼저 눈더미를 넘어섰고, 그 속의 광경을 보았다.

"……."

침묵했다. 이어 한 발 물러섰다. 마치 아무것도 보지 못한 양 잠시 바닥을 내려다보고 있었다. 데스포이나가 다가왔다. 다프넨과 이솔렛을 발견한 그녀는 나우플리온의 얼굴을 먼저 쳐다보더니 곧 눈더미를 헤치며 안으로 들어갔다.

둘은 서로 껴안은 채 잠들어 있었다. 또는 정신을 잃고 있었다. 바닥에서 올라온 얼음이 둘의 무릎과 다리를 나무뿌리처럼 움켜잡고 있었다. 팔과 손, 목과 머리에도 하얗게 서리가 내려 마치 눈으로 뒤덮인 조각상 같았다. 데스포이나는 둘의 목에 손가락을 대어보고 살아 있다는 것을 확인했다. 이어 어깨를 쓸어내리다가 다프넨의 오른손에 쥐어져 있는 윈터러를 발견했다.

검은 소년의 손에 단단히 얼어붙어 있었다. 온기를 쬔다고 쉽게 떨어질 것 같지 않았다. 그런데 이상한 일이었다. 검의 표면에는 서리가 내렸던 흔적이 없었다. 칼끝이 닿은 바닥은 눈도 녹아 있었다. 사방의 얼음조차 포근해 보일 정도로 싸늘하게 번쩍이는 검을 보며 데스포이나는 참기 힘든 오한을 느꼈다.

고개를 든 데스포이나는 두 사람 곁에 솟은 서리 성채를 발견했다. 성채를 이룬 얼음에는 검은 얼룩과 껍질 같은 것이 걸려 있었다. 몇 걸음 다가간 그녀는 그게 무엇인지 눈치채고 가슴을 쓸어내렸다. 감히 더 다가가지는 못했다.

나우플리온이 다가오더니 다프넨의 머리에 손을 얹었다. 약한 한숨이 새어 나왔다. 그러나 다음 순간, 그는 끔찍한 사실을 발견하고 숨조차 멈춘 채 굳어졌다.

"아……."

데스포이나가 절망적인 예감으로 경직된 채 그를 보았다. 나우플리온이 나직이, 그러나 침통한 목소리로 속삭였다.

"끝내 예상하신 일이 벌어지고 말았군요."

이솔렛의 어깨에 생겨난 검은 얼룩이 무엇인지 두 사람 다 너무나 잘 알았다. 특히 나우플리온은 섬 안의, 아니 이 세상의 누구보다도 잘 알았다. 바로 그의 몸에 똑같은 상처가 있는 것이다. 그런데도 지금까지 겉으로는 멀쩡하게 살아올 수 있었던 이유는, 일리오스 사제가 반쪽짜리 선물로 만들어준 유예 때문이었다.

준비된 응보인 양, 일리오스 사제의 딸에게 또다시 생겨난 상처를 내려다보았다. 그것을 돌이킬 사람은 한때 배신당했던 자신밖에 없었다.

나우플리온은 고개를 숙인 채 입을 다물었다. 그러나 결정하기까지는 오래 걸리지 않았다. 그는 서리 성채로 다가가 그의 검, 우레의 룬을 뽑았다. 그리고 얼음을 후려쳤다. 처음엔 얼음 조각이 튈 뿐이었으나 곧 그가 실력을 발휘하자 앞을 가린 얼음이 모두 부서져나갔다.

안에는 혼이 빠져나간 거죽 비슷한 것이 널브러져 있었다. 나우플리온은 이미 죽은 적의 가슴에 힘껏 검을 꽂았다. 맺힌 원한을 풀기라도 하려는 것처럼.

데스포이나와 모르페우스, 두 사제가 어떤 말도 하지 못하고 바라보는 가운데 나우플리온은 괴물의 가슴 아랫부분을 헤쳐 붉은 보석 하나를 뽑아내었다. 메추리알보다 조금 더 큰, 작은 불꽃처럼 타오르는 보석이었다.

이솔렛은 오래오래 잠들어 있었다. 벌써 열흘째였다. 데스포이나 사제의 집에서 한번 깨지도 않고, 무엇을 먹지도 않고 그렇게 죽 잠을 잤다. 그러는 동안 어깨의 얼룩은 서서히 지워져갔다.

면회는 금지였다. 데스포이나가 그렇게 정했다. 다프넨도 오지 못했다. 그러나 열흘째 밝았던 날이 저물 무렵, 한 명의 방문객이 찾아왔다.

나우플리온은 빙긋 웃으며 데스포이나를 바라보았다. 둘은 한참 동안 아무 말도 하지 않았으나 결국 먼저 입을 연 사람은 데스포이나였다.

"굳이 만날 필요가 없을 터인데."

나우플리온이 이번엔 씁쓸한 미소를 지어보였다.

"깨어나면 영영 하지 못할 이야기가 있으니 이 기회에 해야지요."

잠시 후 데스포이나는 안쪽 방을 손짓으로 가리켰다.

침실 안은 조용했다. 환자를 위해 일부러 불을 피운 벽난로에 걸린 무쇠 단지만이 가끔 달각거리는 소리를 냈다. 침대 머리에 다가앉은 나우플리온은 잠시 이솔렛의 얼굴을 보았다. 창백한 이마 위로 흩어진 머리카락들을 보았지만 굳이 넘겨주지는 않았다. 그렇게 소녀를 내려다보는 그는 지친 눈빛이었다.

"많이 힘들구나."

아무도 듣지 못할 말이었다. 그러나 그대로 나직이 지껄였다.

"너는 이제 곧 낫겠지. 그래도 얼마나 다행인지 몰라. 좀더 늦었더라면 돌이킬 수 없었을지도 모르지."

"난 많은 생각을 했어."

잠시 후 나우플리온은 자세를 약간 고쳤다. 말하는 것이 힘겨운 모양이었다.

"일리오스 사제님을 가끔 생각하곤 해. 그분은 왜 그렇게 매정하셨을까. 난 진심으로 그분을 존경했지만 끝내 사랑할 수는 없었어. 그래서 네가 참 신기했지. 넌 어떻게 그런 사람을 가장 사랑하는 아버지로 대할 수가 있었을까?"

"나만의 생각일 뿐이겠지. 그분도 네게는 다정하고 좋은 분이셨을 테니까. 하지만 난 오랫동안 그분을 원망해왔어. 난…… 그럴 수밖에 없었다고 생각해."

"넌 아니었겠지. 네겐 그런 기색이 없었어. 제일 큰 피해자는 너였는데도 그 일을 나처럼 받아들이지는 않았어. 역시 부녀 간이기 때문에 다른 걸까. 하지만 난 생각이…… 그렇게 가지만은 않았지."

나우플리온은 깊이 숨을 들이쉬었다가 다시 내쉬었다. 가슴이 답답한 것처럼.

"역시 넌 그 일에 별다른 의미를 두지는 않은 것 같다고 말이야. 금방 잊어버린 거겠지?"

"그래, 그래, 넌 열 살에 불과했으니까. 내가 느낀 배신감을 이해하기에는 어렸지."

방이 더워서인지 나우플리온의 얼굴은 좀 달아올라 있었다.

"하지만 난 그후로, 일리오스 사제님을 한시도 편안하게 바라본 적이 없다. 마지막 순간에도, 심지어 꿈속에서도. 난 늘 고개를 돌렸어. 내 표정을 숨기려고. 그날 '너를 아들로 여기고자 한다'던 그 말을 나는 진심으로 믿고 싶었지만, 결국 하루 만에 밝혀질 거짓말에 불과했지. 어떤 거짓말은 사람을 독약처럼 파먹는 모양이다. 죄 없는 너까지 미워해서는 안 된다고 수없이 생각했지만, 부족한 인간일 뿐인지라 항상 성공했던 것은 아니야. 너는 정말…… 그분을 꼭 닮았지."

나우플리온은 눈을 몇 번 깜빡이더니 천장을 올려다봤다.

"너희 부녀에 대한 애증이 내 삶을 이토록 망가뜨렸는데도…… 난 아무것도 끝내지 못했지. 때로 난 유쾌하기만 한 인간이고 싶었어. 또는 무엇에도 구애받지 않는 자유로운 괴짜로 살고 싶었지. 하지만 아무것도, 처음의 잘못된 매듭을 풀지 못하고, 매번 이렇듯 되돌아와보면……."

잠든 소녀의 나직한 숨소리는 끝없이 이어질 듯했다. 그 가운데 짧고 거친 숨소리가 몇 번 간헐적으로 되풀이되었다.

"섬으로 돌아와 너를 다시 보는 순간, 많이 풀었다고 생각한 매듭이 아직도 그대로라는 걸 알았어. 오히려 더 심하게 얽혀 있었지. 하지만 이번에는…… 이번에는 풀 수 있을 것만 같아. 그 길을 알 것 같아졌어."

"미안하지만 네게 '소통'을 좀 사용해야겠구나."

나우플리온은 두 손을 삼각형으로 모으더니 몇 개의 룬을 외우며 수인을 맺었다. 오래전에 란즈미의 침실에서 말을 잃은 란즈미의 마음과 대화할 때 썼던 것과 같은 방법이었다. 이는 섬사람들 중 일부가 지니고 태어나는 마법적 천분天分 가운데 하나였다. 이를테면 에니오스가 거친 파도를 가라앉히는 '기원'을 드릴 수 있는 것처럼.

근원으로 돌아가는 잠 속에서
꿈인 양 들려오리라.
어머니 달빛이 그 마음을 두드려,
마음 깊은 곳에 새기리라.

나우플리온의 손이 푸르스름하게 빛났다. 그는 손을 이솔렛의 이마에 올려놓았다. 잠시 시간이 흐르고, 빛은 사라졌다. 그는 미소를 지었다.

"내가 아끼는 소년이 결국 내게 답을 주는구나. 난 진심으로 그 애를 사랑하지. 친아들인 양 느낄 때도 있어. 하지만 친구일 때 더 배울 점이 많은 아이지."

"어서 일어나 가거라. 그리고 내가 결코 후회하지 않는다는 것을 기억해줘. 그렇게라도 네 생명과 내 생명을 맞바꿀 수 있어서 다행이었어. 내가 너와 일리오스 사제님에게 갚아야 할 마지막 빚이었을 거야."

"자, 끝이 났다. 이제 나와 너희 부녀 사이에 남은 것은 없어. 처음 마주친 사이처럼 행운을 빌어주고 싶구나. 어쩌면 내게도 필요하겠지만, 그래도 네게 더 행운이 있기를 바란다."

"그러니 칭찬해주렴."

그것은 슬픈 어감이었다. 예전에 월넛 선생으로 불렸던 당시, 란즈미와의 소통을 끝낸 뒤 보리스를 쿡쿡 찌르며 장난치듯 말하던 것과는 너무도 달랐다.

미로를 들여다보며

그해 여름에 벌어진 사건은 섬사람들에게 알려지지 않았다. 폐허가 된 옛 마을은 역병과 괴물의 기억으로 누구나 꺼리는 곳이었다. 따라서 그곳에 생겨난 거대한 겨울의 흔적을 발견한 사람은 없었다. 그러나 그후로도 눈과 얼음은 오랫동안 사라지지 않았다.

데스포이나 사제는 윈터러를 가져와 조금 위험한 주문을 걸어놓았다. 그 안에 든 힘이 무엇이든 발현되지 못하도록 제어하는 주문이었다. 만일 문제의 힘이 주문보다 강하다면 주문을 뚫기 위해 오히려 폭주할 가능성도 있었다. 그럼에도 불구하고 데스포이나는 그 주문이 필요하다고 판단했다. 다프넨은 검으로부터 보호될 필요가 있었다. 그리고 그 주문 때문이든 다른 이유로든, 검의 힘은 다시 잠든 듯 보였다.

질레보 선생의 사인死因은 어쩔 수 없이 은폐되었다. 세 사제들은 헥토르의 입을 통해 질레보의 음모를 대강 짐작하였고, 에키온을 통해서는 거의 확실한 전모를 듣게 되었다. 이 사실이 섬에 알려진다면 소년들은 어느 쪽도 무사할 수 없었다. 무서운 힘을 가진 검의 주인인 다프넨도, 살인의 음모를 꾸몄던 고귀한 지위의 두 소년도.

일이 이렇게 된 이상 죽은 자의 진실을 희생해서라도 일을 축소하는 방법밖에 없었다. 하긴 죽은 자의 명예를 위해서도 잘된 일이었다. 그래서 질레보 선생은 혼자 산에 올라갔다가 절벽에서 떨어져 죽은 것으로 처리되었다. 엉망이 된 시체는 모르페우스 사제가 대강 조작해서 그럴듯하게 고쳤다. 가족도 없었고, 외곬 성격 탓에 친하게 교류해온 사람도 없었기 때문에 달리 의구심을 갖는 사람은 없었다.

헥토르와 다프넨이 결투를 벌인 사실은 숨길 수 없었지만 장소는 다른 곳으로 바뀌었고, 그들은 다시 화해했다고 알려졌다. 그런데 다프넨은 비교적 멀쩡한데 헥토르는 심하게 다친 터라 섬사람들은 이때부터 확실히 다프넨의 실력이 헥토르를 눌렀다고 생각하게 되었다.

헥토르는 이솔렛보다 더 늦게 회복되었다. 그의 가슴에 박힌 검 조각은 사실 자신의 것이었다. 괴물의 발톱과 맞닿는 순간 검이 부러지면서 자신을 찌른 것이었다. 오히려 다행인 셈이었다. 이솔렛처럼 괴물에게 직접 입은 상처였다면 죽는 것 외에는 도리가 없었을 것이다.

이솔렛은 보름째 되는 날 깨어나 집으로 돌아갔다.

비밀을 아는 사람들 가운데 에키온과 오이지스에게는 사제들이 특별히 함구령을 내렸다. 하긴 에키온은 이번 일이 밝혀져봤자 조금도 좋을 일이 없었다. 오이지스는 다프넨을 위해서라고 하니 금방 수긍했다. 헥토르와 에키온의 부모와도 어느 정도 선에서 협상이 오갔다. 저들 자식들이 음모를 꾸몄다고 털어놓은 터라 달리 불만이 있을 리 없었다.

헥토르는 그 사건을 겪은 뒤로 이상할 정도로 과묵해졌고, 사람도 바뀌었다. 전처럼 소년들을 이끌고 다니는 일도 없어졌다. 에키온과 함께 있는 모습도 좀처럼 보기 힘들어졌다. 스콜리의 수업에는 죽 나왔지만 파하고 나면 곧장 자기집으로 가버렸다. 단 한 번, 다프넨과 마주친 일이 있었다. 스콜리의 식당 입구에서였다. 다프넨이 걸음을 멈췄지만 헥토르는 어깨가 부딪히는 것도 느끼지 못한 듯 지나가버렸다.

섬사람 중 몇 명 정도는 숨겨진 뭔가가 있음을 짐작했다. 그러나 세 사제들이 진실을 틀어쥐고 있는데다 섭정의 동생 집안이 연루된 일이라 직접 나서 진상을 알아내려는 사람은 없었다.

여름이 끝났다. 가을은 8월 말부터 왔다.

아무 일도 없는 나날이 흘렀다. 어느 날 밤, 불을 끄고 잠자리에 누워 있는데 잠든 줄 알았던 나우플리온이 불쑥 말했다.

"보리스, 내일부터 다시 검을 연마하자."

"네?"

되물을 말은 아니었을지 모르나 약간 놀랐다. 확실히 섬에 들어와 두 계절을 보내는 동안 나우플리온 앞에서 검을 잡은 것은 손에 꼽을 정도에 불과했다. 나우플리온이 바빴던 탓도 있었지만, 그렇지 않아도 섬의 아이들로부터 질시 어린 눈초리를 받던 터라 더한 미움을 살 일을 삼가려 했기 때문이기도 했다. 검의 사제로부터 따로 교육을 받는 모습은 아이들의 악감정을 불러일으킬 것이 뻔했다. 그리하여 나우플리온이 다프넨을 첫 제자로 선언하긴 했지만 그동안의 교육은 렘므에서 방랑하던 시절이 무색할 정도로 전무하다시피 했다.

"내년에는 열다섯이 되지?"

나우플리온은 이불에 푹 파묻힌 채 말했지만 졸린 목소리는 아니었다.

"우리에게 언제까지나 계속될 시간이 주어진 것은 아니겠지."

다프넨은 그 말을 어린시절에 조금이라도 더 많은 배움을 얻어야 한다는 뜻으로 알아들었다. 즉, 다프넨 자신에게 남은 시간을 말하는 것으로.

그러나 그것은 나우플리온에게 남은 시간을 말한 것이었다.

"다음!"

열 걸음 밖에서 달려가 나무에 매달아놓은 나무토막을 후려갈겼다. 나무토막은 뱅그르르 돌아갔을 뿐이다. 몇 번째 되풀이해도 허사였다. 손에 들린 것이 연습용 검도 아닌 목검인 까닭에 끈조차 베어지지 않았다.

"다시!"

도로 뛰어가 처음의 자리에 섰다가 다시 나무토막을 향해 달려갔다. 또다시 쳤다. 냅다 얻어맞은 나무토막이 크게 원을 그리며 달려들어 하마터면 다프넨의 얼굴을 칠 뻔했다. 다행히도 요령 좋게 멀찍이 쳐냈다.

"다음!"

같은 일의 되풀이였다. 손에 들린 목검은 가볍기도 했지만, 오랫동안 진짜 검을 휘두른 소년에게는 도무지 무기처럼 느껴지지 않았다. 그러나 나우플리온은 일부러 다프넨에게 목검을 잡게 했다. 그리고 진짜 검을 잡은 것과 똑같은 마음으로 수련하라고 말했다.

목검에 투지를 불어넣기란 어려웠다. 집중하려고 애써봤지만 아무리 긴장해도 진짜 검을 든 느낌과는 달랐다. 한 달여를 그렇게 하다가 정신이 지쳐버렸다. 그런 기색을 알아보지 못할 나우플리온이 아니었다. 그는 다프넨에게 "네 목검이 날카로움을 잃었다"고 말했고 다프넨은 "목검은 본래 날카롭지 않은데요"라고 대꾸해버렸다.

"그래, 네 말대로 목검은 진짜 검보다 날카롭지 않지. 그러나 둥근 바위와 비교하면 어떠냐? 하늘거리는 천과 겨룬다면 어떨까?"

"바위나 천을 갖고 싸우는 사람은 없잖아요?"

"상대적인 날카로움이라는 점에서는 하등 다를 것 없다."

나우플리온은 자기 허리에 차고 있던 목검을 뽑아 들더니 옆에 있는 바위를 빠르게 찔렀다. 다프넨이 놀라서 아, 하고 외치는 순간 목검은 바위 표면을 일부 부수고 들어가며 멈췄다. 깨진 돌조각이 바닥에 떨어졌다.

"마법은 기원이다. 검을 날카롭게 하는 건 네 마음의 힘이고."

다프넨이 입을 벌린 채 말문이 막혀 있는 동안 나우플리온이 목검을 팽개치더니 품에서 단도, 루네트를 꺼냈다. 폭이 넓은 칼날이 손바닥에 놓였다.

"자연 속에서 쇠는 나무보다 날카롭지. 그렇기 때문에 인간은 마음의 힘을 버리고 쇠의 날카로움에 의존하기 쉽다. 심지어 너는 상황이 훨씬 심각하지. 네 검은 쇠도 아니고, 순간적으로 무시무시한 살기를 발휘하는 겨울의 검 윈터러다. 네가 검의 살기에 휩쓸리거나, 심지어 그것을 이용한 적이 있음을 부인할 수 있느냐?"

"……."

"그렇게 되어버리면 넌 검의 노예다. 검이 요구하는 피를 위해 움직이는 인형으로 전락하는 거지. 그리고 결국 검이 내뿜는 살기에 너 자신을 팔아넘기게 될 거다."

아직까지도 귓가에 생생한 목소리가 있었다. '그러면 내 노예가 되겠다고 말해!'

노예가 되기를 택하면 죽이고 싶은 자를 얼마든지 죽이겠지만…… 결국 자신은 자신이 아니게 될 뿐이었다. 다프넨도 이제 나우플리온의 말뜻을 이해했다.

"네게 진검을 주지 않는 이유를 알겠나? 겨울이 가고 내년 봄이 되어도 윈터러의 살기를 떨쳐버리지 못하는 한, 넌 목검보다 날카로운 무기를 가질 수 없다. 내가 허락하지 않을 테니까."

가을은 순식간에 스러졌다. 긴 겨울이 찾아와 깊어지고, 깊어지고, 또 깊어지자 새해가 되었다. 겨울의 한가운데에 기둥처럼 세워진 1월이었다.

스콜리는 방학중이었다. 섬은 여름이 서늘해 견딜 만한 대신 겨울이 길고 지독했으므로 한 해 중 방학은 이때밖에 없었다. 방학은 11월부터 3월까지였으며 날씨에 따라 유동적이었다. 그사이 2월 중에 신입생이 될 아이들을 데려다가 평가 시험을 치렀다. 이렇게 모든 준비를 끝내두었다가 학기가 시작되면 곧장 수업에 들어가는 것이 상례였다.

2월에는 졸업식도 있었다. 작년에 열다섯 살이 된 아이들은 이때 스콜리를 졸업하면서 자신의 직분을 정했다. 그런 다음 늦봄의 정화 의식이 있을 때까지 견습 노릇을 하며 어른들에게 일을 배웠다. 정화 의식을 거쳐 진짜 순례자로 거듭나게 되면 그후로는 어엿한 어른으로 대접받았다.

그러나 날짜가 꼬이는 아이들도 있었다. 즉, 졸업 햇수를 다 채우지 못했는데 열다섯 살이 되어 정화 의식을 먼저 받고 다음해에 졸업하는 경우가 생겼다. 이런저런 사정으로 늦게 입학한 아이들도 그랬지만 두 해 사이에 생일이 걸려 있는 아이들도 마찬가지였다. 예를 들면 1월생인 헥토르가 그랬다. 헥토르는 올해 2월에 졸업할 예정이었다. 그러나 그의 나이는 이미 열여섯이었다.

다프넨은 겨울 내내 이솔렛을 만나지 못했다. 물론 스콜리가 방학이라고 그들도 방학해야 한다는 법은 없었다. 그러나 큰 눈이 한 번 내리고 기온이 떨어져 늘 수업을 받던 산 위의 빈터가 꽁꽁 얼어붙어버리자 이솔렛이 방학을 제안했고, 그들은 헤어졌다.

수업이 없다고 만나지 못할 이유는 없었지만 산 위의 교실이 아니라 직접 집으로 찾아가자니 아무래도 부담스러웠다. 산비탈에 있는 이솔렛의 집은 겨울이 되자 눈으로 완전히 뒤덮였다. 그녀는 집에서만 지내며 거의 밖으로 나오지 않았다. 무엇을 하고 지내는지 아무도 몰랐다. 식료품이며 땔감 따위가 충분한지도 알 길이 없었다.

다프넨이 문득 우려를 나타냈을 때 나우플리온은 흔쾌히 웃으며 대꾸했다.

"찾아가보지그래? 이솔렛도 반가워할 텐데."

그래서 1월도 끝나갈 무렵, 다프넨은 나우플리온과 함께 만들어둔 소시지를 가지고 이솔렛을 찾아갔다. 겨울 내내 하루도 쉬지 않았던 검술 수업은 나우플리온이 선심 쓰듯 하루 빼주었다. 게다가 점잔까지 빼면서 이렇게 말했다.

"가서 내 안부도 전하고, 그 소시지를 만들 때 손재주 없는 제자 녀석은 아무 도움도 안 됐다고 반드시 전해줘라."

소시지라니, 도무지 낭만적이지 않은 물건이긴 했지만 혹독한 겨울을 견디지 못해 초봄 무렵 죽어나가는 사람이 꽤 되는 섬에서는 겨울나기 식량이야말로 가장 훌륭한 선물이었다.

코가 맵도록 춥긴 해도 날은 맑았다. 이솔렛의 집으로 올라가는 비탈에는 눈이 쌓여 무릎이 푹푹 빠졌다. 달의 섬은 유난히 눈이 많아서 각반脚絆 없이 겨울을 나는 것은 불가능했다. 문을 쾅쾅 두드리자 문틀에 쌓였던 눈이 우수수 떨어졌다. 한참 동안 밖에 나온 일이 없는 모양이었다.

"이솔렛, 저예요!"

대답이 없었다. 몇 발짝 물러나서 굴뚝을 올려다보았다. 분명히 연기는 나고 있었다.

"이솔렛, 안에 있어요?"

다시 두드리자 갑자기 문이 덜컥 열렸다. 그런데 문 앞에는 아무도 서 있지 않았다. 누가 문을 열었지?

멈칫거리다가 우선 발의 눈을 털었다. 어깨와 머리에 떨어진 것들도 털고 있는데 목소리가 들렸다.

"그런 건 문이 열리기 전에 털어야지. 찬바람 들어오니까 어서 들어와. 문 닫게."

안으로 들어가 문을 닫으려고 돌아서니 이미 닫혀 있는 문이 보였다. 어이가 없어 한참이나 문을 쳐다봤다.

돌아서자 난롯가에 놓인 커다란 의자가 눈에 들어왔다. 등받이가 너무 커서 앉은 사람의 모습은 보이지도 않았다. 그 옆에 등받이 없는 작은 의자가 하나 놓여 있었다. 다가가보니 이솔렛은 손에 책 비슷한 것을 들고 있었다. 어떻게 문을 열고 닫았는지 궁금했는데 그녀의 의자 옆 바닥에 희한한 장치가 달린 것이 보였다. 나무로 된 막대가 튀어나와 있었는데 발로 당기고 미는 것만으로 문을 여닫을 수 있는 모양이었다.

"겨울은 독서로 보내나 보죠?"

이솔렛은 책을 접고 일어나 큰 의자를 뒤로 물렸다. 그리고 난롯가에 두터운 짐승 가죽 깔개를 가져다 깔았다. 그러면서 다프넨을 돌아본 그녀가 말했다.

"뭘 갖고 왔구나."

"소시지예요. 나우플리온 사제님하고 겨울 오기 전에 만들었어요."

나우플리온이라는 이름을 듣는 순간 이솔렛이 멈칫하는 것 같더니 곧 평온해졌다. 다프넨은 난롯가의 깔개에 앉았고, 이솔렛은 소시지를 저장고로 가지고 갔다. 다프넨은 이솔렛이 보던 책을 흘끔 보았다. 책이라기보다 종이 뭉치를 끈으로 꿰어 묶은 공책 같은 느낌이었다.

"잘 먹을게."

돌아와 깔개 위에 앉은 이솔렛이 기지개를 켜며 말했다. 다프넨은 슬그머니 미소를 지었다. 그녀가 아무렇지도 않아 보이고, 그의 방문을 불편해하지도 않는다는 사실이 기뻤다.

늦여름과 짧은 가을, 그리고 겨울이 시작될 때까지 두 사람은 계속해서 신성 찬트 수업을 했지만 전과는 어딘가 느낌이 달라졌다. 갑자기 나눴던 감정은 사라졌지만, 그렇다고 서로를 경원敬遠하게 된 것도 아니었다. 북서쪽 마을에서 일어났던 일은 서로 말을 꺼내기를 주저했다. 그래서 그날에 대해 한 번도 다시 이야기하지 못했다.

"건강해 보이네요."

섬사람들은 이솔렛이 데스포이나 사제의 집에서 잠들어 있었던 이유가 마법 연구 때문인 것으로 알고 있었다. 그들이 보기에 이솔렛은 일리오스 사제처럼 온갖 것들을 알고 있는 사람이었다. 그녀가 뭘 연구했다고 하든 수상쩍게 생각할 사람은 거의 없었다.

"아플 이유가 없잖아."

다프넨은 잠시 사이를 두었다가 말했다.

"참 다행이에요. 섬에 모르페우스 사제님 같은 분이 계셔서."

다프넨은 이솔렛의 상처를 치료한 사람이 모르페우스인 줄로만 알고 있었다. 마을로 옮겨져 눈을 떴을 때 곁을 지키고 있던 나우플리온에게 물으니 그렇게 대답했기 때문이다. 이솔렛이 살아날 수 있다는 말을 들었을 때는 물론 말할 수 없이 기뻤다. 그러나 동시에 어쩔 수 없는 회한이 되살아나 그를 괴롭혔다. 아직까지도.

그게 고칠 수 있는 상처라는 것을 예전에도 알았더라면. 아니, 물론 섬에만 있는 특별한 치유의 힘이었을 것이다. 대륙의 의사들 중에는 치료할 수 있는 사람이 없을 거라고 모르페우스 사제도 말했으니까. 그럼에도 불구하고 그런 사람이 가까이 있었더라면, 그랬더라면 그의 집안에 지금과 같은 비극도 없었으리라는 생각을 떨치기가 어려웠다. 예니치카 고모를 구했더라면 아버지와 삼촌이 그렇게 반목하게 되진 않았을지도 모른다.

그리고 예프넨도…….

"무얼 생각해?"

퍼뜩 생각에서 깨어난 다프넨은 억지로 표정을 펴며 고개를 저었다. 이미 수백 번도 더 해본 생각이다. 굳이 이솔렛에게 말할 필요는 없었다. 그런 이야기를 안다면 그녀의 마음도 편치만은 않을 테니까.

다프넨은 얼른 다른 이야기를 꺼냈다.

"실은 밖에 나오지도 않고 혼자서만 지내는 것 같아서 좀 걱정했어요."

"난 본래 혼자인걸. 아버지께서 돌아가신 후 매년 겨울이 똑같았어."

"무슨 책 봐요?"

"아버지의 일지야. 장서관에 가 있던 것들을 겨울나기에 쓰려고 몇 권 가져왔지."

이솔렛이 책을 건넸다. 다프넨은 중간쯤을 펼쳐서 들여다보았다. 그리 체계적인 기록은 아니었다. 휘갈겨 쓴 날짜만이 순서대로였고, 연구 일정도, 갑자기 떠오른 단상도, 마을의 일이나 딸에 대한 걱정도 한꺼번에 씌어 있었다.

몇 장 더 넘기다가 다프넨은 손을 멈췄다. 중간 이후는 백지였다. 이솔렛이 말했다.

"마지막 일지거든."

머뭇거리다가 책장을 되넘기기 시작했다. 일리오스 사제는 글씨를 잘 쓰는 사람이었다. 심지어 마지막날의 일지는 장식 문자가 아닌가 싶을 정도로 아름다운 글자들로 씌어 있었다.

태양의 이름을 가져 달여왕의 백성이 될 수 없었던 나는
내 뒤에 남겨질 '고귀한 고독'을 걱정한다.
나는 그 아이가 제 이름에서 삶의 길을 얻기를 바란다.
그것만이 나의 마지막 희망이자 가르침이다.

이제 내가 간 뒤의 시간을 옛 마법사들의 손에 맡기고
금은의 나라여, 그대가 간 길로 가련다.
세상에는 영원이 없고 되풀이되는 낮과 밤이 있을 뿐이다.
낮이 긴 날의 밤은 짧고, 밤이 긴 날의 낮은 짧다.
오랜 행복을 누린 자에겐 짧은 불행이,
긴 불행을 견딘 자에겐 짧은 행복만이.
낮과 밤이 공평해지기 위해 365번의 하루가 필요하듯
인간 세상의 공평함은 억만 년 뒤에나 있으리.

"이건……."

마지막에 쓰인 몇 마디 문장은 들어본 기억이 있었다. 이솔렛이 고개를 끄덕였다.

"오래전에 아버지의 일지를 보고 내가 만든 찬티카(짧은 찬트)였어."

고개를 끄덕이며 다프넨은 다시 물었다.

"태양의 이름이란 뭐죠?"

"아버지의 이름이 가진 뜻이지. 일리오스는 태양이라는 뜻이야. 달의 섬에서는 어찌 보면 흉흉한 이름이지."

"묘하군요……."

다프넨은 일지를 덮고 상상해보았다. 섬 안에서 가장 존경받는 인물이자 독보적인 천재였고, 어린 딸을 지극히 사랑한 사람. 그는 결코 죽고 싶지 않았을 것이다. 그런 그가 촛불 앞에 앉아 자신의 죽음을 선택하며 마지막 글귀를 남기고 있었다. 온 힘을 다해 침착하게, 아름다운 글씨로.

"당신은 이때 어디에 있었죠?"

말하고 나서 실수했구나 싶었다. 그러나 이솔렛은 별다른 표정 없이 답했다.

"데스포이나 사제님의 집에. 갇혀 있었지. 그날 후로 다시는 그 집에 가지 않았는데. 여름의 일로 본의 아니게 그 집에 머물렀다가 깨어나보니 문 한쪽에 육 년 전에 내가 쳐서 망가뜨려놓은 자국이 보이더라."

"……."

둘은 잠시 말이 없었다. 난롯불만이 타닥거리며 타올랐다.

"나한테 묻고 싶은 것 없어요?"

한참 만에 다프넨이 그렇게 말하자 이솔렛이 풋, 하고 웃음을 터뜨렸다. 웃는 그녀의 눈동자가 맑아 보였다.

"왜, 하고 싶은 말이 있어?"

"아, 아뇨……. 하지만 그때 당신은 이상한 걸 많이 봤으니까요."

"음……."

이솔렛은 생각에 잠겼다가 말했다.

"그랬지. 네 검의 정체가 무엇이냐고, 그것의 힘은 어떤 것이냐고 물어볼 수도 있겠지. 하지만 내가 궁금할 정도면 이미 사제님들이 알아서 처리하시지 않았을까?"

"그분들도 모르는 것은 있고, 어떤 건 이솔렛 당신이 훨씬 잘 알지도 모르잖아요?"

"하지만 그분들은 나보다 섬의 안전에 민감하시지."

다프넨은 입을 다물었다가 갑자기 말했다.

"그 검은 우리 집안의 보물이었어요. 대륙에서 살 때 속해 있던 집안 말이에요. 형에게 물려졌고, 형이 다시 내게 준 거죠."

"진네만 집안 말이니?"

"아, 어떻게 알았어요?"

"네가 예전에 이 집 앞에서 외쳤잖아. '나는 보리스 진네만이다!'라고 말이야."

"아……. 내가 그랬었군요."

다프넨은 어색하게 웃으면서 머리를 긁적였다. 이솔렛이 미소를 짓더니 말했다.

"그건 꽤 멋있는 외침이었지."

"……."

말문이 막혀 뭐라 답해야 할지 몰랐다. 이솔렛은 난롯불에 눈길을 주었다.

"난 그때 일이 아주 잘 기억나. 오랫동안 생각했거든. 왜 그때 내가 당장 밖으로 나가지 않았을까, 그런 모욕을 들으면서 어찌 침묵했을까 하고 말이야. 답은 너를 따라 폐허의 마을로 갔을 때 얻었어. 그때 난 네가 그 문제를 해결할 사람이라고 느꼈던 거야. 나 자신이 아니라 네가."

당시 헥토르는 몰랐을지 몰라도 다프넨은 알고 있었다. 헥토르가 입을 열어 일리오스 사제를 모욕했더라면, 그는 그 자리에서 일리오스 사제가 가르친 이솔렛의 쌍검과 대결하지 않으면 안 되었을 것이다. 뒤에 무슨 일이 벌어지든 그 한마디에 대한 대가로 상대를 죽이고도 남을 사람, 그것이 그가 아는 이솔렛이었다.

다음 순간 다프넨은 스스로 놀랐다. 왜 다행이라고 생각될까. 이솔렛의 손에 피를 묻히는 것이 싫어서?

"내 문제이기도 했어요. 내 잘못이기도 했고……."

"알아. 공동의 실수였지. 굳이 따지자면 함께 바다로 가자고 제안한 내 잘못이 크고 말이야. 그런데도 난 내 대신 네가 그들에게 항변할 거라고 생각했어. 왜였을 것 같니?"

"모르겠어요……."

이솔렛은 고개를 돌려 다프넨을 마주보았다. 난롯불 때문에 뺨이 발그레했으나 표정은 침착했다.

"그때 난 네가 내 약혼자라도 되는 것처럼 느꼈던 거지."

"……."

집 밖에는 눈이 내리고 있었다. 지붕과 처마를 뒤덮고, 그들과 세상을 격리시키고 있었다.

"괜찮아. 더 걱정하지 않아도 돼. 이젠 본래의 나로 돌아왔으니까. 아버지께서 내게 간접적으로 하신 유언이 있었지. '네 이름의 뜻대로 살라'고 말이야."

고귀한 고독. 왜 일리오스 사제는 하나뿐인 딸에게 그런 것을 주문했을까? 이솔렛이 이렇듯 사람들과 동떨어져 혼자 사는 모습이 그분이 바란 결과란 말인가?

"당신은 지금의 삶이 마음에 들어요?"

"좋다기보다는 이 방법밖에 없다고 생각하고 있어."

"왜요? 당신처럼 뛰어난 재능을 가진 사람도 흔치 않은데 왜 외따로 이렇게…….”

이솔렛이 단호하게 말을 끊었다.

“아버지처럼 되어선 안 되니까.”

다프넨은 무슨 뜻인지 깨달아보려 애썼다. 그러나 그의 경험으로는 무리였다. 한참 후 이솔렛이 말을 이어갔다.

“섬은 아주 작고 또 닫혀 있는 사회지. 바깥 대륙에는 왕이 있고 귀족이 있는데 여기엔 겨우 섭정과 사제가 있을 뿐이야. 그들조차 특별히 부귀영화를 누리지도 않고. 아니, 실은 누릴 수가 없어. 섬에서 나는 물자가 많지 않기 때문에 누구 하나가 대륙의 왕처럼 살고자 한다면 나머지는 굶어 죽어야 할 거야.”

다프넨은 고개를 끄덕였다. 이솔렛은 대륙에 나가본 적이 없을 테지만, 다프넨의 경험으로도 그 말은 사실이었다.

“이곳엔 크게 가난한 사람도 크게 부자인 사람도 없어. 약간의 존경과 결정권, 남들보다 반듯한 옷 몇 벌 더 갖고 버젓한 점심을 먹는 정도가 지배계급에게 주어진 전부지.”

이솔렛은 일리오스 사제의 일지를 느리게 쓰다듬었다. 가죽 표지에는 희미한 얼룩들이 많았다.

“이렇게 작은 사회에서는 평등이 실현되기도 쉽지만, 한번 깨어지면 걷잡을 수가 없어. 그래서 섬은 빼어난 사람을 원하지 않아. 내 아버지가 여러 면에서 천재적인 재능을 보이며 사람들을 압도했을 때 섬사람들은 놀라고 감탄했지만, 동시에 두려워했어."

이솔렛이 고개를 들더니 다프넨을 보았다.

"저자 한 명이 우리 여럿보다 낫다면? 그가 내놓는 주장이 틀렸다는 것을 반박할 사람이 없다면? 옛 왕국의 권위에 의지해 근근이 이어나가고 있는 질서와 신앙을 조목조목 따져 뒤엎어버린다면?"

서서히 이해가 가기 시작했다. 다프넨이 상상하지 못한 새로운 문제였다.

"그걸 가장 큰 위협으로 느낀 사람은 네가 한 번도 만나본 일이 없을 섬의 지도자, 섭정 각하지."

들창이 덜컹거렸다. 윙윙대며 우는 바람 소리가 났다. 이솔렛의 목소리가 겨울밤에 끓인 초콜릿처럼 진해져갔다.

"내 아버지에게 죽음을 강요한 사람이 바로 그자였어. 검의 사제가 순례자들의 안전을 위해 목숨을 내던지는 것은 당연하지 않느냐고 말했지. 그것도 내가 듣는 앞에서."

이솔렛은 섭정을 높여 말하지 않았다. 다프넨은 깍지 낀 채 무릎에 올린 자신의 손을 내려다보았다. 인간과 인간 사이에서 벌어지는 지배와 피지배의 문제는 여기에도 있었다. 그가 해답을 얻지 못했듯, 이곳에도 해답은 없었다.

"섭정 각하가 어떤 사람인지 저는 모릅니다. 어째서 섬의 지도자인데도 직접 사람들 앞에 나서지 않는 건가요? 본래 섬의 섭정은 다 그런가요?"

"아니, 그 사람만 그래. 그도 젊었을 때는 그렇지 않았지. 하지만 이제 그는 하반신을 쓰지 못하거든. 속된말로 앉은뱅이라고 하지."

"어떻게 그런 일이?"

"본래 섭정들은 지금은 폐허가 된 옛 마을에서 살았어. 그곳은 여기보다 지대가 높고, 주변의 산세도 험한 편이야. 섭정은 매를 사냥하려 하다가 그만 발밑을 보지 못해 얼음 크레바스에 빠졌어."

"아……."

다프넨도 이제 크레바스가 무엇인지 알고 있었다. 섬에서는 그곳에서 종종 사고가 일어났다.

"불행 중 다행으로 크레바스가 작아서 까마득한 바닥으로 떨어지진 않았지. 하지만 하체가 크레바스의 틈새에 끼인 채 사흘이나 고립되어 있었어. 사람들이 찾아냈을 때는 도저히 손쓸 수가 없게 된 후였지."

"불쌍한 사람이군요."

"그래. 불쌍했지. 서클렛의 사제님이 애썼지만 다리를 자르지 않는데 그쳤을 뿐, 기능을 되돌리진 못했어. 그렇게 되고 나서 채 한 해가 되기 전에 그의 아내는 섬 밖으로 달아났어. 하반신을 쓸 수 없는 남편은 필요 없다고 여겼거나, 뒷수

발을 들며 남은 평생을 보낼 순 없다고 생각했나 봐."

섬 밖으로 달아나는 사람이 있다는 이야기도 처음 들었다. 놀랍기도 했지만 동시에 누군가가 그 사람을 도와주지 않았을까 싶었다. 섬의 구조상 혼자 도망쳐 대륙까지 가기란 불가능했다.

"아내가 사라지고 나자 그 사람은 독해졌어. 집안에 꼼짝 않고 틀어박혀 아무 일도 하지 않는 것처럼 보였지만 실제로는 자신을 무시하는 자나 자기 자리를 위협하는 모든 문제를 미연에 없애버리려 궁리했지. 얼마 후에 수발을 들어줄 만한 여자를 골라 재혼했지만 섭정이 마음 깊이 아끼는 사람은 오직 딸 하나뿐이었어. 마치 우리 아버지처럼 말이야. 물론 아버지는 다시 결혼하지 않았지만."

말하다 말고 이솔렛이 문득 생각난 것처럼 물었다.

"참, 너는 모르던가? 그 애가 섭정 자리를 물려받게 된다는 것 말이야. 너도 잘 아는 사이일 텐데?"

"누구죠?"

어리둥절해하는 다프넨에게 놀라운 이야기가 들려왔다.

"리리오페 아니니."

그야말로 금시초문이었다. 그러나 이솔렛이 말하는데 거짓일 리도 없었다.

"저…… 전혀 모르고 있었어요."

"글쎄, 아무도 말해주지 않았나."

이솔렛은 혼자 고개를 갸웃거리며 말을 이었다.

"섭정이 될 아이는 스콜리를 졸업할 때까지 부모와 떨어져서 살아야 해. 어렸을 때는 보통 아이들처럼 자라야만 하거든. 그렇지 않으면 자신이 특권 계층이라고 생각하게 되지. 왕의 자식이 아닌 섭정의 자식은 그래서는 안 되거든."

다프넨이 잠시 생각하다가 말했다.

"그럼 당신은 리리오페가 싫겠군요. 두 아버지들이 원수나 다름없으니."

"아니, 난 그들이 측은해. 쓸모없는 망상에 사로잡혀서 아무도 노리지 않는 자신의 권력을 빼앗길까 두려워하는 사람, 그 때문에 어떤 일도 서슴지 않게 되어버린 섭정 각하는 특히 더."

그렇게 말하는 이솔렛의 목소리는 농담이나 비꼬기와는 거리가 멀었다. 그녀는 진심으로 그렇게 말하고 있었다.

"이제 내가 왜 이러는지 알겠니?"

다프넨은 입을 다물고 생각에 잠겼다가, 고개를 끄덕였다. 그리고 이솔렛을 보았다.

"그렇군요. 당신이야말로 다음 대 검의 사제로서 가장 유력한 사람이었군요. 당신이 이렇듯 은둔하고 있지만 않다면 틀림없이."

"그래. 난 검의 사제가 되어서는 안 돼. 아버지들의 일을 리리오페와 함께 되풀이하고 싶지는 않아. 그 애는 자기 아버지를 많이 닮았거든. 그리고 나는 내 아버지와 거의 똑같고. 사람들이 나를 은둔하는 공주니 뭐니 하며 떠받드는 것도 다 계획적인 일이야. 내가 이 상황에서 벗어나 다른 시도를 하는 것은 아무도 원치 않아."

아버지의 죽음을 방관한 사람들에게 실망하여 마음을 닫아버린 소녀가 아니었다. 함께 죽지 못한 것이 괴로워 자포자기 상태로 살아가고 있는 것도 아니었다. 이솔렛이 할 수 있는 최선이 바로 이 상태인 것이다.

눈을 품고 휘몰아치는 바람 소리에 귀를 기울였다. 문득 여름에 보았던 겨울 풍경이 떠올랐다. 다친 팔을 늘어뜨린 채 먼 곳을 보던 이솔렛과 그녀를 감싸 안았던 자신의 모습을. 말로 확인하지 않았으나 같은 심정일 거라고 순간적으로 믿었던 그때…….

"그렇다고 해서 당신은 누군가를 사랑하지도 않을 셈인가요? 돌아가신 아버지 외엔 아무도 필요 없나요?"

상체를 곧게 세운 채 옆얼굴만을 보이는 이솔렛을 보았다. 대답을 기다리며 열렬히 바라보았다. 세상 모두가 그녀를 혼자이도록 몰아간다 해도 그런 삶은 너무나 불공평하다. 일리오스 사제가 쓴 일지의 마지막 글귀처럼, 인간들 사이의 공평함은 억만 년 뒤에나 계산될 수 있는 것인가?

그리고 짧은 대답이 울렸다.

"난 이미 누군가를 사랑했어."

"……."

세 번째로 말문이 막히는 것을 느꼈다. 싸늘한 기운이 뺨을 스치고 지나갔다.

"그리고 이제는 사랑하지 않지. 그 사람을 사랑하는 동안 내 마음은 뒤틀리다 못해 피투성이가 되었고, 나중에는 고문에 가까워질 정도로 변했어. 그래서 난 그것을 땅 밑에 깊숙이 묻었어. 그건 옳은 선택이었지. 이제 내 마음은 묻힌 채 썩다 못해 녹아버렸고, 그런 마음으로 누군가를 다시 사랑한다는 것은 옳지 않겠지."

불타는 장작 아래 재가 되어가는 장작이 보였다. 서서히 부서져 가루로 변하고 있었다.

다프넨은 바닥을 내려다보고, 다시 어색하게 집안을 두리번거리다가 갑자기 일어섰다. 그리고 많이 늦었으니 그만 가야겠다고 말했다. 이솔렛이 걱정스럽게 말했다.

"눈을 헤치고 가기엔 위험한 날씨 같은데."

다프넨은 고개를 젓더니 붉어진 뺨을 한 손으로 비비며 씩 웃었다.

"저번 같은 실수를 해선 안 되잖아요."

문을 여니 함박눈이 펑펑 쏟아지고 있었다. 다프넨은 잠시 머뭇거리다가 돌아서서 재빨리 손을 흔들고는 문을 닫았다. 발소리가 멀어져갔다.

혼자 남은 이솔렛은 다프넨이 앉았던 깔개 위의 자리를 한참 동안 바라보았다. 불티가 날려 와 아버지의 일지에 떨어지자 손으로 쳐서 껐다. 그리고 일어나 깔개를 치우고 큰 의자를 도로 가지고 왔다.

아버지가 생전에 애용하던 의자에 몸을 묻고 앉았다. 그러나 이번엔 손에 책이 들려 있지 않았다.

대륙에서 불어오는 바람

3월 말이 되자 스콜리는 개학했다.

학생들이 많이 바뀌어 있었다. 그중 가장 눈에 띄는 것은 헥토르의 부재였다. 헥토르를 따라다니던 아이들은 중심을 잃고 우왕좌왕했다. 에키온 혼자의 능력으로는 도저히 그들을 규합할 수가 없었다.

헥토르는 예상대로 검의 길을 자원했다. 3월 초에 검의 사제 밑에 있는 전사들과 함께 침묵섬으로 떠났고, 다음달이나 되어야 돌아올 예정이었다. 그런 식이니 에키온은 한층 마음의 갈피를 잡지 못하고 안절부절못했다. 삶의 목적을 형의 존재에 두었는데 그 형은 자신의 인생에서 발을 빼어 나가버렸다. 그에게도 변화의 시기가 오고 있었다.

그러나 그는 변화의 수용을 거부했다.

새 학기가 시작된 스콜리에는 새롭고도 중대한 화제가 있었다. 다프넨은 언젠가 그 이야기를 나우플리온에게, 아니 정확히는 월넛 선생에게 들었던 적이 있었다. 실버스컬이었다.

"분명히 올해거든? 올해는 반드시 나갈 수 있다니까."

"검의 사제님이 허가를 해주셔야 나가는 거잖아. 아직은 몰라."

"무슨 소리야? 오 년에 한 번 참가한다는 건 옛날부터 쭉 전통이었다고!"

"이번엔 몇 명이나 가게 될까? 나도 갈 수 있을까?"

쉬는 시간마다 몰려 앉아 떠들어대는 통에 별 관심이 없던 다프넨까지 대략 상황을 알게 되었다. 실버스컬은 매년 열리는 행사였지만 섬에서는 오 년에 한 번씩만 참가하도록 정해져 있었다. 대륙에서도 실버스컬은 대단한 인기를 누리는 대회였다. 우승자가 누리는 명예도 컸다. 그렇다 보니 아이들을 지나치게 검술이나 격투 따위 무예 수련에 집착하게 만든다는 비판의 소리도 높았다. 섬은 대륙보다 작으니만큼 함부로 직업의 균형이 무너지면 큰일이다. 그렇다 보니 일찌감치 참가에 제약이 생겨났다.

실버스컬에 참가할 수 있는 나이는 열다섯 살부터 스무 살까지고, 섬에서는 오 년에 한 번 원정대를 보내니까 어쨌든 모든 아이들에게 일생에 한 번은 기회가 왔다. 물론 나이가 된다고 다 나갈 수 있는 것은 아니었다. 상당한 실력이 요구되기에 섬에서 미리 시험을 치른다고 했다. 그 이유는 첫째로 아는 사람 하나 없는 대륙을 여행한다는 것이 실버스컬 참가보다 더 위험하기 때문이고, 둘째로 가서 한심한 성적을 낼 녀석을 굳이 보낼 필요가 없으니 그랬다.

스무 살에 참가할 기회가 오는 아이들이 제일 운이 좋았고, 갓 열다섯이 되자마자 실버스컬 참가 해가 돌아오는 아이들이 가장 운이 나빴다. 다프넨이 그런 경우였다. 올해 실버스컬은 7월 말, 아노마라드 중부의 폰티나 지방에서 열리게 되어 있었다. 바로 다프넨이 열다섯 살이 된 직후였다.

폰티나라는 이름을 어디서 들어본 것도 같은데 잘 기억이 나지 않았다.

"오히려 넌 운이 좋은 건지도 몰라."

섬에서 검술과 가장 거리가 멀다 해도 과언이 아닌 오이지스조차 요즈음은 아이들의 분위기에 물들어 연일 그 이야기였다. 다프넨을 바라보는 오이지스는 기대에 찬 눈빛이었다. 최근 그는 다프넨이 실버스컬에 나가는 것은 자명한 일이고, 심지어 우승도 가능하다고 제멋대로 믿어버린 터라 다프넨도 대화 중에 여간 곤란을 겪고 있는 것이 아니었다.

"오 년에 한 번이잖아. 그런데 개최 날짜는 조금씩 바뀌거든? 그러니까 오 년 뒤의 실버스컬은 네가 스무 살을 넘기기 전일지도 모른다고! 그러면 전무후무한 2회 참가자가 되는 거지. 후후후. 두 번 다 우승하면 정말로 멋지겠다. 넌 지금도 최고니까 스무 살 때는 더 대단하겠지?"

스무 살이라, 도무지 실감나지 않는 나이였다. 다프넨의 시간은 언제나 매우 느리게 흘러갔다. 도대체 언제쯤 스무 살이 되는 걸까?

"자꾸 우승 우승 그러지 마, 오이지스. 내 실력은 대륙에 나가면 보잘것없어. 훨씬 강한 사람들이 얼마나 많은데."

"아냐. 원래 섬 아이들의 평균적인 실력이 대륙 애들보다 낫대. 게다가 겨울 내내 검의 사제님이랑 연습했잖아. 분명히 엄청 강해졌겠지. 그거, 실버스컬 준비하느라 그런 거 아니야?"

그랬던 건가? 생각해본 일이 없는 문제라 다프넨도 잠시 혼란스러웠다. 나우플리온이 갑자기 검을 연마하자고 한 게 설마 실버스컬에 나가라고 그런 거였나? 물론 실버스컬 얘기를 처음 해준 사람도 나우플리온이었고 이번에 참가 여부를 결정하는 사람도 나우플리온……이었구나. 그래도 겨울 내내 한 번도 그런 얘기를 한 적이 없었다. 분위기도 절대 그런 식은 아니었고…….

쉽게 결론이 나지 않아 다프넨은 말을 돌렸다.

"그럼 섬에서 우승했던 사람이 많았어?"

뜻밖으로 오이지스는 고개를 저었다.

"아니, 한 명밖에 없었어. 준우승을 한 사람은 두엇 더 있었다고 해."

"누가 우승했는데?"

"한 명밖에 없잖아. 그분 외에 누가 또 우승했겠어?"

혹시나 싶긴 했지만 되물어봤다.

"나우플리온 사제님?"

"틀렸어. 그분은 실버스컬에 나가지도 않으셨대. 이유는 잘 모르지만 하여튼 그랬대."

그 순간 다프넨의 머릿속에서도 한 사람이 떠올랐다.

"일리오스 사제님인가?"

"일리오스……? 아, 맞아! 옛 검의 사제님. 이솔렛 누나의 아버지인 그분이야. 그분이 우리 섬의 유일한 우승자야."

하긴, 나우플리온에게 들은 그대로라면 그 말고 누가 달리 우승을 하겠는가. 그렇게 생각하는 순간, 갑자기 다프넨의 마음에서 전에 없던 감정이 솟아올랐다. 우승은 좋을까? 할 만한 것일까?

누구를 위해서?

오이지스는 계속해서 지껄였다.

"어른들도 다들 말하길 이번 실버스컬에 나가서 우승할 사람이 있다면 너하고 헥토르, 그리고 이솔렛 누나래. 그렇지만 이솔렛 누나는 그런 데 나가지 않을 것 같아. 아버지에 이어서 누나도 해낸다면 멋지긴 하겠지만……. 아참, 그러면 결승에서 너하고 싸워야 되는구나."

이솔렛과의 수업도 다시 시작되어 있었다.

다프넨은 이솔렛을 다시 만났을 때 약간 서먹했으나 이솔렛은 그렇지 않은 것 같았다. 오히려 쾌활하기까지 했다. 며칠 지나지 않아 다프넨도 분위기에 휩쓸려 편히 말하게 되어 버렸다. 그러나 마음속에 가라앉은 어둠은 쉽게 지워지지 않았다.

덜 녹은 눈이 곳곳에 남아 있었으나 이제는 봄이었다. 수업을 잠시 그친 둘은 바위에 앉아 이야기를 나누었다.

"나우플리온 사제님하고 겨울 내내 검술 수련을 해왔다면서?"

섬에서 그 얘기를 마지막으로 물은 사람이 이솔렛일 거라고 생각하며 다프넨은 피식 웃었다.

"네."

"너무 그분에게 의지하진 마."

"네?"

무슨 소린지 몰라 어리벙벙해 있는데 이솔렛이 흰 머리카락을 손가락에 감았다 풀었다 하며 말을 이었다.

"그분은 이를테면, 자력갱생형이야. 거의 모든 것을 혼자 터득해서 익혔다는 뜻이지. 물론 처음엔 선생님이 있었어. 그렇지만 그분의 실력은 형편없어서 나우플리온 사제님한테는 겨우 기초나 가르쳐준 정도야."

모르긴 해도 정말로 그랬을 것 같았다. 나우플리온에게 직접 배워본 입장에서는 더더욱 그랬다.

"그렇게 수련한 사람이니 제자도 자기처럼 스스로 깨닫기를 기대할걸. 하긴, 네가 주는 가르침을 곧이곧대로 받아먹기만 하는 제자였다면 지금까지 가르치지도 않았겠지만 말이야."

"그 말은 맞는 것 같네요. 그분은 예전부터 저하고 툭탁거리기만 했지, 뭘 체계적으로 가르쳐준 적은 없거든요."

벨노어 저택에서 검을 배우던 시절이 떠올라 웃음이 나왔다. 그 무식한 달리기며 지루한 팔 단련이며……. 그래놓고 밤에는 죽을 때까지 덤벼보라고 그랬지. 위험스러운 검 원터러를 소년에게서 떼어놓으려 애썼던 것도 생각났다. 결국 이런 결과가 오고 만 것은 나우플리온의 말을 듣지 않아서일지도 모른다.

"네 검은 어떻게 했니?"

이솔렛이 갑자기 묻는 바람에 상념에서 깨어났다.

"이번엔 나우플리온 사제님이 맡았어요. 어딘가에 감추고는 보여주지도 않으시죠. 정말이지 주인이 여러 번 바뀌는 검이라니까요."

"그분에게 준 건 아니잖아."

"그건 그렇죠."

"실버스컬에 나갈 때면 돌려주는 건가?"

다프넨은 갑자기 물어보고 싶은 질문이 떠올랐다.

"당신은 실버스컬에 안 나가요?"

짧은 대답이 돌아왔다.

"안 나가."

"왜요?"

"그냥, 눈에 띄고 싶지 않으니까."

이젠 바로 알아들을 수 있었다. 겨울밤에 들었던 이야기가 떠올랐다.

"그렇군요……."

금방 질문이 되돌아왔다.

"넌 나가니?"

조금 망설였다. 아직 결정된 것은 없었다.

"그럴지도 모르지만, 아닐지도 모르죠."

이솔렛은 금방 눈치를 채고 말했다.

"네가 시험을 통과 못 할 거라고는 생각 안 해. 나우플리온 사제님이 반대할 거라고도 생각 안 하고."

"나우플리온 사제님도 안 나가셨다면서요. 그런 걸 좋아하지 않으실지도 모르죠. 그분이 말리시면 갈 생각 없어요."

"그때 나우플리온 사제님이 실버스컬에 안 나간 건 다른 이유가 있어서야."

이솔렛은 바위에서 일어나더니 절벽 쪽을 손가락질했다.

"오랜만에 올라가지 않을래?"

바스락.

숨어서 보고 있는 눈이 있었다. 절벽 쪽으로 사라지는 두 사람을 뒤따라갔다. 아직은 짤막한 봄풀뿐이라 몸을 숨기기가 불안했지만 조금씩 접근해서 풀밭을 가로질렀다. 거기서 잠시 기다렸다가 다시 뒤따랐다.

절벽 앞의 입구를 발견한 에키온은 놀라 멈추어 섰다. 이미 다프넨과 이솔렛의 이야기 소리는 들리지 않았다. 안에는 깊은 동굴이 있는지도 몰랐다.

흥, 그는 비웃었다. 그런 식으로 도망 다녀봤자 맘먹고 소문 퍼뜨리면 망신당하는 건 시간문제라고.

에키온은 절벽 구멍으로 기어 들어갔다. 그리고 예상외로 빨리 밖으로 나오게 된 것을 깨닫고 또다시 놀랐다. 그 아래가 천길 벼랑인 것을 보고는 더더욱 당황했다. 절벽 주위를 돌며 이어지는 좁은 길을 발견하고, 따라가는 것을 거의 포기하려는 찰나였다.

"!"

무심코 고개를 들어본 그는 놀라 비명을 지를 뻔했다. 절벽 언저리로 두 사람이 날아가고 있지 않은가! 마법인가? 언제 저런 걸 배웠지?

에키온도 스콜리에서 마법 수업을 받아왔고 몸을 허공에 떠오르게 하는 마법이 있다는 것도 알고 있었다. 그러나 저런 천길 낭떠러지를 여유롭게 걸어갈 정도로 안전한 주문은 없었다. 자칫 정신 집중을 잘못했다가는 그대로 곤두박질을 칠 텐데 누가 함부로 그런 시도를 하겠는가.

질투심과 두려움이 범벅이 된 상태로 에키온은 다시 한번 하늘을 우러렀다. 다프넨과 이솔렛은 절벽 꼭대기에 거의 도달해 있었다. 그런데 가만히 보니 발의 움직임이 조금 이상했다. 앞서가는 이솔렛이 디딘 위치를 뒤따르는 다프넨이 똑같이 디뎠다. 그다음도 마찬가지였다. 일정한 보폭과 일정한 높이가 계속되었다. 흡사 보이지 않는 계단을 오르는 것처럼…… 아! 투명화 마법이 좀더 쉽지 않나! 이런!

하지만, 그렇다면 주위의 절벽 전체를 없애버릴 정도로 대단한 투명화 마법도 있단 말인가?

이윽고 두 사람은 꼭대기에 올라섰다. 더 관찰할 것은 없어졌다. 이젠 돌아가서 생각하는 것밖에 다른 방도가 없었다.

헥토르 없이 혼자뿐인 식당은 휑하기 이를 데 없었다. 그곳에서 혼자 식사를 하며 에키온은 계속 생각에 생각을 거듭했다.

아무리 애써서 궁리해도 딱 맞아떨어지지 않았다. 투명화라면 너무 규모가 컸고, 비행이라면 걸음걸이가 수상했다. 이솔렛이 가진 지식의 한도는 죽은 일리오스 사제라면 모를까, 섬 안에서 누구도 짐작할 사람이 없긴 했다. 그렇다 해도 스콜리의 마법 선생보다 몇 배나 훌륭하단 말인가?

갑자기 에키온은 다른 생각을 해냈다. 인간을 허공에 띄우는 것이 가능하다면 다른 물건을 띄우는 것은 왜 안 되겠어? 하지만, 한두 개가 아닌데? 예를 들어 징검다리가 될 만한 돌들이라 해도 십여 개는 넘게 필요하지 않을까?

그러나 이 생각은 쉽게 양보되지 않았다. 얼굴을 찌푸리고 고개를 갸우뚱거리다가 얼결에 식탁을 내려다보니 벌써 자신은 식사를 마치고 그릇까지 포개어놓는 중이었다. 버릇이 무섭다더니. 식탁을 치우고 방으로 돌아왔다. 같이 궁리하며 머리를 굴려볼 형이 없다는 것이 대단히 우울하게 느껴지는 밤이었다.

에키온에게는 아무에게도 말 못 할 비밀이 있었다. 지난여름, 폐허의 마을에 그도 있었다는 사실이었다.

사제들은 물론이고 형조차도 알지 못했다. 아니, 알아서는 안 되었다. 에키온은 질레보 선생 다음으로 그곳에 도착했고, 먼발치에서 이미 무시무시한 싸움이 벌어지고 있다는 걸 깨달았다. 다음 순간, 그는 다른 사람의 안전은 생각할 겨를도 없이 오던 길로 달아나기 시작했다. 형의 생사를 확인하는 일 따위는 중요하게 느껴지지도 않았다.

마을로 돌아와 아무것도 모르는 것처럼 방에 틀어박혔다. 그때는 괴물이 섬 전체를 멸망시키더라도 자기 혼자만 살아남으면 될 것 같았다. 그러나 그런 일은 일어나지 않았고 에키온은 책임을 회피한 대신 다시금 형의 존재에 열정적으로 달라붙었다. 복합적인 보상 심리가 한층 더 형의 승리를 갈구하게 했다.

본래 에키온이 다프넨을 뒤쫓은 것은 혹시라도 이솔렛이 다프넨에게 검을 가르치는 건 아닐까 염려해서였다. 그는 형이 이번 실버스컬에서 반드시 우승하기를 바랐다. 그걸 막는 첫 번째 경쟁자는 다프넨일 수밖에 없었다. 어떻게든 꼬투리를 잡아 실버스컬에 나가지 못하게 만들어야겠다고 마음먹었다. 관찰하다 보면 무슨 수든 나올 거라고 생각했다. 하다못해 검의 사제의 제자이면서 다른 사람에게 검을 배웠으니 불경죄에 해당한다고 우긴다거나, 그런 억지라도 써볼 작정이었다. 물론 그런 식으로는 별로 가망이 없었지만.

형은 내일모레 돌아올 예정이다. 그때까지 궁리하는 것을 미룰까 생각하다가 다시 고개를 저었다. 본래 이런 추리에는 형보다 유능하다고 믿었거니와 형이 돌아왔을 때 뭔가 하나 이루어놓고 있다면 자랑스럽지 않을까 싶기도 했다.

그러나 결국 마지막에는 형이 필요했다. 동생의 계획을 칭찬해주고, 실행에 옮길 수 있는 사람은 형밖에 없었다. 자신에게는 그런 행동력이 없었다. 요즘에는 따라주던 아이들마저 떨어져나가 저들끼리 행동하기 시작했다. 형이라는 든든한 기둥에 의존하던 자신감은 더더욱 위축된 상태였다. 한마디로 에키온은 궁지에 몰려 있었다. 무슨 일이든 벌이려면 어서 형이 돌아와줘야 했다.

그러나 형은 침묵섬으로 가기 전부터 에키온과의 대화에 흥미를 잃은 것 같았다. 어른이 되었다고 어린시절의 장난감을 내버리듯, 그렇게 동생을 버리려는 건가?

안 돼, 절대 그렇게는!

이런 상태가 몇 달 가는 것만으로도 이렇게 끔찍한데, 평생 그러리라는 생각은 하고 싶지도 않았다. 반드시 되돌려야 했다. 형의 관심을 되찾아 전처럼 살아가는 것만이 그의 목표이자 희망이었다. 그러기 위해서는 반드시 이 문제를 풀어내야 했다.

에키온은 결심이 섰다. 밤을 새우고 아침이 밝기 전이라면 이솔렛도 나와 있지 않을 것이었다. 직접 가서 조사해보는 것이 유일한 답이었다.

"자, 자, 그 정도 빠르기로 되겠어? 얼른, 옳지, 그렇게 피하면 이렇게……."

나우플리온이 든 목검이 다프넨의 등을 냅다 때렸다. 너무 세게 맞는 바람에 하마터면 앞으로 엎어질 뻔했다.

"……등짝을 얻어맞는단 말이다, 이 녀석아."

그렇게 말하면서도 나우플리온은 속으로 흐뭇해하고 있었다. 벨노어 저택에서는 한 손으로도 충분히 요리할 수 있었던 녀석이었는데, 이젠 제법 신경쓰지 않으면 막지 못할 지경이란 말이야.

갑자기 말대꾸가 들렸다.

"정말이지, 차라리 당신이라도 검을 드는 게 어때요? 내가 목검을 드는 거야 좋지만 상대방까지 목검이니 도무지 긴장이 안 되잖아요. 이럴 때도 그냥 한 대 맞고 말지 싶기도 하고."

나우플리온이 어이없는 표정으로 팔짱을 끼더니 소리쳤다.

"한 대 맞고 만다고? 내가 너무 살살 때렸나? 널 때리면 나한테 뭐 나오는 거라도 있는 줄 아냐? 내가 늘 연습도 실전처럼 하라고 안 했어?"

"말처럼 마음대로 되는 게 아니잖아요. 게다가……."

다프넨은 목검을 든 채 두 팔을 펴 보였다.

"겨울 내내 맞다 보니 맷집이 늘어버렸단 말이에요. 쳇."

나우플리온은 눈을 가늘게 뜨며 소년을 째려보았다.

"그래, 더 세게 때려달라 이거구나. 안 그래도 요즘 몸이 뻐근한 것 같았는데 몸도 풀 겸 잘됐……."

"저런, 나이는 어쩔 수 없다 그거군요? 역시 삼십 대라서 그런가."

"너는 뭐 영영 삼십 대 안 될 줄 알아?"

목검은 집어던지고 쫓고 쫓기기가 시작되었다. 다프넨은 달아나면서도 짓궂게 소리질렀다.

"제가 삼십 대가 된다고 해봤자 그때 당신은 사십 대, 그것도 사십 대 후반일 텐데 제가 뭐가 걱정이겠어요! 안 그래요?"

그러나 결국 잡히고 말았다. 삼십 대에게 잡힌 주제에 십 대 소년은 바닥에 깔려 팔다리를 비틀면서도 끝내 자기 의견을 굽힐 생각이 없는 모양이었다.

"아아, 정말 어른 공경은 힘들어요! 쫓아온다고 잡혀주기도 해야 되고……."

"공경은 입으로도 좀 해보란 말이다. 친구는 때려치우고 확 양자로 삼아버릴까 보다."

초봄의 누런 풀이 머리며 옷에 온통 달라붙었다. 그 상태로 한 바퀴 더 굴렀다. 옷 버리고 어머니한테 혼날 것도 잊은 두 명의 개구쟁이들 같았다. 구르다가 실수로 목검을 깔아뭉개는 바람에 둘은 거의 동시에 비명을 질렀다.

"아얏!"

나우플리온은 다프넨을 번쩍 안아 일으켰다. 그러더니 갑자기 심각한 얼굴로 말했다.

"그만하자. 누가 보면 검의 사제가 애들하고 똑같이 논다고 욕하겠다."

"실컷 같이 놀아놓고서 괜히 아닌 체하니까 웃겨요."

"……넌 왜 내 옆에 있을 때만 그렇게 말재주가 느는 거냐?"

일어나서 둘 다 펄쩍펄쩍 뛰며 흙먼지와 잔디를 털어냈다. 나우플리온이 투덜거렸다.

"삼십 대라는 사실에 별 불만이 없는 나지만 네 녀석이 자꾸 그러니까 은근히 약이 오르잖냐. 나도 십 대였던 때가 있었다고."

"알죠. 그런데 말예요. 제가 실버스컬에 나가면 좋을 것 같으세요?"

고개를 돌려 쳐다보니 갑작스러운 화제 전환에 어이없어하는 표정이 보였다.

"갑자기 실버스컬은 왜?"

"왜, 싫어요? 싫으면 안 나가고요."

"……."

"꼭 나가고 싶은 건 아니에요. 예전엔 그런 게 있다는 것도 몰랐잖아요? 기억나시죠? 그 얘기 처음 해준 사람이 당신이었던 거. 어쨌든 그다지 의미를 두고 있지는 않……."

바닥에 떨어진 목검들을 주워 들던 나우플리온이 말을 가로막았다.

"그것도 경험이랄 수는 있겠지만."

"저, 사제님?"

갑자기 안 부르던 호칭을 썼다. 나우플리온은 멀뚱하게 대꾸했다.

"왜 불러?"

"제가 나가서 이기는 것이 혹시…… 사제님한테는 도움이 안 됩니까?"

다프넨은 진지한 얼굴이었다. 둘은 잠시 얼굴을 마주봤다. 꽤나 심각하게. 무슨 말이든 나올 때가 되었다 싶을 무렵, 나우플리온이 손을 내밀더니 다프넨의 턱에 붙은 풀 한 가닥을 떼어냈다.

"……."

다시 마주보았다. 이번에야말로 뭔가 말할 분위기라고 생각하는 순간 나우플리온이 다시 손을 내밀었고, 이번엔 머리에 붙은 풀을 떼어 갔다.

"뭐예요! 지금 풀 찾고 있어요?"

"아니, 그냥 눈에 띄더라고."

"제가 물은 말에는 대답 안 하세요?"

나우플리온은 다시 다프넨의 얼굴을 열심히 쳐다봤다. 이번에 다프넨은 아예 머리나 얼굴에 붙은 풀이 있다면 얼른 떨어지라고 두 손으로 열심히 쓸어댔다.

"응, 그래. 이젠 없다."

"그게 아니라……."

"좋아."

방금 대답을 들은 것 같았다.

"다시 한번만 말씀해주실래요, 사제님?"

"좋다고. 실버스컬에 나가라. 나가는 김에 우승도 해버리면 좋고. 아참, 물론 네가 우승할 실력이라고 말한 건 아니야. 넌 아직 한참 멀었어."

다프넨은 고개를 숙이더니 슬그머니 미소를 지었다. 그러다가 갑자기 나우플리온을 와락 껴안았다.

"뭐야! 씨름이라도 하잔 거냐?"

"푸하하, 아뇨! 솔직하게 말해줘서 고맙다고요!"

손을 풀더니 다프넨은 바닥의 목검을 집어 들었다. 이솔렛에게 가기로 한 시간이 어느새 지나 있었다.

"그만 갈게요! 신성 찬트도 배워두면 우승하는 데 도움이 될지 아나요?"

비탈길을 달려 내려가는 다프넨을 내려다보며 나우플리온은 의아한 듯 중얼거렸다.

"내가 뭘 잘못 말한 건가?"

잠시 후 그는 뭔가 깨닫고는 다시 중얼거렸다.

"재가 지금, 진검을 갖고 다녀도 좋다고 허락한 걸로 받아들인 건가?"

부서진 돌

"아, 물론 전 항상 당신의 탁월함에 감탄을 금치 못하고 있지요. 평생 살면서 그렇게 빠른 주먹은 다시 보지 못했거니와……. 하여튼 간에 어쩌고저쩌고 닭 잡아먹고 오리발도 내밀고 도랑 치고 가재 잡고 마당 쓸고 돈도 줍고……. 그러니 당신께서 떠나시면 연약한 저희가 어떻게 이 험한 세상을 헤치고 살아갈 수가 있겠습니까? 그러니까 다른 말씀은 마시고 제발……."

아무 소리나 나오는 대로 지껄이다가 스스로도 역겨운 나머지 유리히 프레단은 잠시 고개를 돌리며 입을 막았다. 그러나 다시 앞을 봤을 때는 여전히 생글생글 웃는 얼굴이었다. 연출 의도는 '귀여운 막냇동생' 정도랄까.

"예전에 제 친구들 중에도 강한 녀석들이 있었지만 걔들이 한꺼번에 덤빈다 해도 당신한테는 한주먹거리도 안 될 겁니다. 당신처럼 강한 사람은 아직껏 한 번도 본 일이 없어요."

이 얘기를 마리노프가 들었다면 도끼를 꼬나들고 사생결단을 내자고 달려들었겠지. 음, 누님은 자신한테 달려들까, 저 야만인한테 달려들까?

"아, 그게 뭐…… 그렇게까지 말할 필요는 없지만……. 내가 당신의 말을 들으니 내가 잘못 생각했다는 걸 나는 알았소."

"그렇지요? 역시 그렇지요? 아아, 정말 잘됐습니다. 우리 형님 얼굴이 저렇게 하얗게 질린 것 좀 봐요. 앞으로는 떠나니 어쩌니 하면서 저희를 놀리지 마시란 말이에요. 심장 약한 우리 형님 기절하십니다."

이 계획을 처음 생각해내서 자신에게 이 고생을 시키고 있는 류스노에게 복수의 의미로 날린 말이었다. 그러나 평소에도 늘 창백한 얼굴인 류스노는 별 반응이 없었다.

"그럼 어서 갑시다. 내가 말을 잘못해서 두 분한테 미안하니까 내가 저녁밥을 살게요. 그러면 되죠?"

'밥'이라는 것은 쌀을 가지고 요리하는 음식이라는데 유리히는 그게 뭔지도 몰랐다. 어쨌든 이 순진한 야만인이 '식사하러 가자'는 말을 주로 '밥 먹으러 가자'라고 말한다는 것만 알 뿐이었다. 그 이상은 별로 알고 싶지도 않았다.

"그래요! '밥'을 먹으면 우리 형님도 다시 기운이 나겠죠. 형님, 갑시다!"

그제야 류스노가 야만인 앞으로 다가오더니 허리를 잔뜩 굽히며 정중하게 말했다.

"고맙습니다. 그럼 저희는 당신만 믿겠습니다."

유리히는 헛웃음을 흘릴 수밖에 없었다. 몇 달째이니 익숙해질 때도 됐으련만 아직도 저 냉정 침착한 류스노가 굽실거리는 모습을 보면 머릿속에서 심각한 위화감이 일어났다.

하긴 뭐, 비굴한 짓을 도맡아 하고 있는 건 자신인데.

야만인이 앞장서고 둘은 뒤를 따랐다. 칸 통령의 무시무시한 네 날개 중 1익과 4익이 이렇듯 갖은 아양을 떨어가며 따라다니고 있는 사내의 이름은 이자크 듀카스텔이라고 했다. 본명은 아닌 모양이지만 어쨌든 다들 그렇게 불렀다.

류스노와 유리히는 황금 전갈 요릿집 칸타 쿨구에서 이자크를 만난 후로 몇십 일이나 공들인 끝에 동행인이 되는 데 성공했다. 언뜻 보기로도 높은 사람이겠거니 했던 이 사내의 지위는 상상을 뛰어넘었다. 산스루리아의 여왕, 티알리마르위나-산스루 메르제베드의 부군이며, 여왕의 등극에 혁혁한 공을 세운 공신이라지 않은가. 그것도 렘므 야만족 출신이.

그런데 이상하게도 이자크는 더이상 산스루리아에 있고 싶어 하지 않았다. 예리한 류스노는 금방 그런 심리를 알아보았다. 야만족 출신답게 이자크는 예의나 사교 따위는 전혀 몰랐고, 전투에는 능하지만 부군이나 공신의 역할에는 아무 관심이 없었다. 모험심 하나로 렘므식 이름을 얻은 후 산스루리아까지 흘러들어, 우연히 젊은 공주 메르제베드를 만난 것이 파란만장한 오늘날의 시작이었다.

산스루리아는 저들의 신 산스루를 모시는 신정일치의 나라이면서 대대로 무녀인 여왕만이 왕위를 계승해왔다. 전 여왕인 티알리마르가 급병으로 갑작스레 서거했을 때 남은 세 공주 가운데 가장 세력이 큰 것은 첫째 공주, 그다음은 둘째 공주였다. 셋째 공주인 메르제베드는 나이도 어리거니와 정치적 수완도 부족했다. 지지하는 세력도 신통찮았다. 단 하나 언니들보다 나은 점이 있다면 산스루 무녀로서 신성력이 월등하다는 것뿐이었다.

그럼에도 불구하고 메르제베드는 여왕 자리를 포기할 생각이 전혀 없었다.

산스루리아에서는 여왕이 낳은 딸들 가운데 왕위를 잇는 공주 하나를 제외하고 다른 공주들은 결혼을 할 수 없도록 금지되어 있었다. 즉, 여왕 자리를 차지해야만 결혼해서 아이를 낳는 것이 가능했다. 다른 공주들은 대무녀 자리를 받았지만 평생 미혼인 상태로 살았다.

공주들의 내전이 벌어졌을 때 메르제베드를 결정적으로 도운 사람이 둘 있었다. 하나는 두 언니를 차례로 배신한 뒤 메르제베드의 진영을 택했다는 현 재상, 다른 하나는 셋째 공주와 사랑에 빠진 무시무시한 야만인이었다. 야만인은 평소 싸움에 익숙하지 않은 연약한 산스루리아인들을 간단히 평정해 버렸다. 일대일 전투뿐 아니라 군단을 지휘하고 병사들의 충성을 얻어내는 능력도 탁월했다. 일단 적이 된 자는 사냥당하는 짐승들에게 가질 법한 연민조차 없이 속 시원하게 베어버리는 잔인함마저 갖춘 자였다.

그러나 메르제베드가 승리하여 여왕이 되고 나니 상황이 바뀌었다. 메르제베드 여왕이 이자크를 저버린 것은 아니었다. 본래 그리 정치적이지 못했던 그녀는 내전을 겪으며 많이 성장했고, 그와 함께 남편에 대한 애정도 깊어졌다. 그러나 내전이 끝나고 나니 예절이고 절차고 모조리 무시하는 야만인의 거친 태도가 왕궁의 문젯거리가 되기 시작했다.

아내로부터 많은 이야기를 들은 뒤로 태도는 어느 정도 고쳐졌지만 다음에는 본인이 궁정 생활을 지겨워하기 시작했다. 아내를 위해 이것도 조심, 저것도 조심하다 보니 즐거운 것도 없었고 소화조차 잘되지 않았다. 최고급 비단을 두른 푹신한 침대보다 길바닥에 누워 잘 때가 훨씬 좋았던 것 같았다.

그리하여 바람이나 쐴 겸 칸타 파르스 항구에 왔던 이자크는 류스노와 유리히를 만나게 되었다. 두 외국인 사내는 이자크의 답답한 기분을 신기할 정도로 잘 알아주었다. 친절한 술친구 노릇으로 시작해 기분 전환할 겸 나라를 한 바퀴 도는 여행을 하자고 제안해왔을 때도 그랬다. 국내를 시찰한다는 핑계를 대고 멀리 한번 나가보자, 귀찮은 신관들을 떨어뜨려 놓을 수 있다면 더할 나위 없이 좋고, 라고 생각한 이자크는 그 제안을 기꺼이 받아들였다.

그렇게 시작된 동행이 어느덧 반년째였다. 류스노와 유리히가 이자크에게 접근한 의도는 뻔했다. 일단 외모부터 눈에 띄는 외국인인 그들끼리는 산스루리아를 돌아다닐 길이 없었다. 또한 여왕의 부군을 따라다니는 것은 세상에서 가장 편한 여행 방법이었다. 산스루리아 어디든 못 들어갈 곳이 없으니 조사에도 큰 도움이 되었다. 그러나 여기저기 참견하기 좋아하는 이자크의 여행 방식에 맞춰주느라 시간이 낭비되는 것만은 어쩔 수가 없었다. 처음엔 조바심을 냈지만 결국은 포기하고 말았다. 아니, 포기해야 했다. 이젠 그들도 적당히 유람여행을 즐기는 데 지경에 이르렀다.

어쨌든 성과는 있었다. 산스루리아에는 보리스 진네만이라는 괴이한 검을 가진 꼬마가 온 일이 없었고, 렘므로부터 산스루 반도에 이르는 해안가에는 난파해 온 작은 배 따위도 없었다. 녀석들은 정말 바다 너머로 사라져버렸던 것이다. 그리고 미심쩍은 수확도 하나 얻었다.

"북쪽 바다 너머라고? 거기에 사람이 사는 섬이 하나 있다는 얘기를 들었는데, 뱃사람들의 소문이라 잘 모르겠구먼?"

좀더 다그쳐 묻자 이런 대꾸가 나왔다.

"허허, 원래 뱃놈이란 것들이 제멋대로 상상을 잘해. 환상의 섬도 종종 보고 말이야."

……이래서야 도무지 소용이 없었다. 어쨌거나 일행은 산스루리아를 빠져나와 님 반도 쪽으로 느릿느릿 올라가는 중이었다. 그곳에 가면 이자크의 야만인 친구들이 있다고 했다. 그들의 도움으로 한 번 더 철저한 조사를 하는 것이 목표였다. 엘베 전투 이후로 야만인들이 엘베섬에서 상당수 쫓겨나긴 했지만, 렘므 북해의 원거리 항해를 꽉 잡고 있는 것은 아직 이들이었다. 그들을 이용하려면 이자와 절대 헤어져서는 안 되었다. 그러기 위해 갖은 아양과 연약한 체 빌빌대는 태도는 이제 생활이었다. 완벽한 임무 완수를 추구하다가 조만간 성격이 개조될 위기에 처한 두 사람은 밥 먹으러 가자며 쿳노래를 불러대는 야만인의 노랫가락을 저도 모르게 따라하며 뒤따라가고 있었다.

헥토르가 돌아왔다.

돌아왔다는 소식은 전날 들었지만 만난 것은 다음날이나

되어서였다. 그것도 우연히, 산비탈을 걷다가 맞닥뜨렸다. 헥토르는 올라오고 있었고, 다프넨은 내려가는 중이었다. 그들은 금세 서로를 알아봤다. 다프넨은 일전에 스콜리의 식당에서 헥토르가 그를 못 본 체하던 것을 떠올리고 이번에도 그럴 줄로만 알았다. 그러나 곁을 지나치는 순간 낮은 목소리가 들려왔다.

"네게 감사할 일이 있는 것 같군."

어조는 여전히 오만했지만 내용은 그렇지 않았다. 다프넨도 걸음을 멈췄다.

"무슨 소리지?"

"여러 가지지. 일단은 생명을 구해준 셈도 되고 말이야."

괴물을 처치한 일을 두고 하는 말인 듯했다. 그러나 괴물을 죽인 것은 헥토르를 위해서가 아니었다.

"널 살리려 한 게 아니야."

"상관없어. 어쨌든 네가 그때 안에서 나오지 않았더라면 나는 죽은 목숨이었겠지. 게다가 난 부끄러운 짓도 했고 말이다."

그 말을 듣자 불쑥 지난 분노가 치밀어 올랐다. 목소리가 약간 격앙되었다.

"그래, 이제 와서 내게 면죄부라도 받아가고 싶은 거냐?"

헥토르는 몸을 돌려 다프넨과 마주섰다. 다프넨은 순간 멈칫했다. 헥토르의 이마에 칼로 그은 듯한 날카로운 흉터가 있었다. 괴물에게 당한 직후만 해도 없던 상처였다.

"아냐. 용서를 바라는 것은 아니지. 용서해줄 거라고 생각하지도 않고. 하지만 분명히 할 건 분명히 해야지. 난 네게 빚을 졌다."

다프넨은 대답하지 않았다. 헥토르가 말을 이었다.

"첫째로 생명을 구원받았고, 둘째로 내 죄를 덮어주었다. 날 위해서가 아니었던 건 안다. 네 나름의 이유가 있었겠지만, 결론은 같게 났으니 없는 사실은 아니지."

다프넨이 원하기만 했다면 그날 부상당해 정신을 잃었던 헥토르를 손쉽게 죽일 수도 있었을 것이다. 돌아온 후에는 그가 비겁했다고 소문을 퍼뜨릴 수도 있었다. 그러나 다프넨은 그런 식의 복수에 관심이 없었다. 적이 의식하지 못하는 보복을 단죄라고 할 수 있을까? 헥토르가 적이라면 언제고 다시 죽여야 할 테고, 그때 가서 지난 일이 가져온 우연한 결과 따위는 아무 의미도 없었다. 사람을 죽인다는 것은 그와 얽힌 과거도 말끔히 베어버리겠다는 의미였다.

"내가 더 들어야 할 필요는 없겠지?"

다프넨은 그대로 지나쳐 가려 했다. 그러자 헥토르가 재빨리 말을 이었다.

"그리고 내게 한 가지 가르침을 줬지. 그것조차도 감사한다."

"무슨 말인지 모르겠군."

"네 덕택에 난 한 번 더 살았지. 침묵섬에서 전사들과 다툼이 있었지만 너와 있었던 일을 떠올렸던 덕택에 살아남을 수 있었다."

"……."

"그러나 네가 그 모든 일에 의미를 두지 않듯, 나도 그럴 생각이다."

다프넨은 돌아선 채 우뚝 서 있었다. 비겁한 자의 말을 더 들어볼 마음이 생겼다. 동시에 끓어오르는 불쾌감이 입안 가득 고였다.

"어차피 다시 싸우게 되겠지? 실버스컬에서든, 다른 어떤 곳에서든 말이다. 그때가 되면 난 망설임 없이 너를 벨 거다. 하지만 만일, 만일에라도 네가 누군가 다른 놈에게 공격당하는 것을 본다면, 모든 것을 내던져 세 번은 너를 돕겠다."

다프넨은 다시 돌아섰다. 그의 얌전한 청회색 눈동자가 이글이글 타고 있었다.

"네가…… 내게 증오를 가르쳤지. 그래서 내 안에 좀더 오래 잠들 뻔했던 본성을 되살아나게 했어. 그런 주제에 잘도 말하는구나. 네 좋을 대로, 뭐든지 맘대로 해봐라. 나야말로 개의치 않아. 네가 무슨 말을 하든 언젠가 너를 죽일 것이다. 그때는 정당한 대결이 아니라 해도 관계치 않겠다."

두 소년은 등을 돌려 헤어졌다.

드디어 모든 것을 알아냈다. 기뻐 날뛰고 싶은 기분을 억지로 누른 채 에키온은 밤길을 걸었다. 이 일에 너무 정신을 집중한 나머지 오랜만에 돌아온 형을 제대로 반기지도 못했다. 그러나 성공만 하면 형에게 할말이 생기게 된다. 성공하기만 한다면.

역시 생각한 대로였다. 전날 새벽에 가서 면밀히 살펴보니 절벽에 놓인 것은 허공에 뜬 투명한 징검다리였다. 그걸 계단 삼아 두 사람은 절벽 꼭대기를 오르내렸던 것이다. 길가는 사람들처럼 아무렇지도 않게 건던 것을 떠올려보면 한두 번 오르내린 길이 아닌 모양이었다. 에키온이 사용한 방법은 마법으로 만든 빛의 구슬들을 뭔가 있을 법한 허공에 잔뜩 뿌리는 것이었다. 그렇게 하자 계단의 윤곽이 대략 드러났다. 틀림없는 마법의 돌들이었다.

그날은 감히 오르지 못했는데 이번에는 무서움을 꾹 참고 계단 끝까지 올라갔다. 다시 올라오지 못할 테니 구경이라도 해보자는 마음도 있었고, 정보를 얻을 것이 없을까 궁금해서이기도 했다. 정상에 이를 무렵에는 온몸이 식은땀으로 흠뻑 젖어 있었다.

절벽 꼭대기는 텅 빈 돌바닥이 아니었다. 맨 먼저 작은 샘이 보였다. 그 옆에 양가죽 주머니가 하나 놓여 있었다. 열어 보니 책이 한 권 들어 있었다. 조심스럽게 책을 펼쳤다. 안에서 종이쪽지가 한 장 나왔다. 쓰인 내용은 간단했다.

두 가지 노랫말로 만들 것.

조금 생각해보니 금방 이해가 갔다. 책은 송시와 서사시를 모은 것이었다. 이걸 보고 노랫말 만드는 연습을 하라고 이솔렛이 남겨둔 것이 분명했다. 그렇다면 다음날 다프넨이 가지러 오겠지?

이보다 계획이 잘 맞아들 수는 없었다. 에키온은 책을 있었던 모양대로 넣어두고 다시 마법의 계단으로 내려갔다. 다섯 단쯤 내려가서 뒤로 돌아선 그는 주머니에서 룬이 잔뜩 적힌 종이를 꺼냈다. 물론 직접 쓴 룬이 아니었다. 아버지의 책장에서 몰래 훔쳐냈다. 엄청나게 귀한 물건이라는 것도 알고 있었다. 에키온은 거기 쓰인 룬을 연결해서 해석할 줄도 몰랐다. 그러나 사용법과 더불어 효과만은 확실히 알고 있었다.

종이 뒷면에 미리 가져온 봉랍을 단단히 붙이고 네 번째 돌 위에 내려놓았다. 그런 다음 계단을 마저 내려갔다. 어느 정도 거리가 확보되자 에키온은 땀을 흘리면서, 동시에 씩 웃으며 룬을 외웠다.

데모 라이 주스크 탄-디어…….

룬이 적힌 종이가 불타기 시작했다. 광채는 둥근 돌 전체를 휩쌌다. 이윽고 주문이 완료되었다.

슈우우…… 콰쾅!

돌에 걸렸던 마법은 영원히 사라졌다. 그 종이에 적힌 룬 주문은 마법을 해제하는 힘을 품고 있었다. 절벽 아래로 떨어진 돌의 울림이 한동안 메아리가 되어 사방을 울렸다. 거기에 귀를 기울이며 에키온은 이곳이 얼마나 깊은 골짜기인지 새삼 느끼고, 자신이 세운 계획의 완벽함에 경탄했다.

그건 절벽 꼭대기에 올라갔던 날 이솔렛이 제안한 방식이었다. 반은 놀이였고 반은 공부였다. 이솔렛이 내킬 때 숙제를 가져다 놓으면 다프넨도 내킬 때 가서 숙제를 해결하기로 했었다. 신성 찬트는 스승에게 배우기만 해선 안 되고, 혼자 묵상하며 내면에서 노래를 끌어내는 시간이 필요했다. 그러므로 혼자 절벽에 오르는 것도 수련의 일환인 셈이었다.

며칠 동안 다프넨은 몹시 피곤했기 때문에 숙제를 찾으러 절벽에 올라가지 않았다. 나우플리온과 하는 수업의 강도가 훨씬 세졌던 것이다. 몇 마디 항의하려니까 어느새 "실버스컬에 간다면서?"라는 말로 다프넨의 입을 막아버렸다. 이럴 땐 확실히 무서운 사람이었다.

그러나 나우플리온은 실버스컬에 가기 전에 다프넨이 진검을 쥘 수 있도록 하려고 마음이 급해진 상태였다. 겨울 내내 휘두른 목검의 부드러움이 다프넨의 마음에 세워진 날을 상당히 무디게 해주긴 했다. 그러나 진검, 특히 윈터러를 다시 쥐는 순간 살기가 돌아와버린다면 그간의 노력은 무용지물이나 다름없었다. 그런 가능성을 막기 위해 나우플리온은 목검으로도 진검과 같은 효과를 내는 데 주력했다.

그러나 나우플리온도 결국에는 지쳤다. 스콜리가 쉬는 날 행한 열 시간이 넘는 연속 훈련 끝에 둘 다 뻗어 한나절 넘게 잠들어버렸다. 먼저 깨어난 쪽은 다프넨이었다. 그는 잠들어 있는 나우플리온을 흘끗 보며 싱긋 웃었다.

"역시 이런 게 십 대의 저력이란 말이에요."

혼잣말도 이럴 땐 재미있었다. 일어나 대강 식사를 마친 다프넨은 잠시 무얼 할까 궁리하다가 '그래, 숙제를 찾으러 가면 되겠구나' 하고 결론을 내리고 말았다.

나가려는데 무언가가 발목을 잡는 느낌이 들었다. 왜인지 몰라 다시 의자에 앉았지만 마음이 편해지지 않았다. 방안에 있는 무언가가 자꾸만 그에게 손짓하고 있었다. 잠시 가슴에 손을 얹어본 끝에 무엇인지 깨달았다. 윈터러였다.

어디 있을까.

금기를 지키려 애쓰던 마음은 갑자기 숨바꼭질하는 소년

의 그것으로 변했다. 왜 이런 변화가 일어나는지 스스로도 몰랐다. 아니, 이유를 모른다기보다는 변화 자체를 깨닫지 못했다. 일어나 천천히 한 바퀴 돈 끝에 다프넨은 주저앉아 바닥을 더듬어보았다. 부름이 더 강해졌다. 손을 침대 아래에 넣었다. 아무것도 없었지만 다음 순간, 손잡이가 손에 잡혔다. 바닥에 달린 뚜껑이었다.

달칵.

세로로 길쭉한 비밀 장소였다. 사실 비밀 장소라기엔 자물쇠도 없었고 너무 눈에 띄기 쉬운 장소이기도 했다. 그렇다 해도 이 부름은 무서운 데가 있었다. 그는 단 한 번도 다른 쪽으로 헛손질하지 않았다.

뚜껑 아래에 검이 들어 있었다.

"……."

다프넨은 검을 잡기 전에 잠시 지체했다. 그러나 잠시일 뿐이었다. 그의 손은 곧 너덜거리는 천조각으로 덮인 칼자루를 찾아내어 잡은 다음 끄집어냈다.

실로 오랜만에 보는 윈터러였다. 숨을 크게 들이쉬었지만 마음에 별다른 기운이 일어나지 않는 것을 느끼고 자리에서 일어났다. 주위를 휘둘러보니 겉옷이 보였다. 거기에 검을 싸서 들고 밖으로 나왔다. 그때까지도 자신의 행동에서 전혀 이상한 점을 느끼지 못했다.

상쾌한 저녁 바람이었다. 그날따라 걸음도 가벼웠다. 올라가다가 이솔렛의 집 굴뚝에 연기가 오르는 것을 보고 미소를 지었다. 자신이 좀 일찍 저녁을 먹은 셈이었다. 풀밭으로 올라가서 곧장 절벽으로 통하는 입구로 향했다. 얼마 안 가 마법의 계단을 오르기 시작했다. 아니다, 그는 갑자기 멈춰 섰다.

이상한 목소리가 귀를 간질이고 있었다. 떨쳐버리려고 몇 번 고개를 흔들다가 문득 손을 내려다봤다.

"어?"

손에 든 것이 무엇인지 깨닫는 순간 멍해졌다. 무엇에 홀렸다가 깨어난 느낌이었다. 왜 이걸 가지고 나온 걸까. 어떻게 찾아낸 걸까. 어째서 아무 죄책감도 느끼지 않았을까. 이제 어떻게 하면 좋을까.

가슴이 쿵쿵 뛰었다. 당장이라도 도로 달려가서 검을 넣어 놓고 아무 일도 저지르지 않은 체하고 싶었다. 그러나 그러기에는 너무 먼 곳까지 와 있었다. 여기 왜 왔더라, 아 그래, 이솔렛의 숙제를 가지러 왔었지. 숙제만 가지고 얼른 되돌아가야겠다.

그는 급히 다음 계단을 디뎠다. 그러나 계단이 없었다.

"……!"

저녁 식사를 하던 이솔렛은 갑자기 숟가락을 툭 떨어뜨렸다. 피가 싸늘해지며 쭉 빠져나가는 느낌이 들었다. 입술이 바르르 떨렸다.

무슨 일이 일어났는지 몰랐다. 그러나 뒤통수를 세게 얻어맞은 것 같은 충격, 그리고 높은 곳에서 덜컥 내려앉는 기분이 몸을 사로잡았다. 흡사 꿈을 꾸다가 놀라 깨어난 것만 같았다.

느낌은 곧 사라졌다. 그럼에도 불구하고 한 번 크게 뛰어올랐던 심장은 쉽게 가라앉지 않고 쿵쾅거렸다. 이솔렛은 견디지 못하고 벌떡 일어났다. 두 개의 칼집을 맨 띠를 꺼내 어깨와 팔에 단단히 둘렀다. 그러나 그런 다음에도 어디로 가야 할지 몰랐다.

다프넨의 실종이 알려진 것은 다음날 아침이었다.

그가 실종된 일은 저번에도 있었지만, 섬사람들 전부가 알게 된 것은 처음이었다. 많은 사람이 동원되었지만 찾아낸 사람은 없었다. 흔적조차 없었다. 사건이 일어난 것은 저녁 시간이라 다들 식사중이었고, 마을을 돌아다니던 사람은 거의 없다시피 했다. 그래서 다프넨이 산으로 올라가는 것을 본 사람도 없었다.

나우플리온은 아무것도 믿고 싶지 않았으나, 결국 데스포이나에게 다프넨이 윈터러를 가지고 사라졌다는 절망적인 소식을 전해줄 수밖에 없었다. 그렇게 말하는 나우플리온의 입술도 떨리고 있었다.

이제 상황은 오해하기에 충분했다. 그토록 금지했던 검을 가지고 사라졌다는 것, 그건 소년이 유혹을 이기지 못하고 검을 건드렸다가 이계로 빨려 들어갔다는 뜻이 아닐까?

그런 추측을 나눌 사람도 데스포이나와 나우플리온, 그리고 모르페우스의 세 사제뿐이었다. 그러나 곧 한 사람이 추가되었다. 이솔렛은 공회당 문을 비틀어 열고 달려와 세 사람 앞에 섰다. 감정을 누르려 했으나 목소리에서 떨림을 감추지 못했다.

"그 애가…… 다프넨이 어딘가에서 떨어진 것 같아요. 시간은 어제저녁때가 틀림없고요. 여기 앉아서 의논하고 있을 때가 아니에요. 절벽 아래를 수색해봐요, 지금 당장."

헥토르는 눈을 감고 창가에 앉아 있었다. 등뒤에서 다가오는 발소리가 들렸다.

"형!"

대답이 없자 다시 불렀다.

"형! 나야!"

갑자기 헥토르는 홱 몸을 돌리며 일어섰다. 그리고 에키온의 멱살을 움켜잡았다. 놀란 에키온이 가냘픈 신음 소리를 내며 비척거렸다.

"너, 다프넨에게 무슨 짓을 한 거지? 빨리 말해, 무슨 짓을 했는지 모조리 털어놓으라고!"

나우플리온은 이솔렛이 한 말에 확신을 가졌다. 충분히 예상 가능한 일이었다. 예전에 란즈미에게 그랬듯, 오랫동안 분노로 닫혔던 마음을 열도록 이솔렛에게 '소통'의 능력을 썼던 사람은 자신이었다. 더구나 이솔렛이 다프넨의 위기를 느끼는 것은 당연한 일일지도 몰랐다. 그들은 찬트를 가르치고 배우는 사이였다. 찬트는 사람의 정신을 연결하는 힘을 가지고 있었다. 암암리에 연결되어 어느 순간 동일시를 느끼는 것도 불가능하지 않았다. 그럼에도 불구하고 그는 미처 삼키기 힘든 씁쓸함을 맛보았다.

"함께 찾아봅시다."

그러고도 하루 낮 하루 밤 동안 소년의 흔적은 발견되지 않았다. 어찌 보면 우스운 노릇이었다. 절벽이라 부를 만한 곳에서 떨어졌다면 그 사람이 어떻게 살아 있겠는가. 시체를 찾는 데 촌각을 다툴 필요는 없었다. 그럼에도 불구하고 몇 사람은 희망을 버리지 못했다.

밤이 되어 집으로 돌아온 이솔렛은 의자를 탁자 앞에 당겨놓고 앉아 두 손을 펴서 올려놓고 오랫동안 기도했다. 기도의 대상은 달여왕이 아니었다. 아버지 일리오스 사제도 신봉하지 않았던 달여왕을 그녀 역시 신뢰하지 않았다. 입 밖으로 내어 말하지는 않아도 달여왕은 원시적 신앙의 대상답게 이유 없이 사납기도 했고, 윤리적으로 불분명한 데도 있었다. 달여왕 신앙이 섬을 장악한 것에는 분명 무슨 비밀이 있었다.

이솔렛이 기원을 드리는 대상은 일리오스 사제가 '옛 마법사들'이라고 불렀던 죽은 사람들이었다. 옛 왕국의 문명을 이룩하고 지탱했으며 자신의 영혼조차 조종할 수 있었던, 반신半神에 가까운 고귀함을 지녔다던 자들이었다. 비록 달여왕에게 밀려났을 뿐, 그들의 혼은 아직도 소멸되지 않았다.

돌아와. 반드시 돌아와야 해.

네겐 해내야 할 일이 있어.

넌 대륙으로 가야 하고, 반드시 그들을 물리쳐 승리해야만 해.

너를 위해, 네 스승을 위해,

그리고 내 아버지를 위해.

아직껏 말하지 못했던 비밀들이 한꺼번에 이솔렛의 가슴을 짓눌렀다. 끝날 때가 아니었다. 아직은 아니었다. 억눌렀던 욕망들과 행복해지고 싶다는 미칠 듯한 충동, 그 모든 것이 한꺼번에 솟아올라 목이 메었다.

나우플리온은 어둠 속에 혼자 앉아 캄캄한 허공을 노려보고 있었다. 잠시 후 그는 허탈한 목소리로 중얼거렸다.

"절대 네 녀석을 양자로 삼진 않을 거다. 그랬다간 마흔 살이 되기도 전에 온 머리가 하얗게 세고 말걸."

독약이 심장에 고인 기분으로 그는 앉아 있었다. 온몸이 아팠고, 특히 눈이 피로했다. 심한 두통과 더불어 오한까지 느꼈다.

"난 그냥, 네가 서른 살이 되는 모습을 보고 싶었을 뿐인데……. 왜 모든 것은 이리도 단순하지 않을까."

두 손으로 머리를 감싸쥐었다. 다시 미끄러져 내려와 눈을 감쌌다. 손가락 틈으로 엉망으로 뒤엉킨 목소리가 새어 나왔다.

"넌 돌아와도…… 이젠 용서받지 못할 거야, 이 자식아……. 한계를 넘었단 말이다……."

(5권에 계속)

룬의 아이들 – 윈터러 4 : 사라지지 않는 피

1판 1쇄 2019년 6월 21일
1판 11쇄 2024년 9월 11일

지은이 전민희

책임편집 임지호 ㅣ **편집** 지혜림 이송 ㅣ **일러스트** UK Nakagawa
표지디자인 이혜경디자인 ㅣ **본문디자인** 이원경
저작권 박지영 형소진 최은진 오서영
마케팅 정민호 서지화 한민아 이민경 안남영 왕지경 정경주 김수인 김혜원 김하연 김예진
브랜딩 함유지 함근아 박민재 김희숙 이송이 박다솔 조다현 정승민 배진성
제작 강신은 김동욱 이순호 ㅣ **제작처** 한영문화사(인쇄) 경일제책(제본)

펴낸곳 (주)문학동네 ㅣ **펴낸이** 김소영
출판등록 1993년 10월 22일 제2003–000045호

주소 10881 경기도 파주시 회동길 210
문의 031–955–8892(편집) 031–955–2696(마케팅) 031–955–8855(팩스)
전자우편 elixir@munhak.com ㅣ **홈페이지** www.elmys.co.kr
인스타그램 @elixir_mystery ㅣ **X(트위터)** @elixir_mystery

ISBN 978-89-546-5656-6 04810
978-89-546-5622-1 (세트)

엘릭시르는 출판그룹 문학동네의 장르문학 브랜드입니다.

잘못된 책은 구입하신 서점에서 교환해드립니다.
기타 교환 문의 031) 955-2661, 3580